마음을 다스리며 살아라

미래지향적인 메시지를 담고 있는 열자이야기

마음을 다스리며 살아라

이상각 엮음

지혜의나무

책머리에

이 책의 원전 「열자」는 예로부터 「노자」·「장자」와 함께 도가삼서의 한 켠을 차지하여 왔다. 열자는 기원전 400년경 현재 중국의 하남성 지역에 있던 정나라에서 태어났는데, 「장자」에도 열어구란 인물로 등장하고 있다. 그러므로 그는 공자와 맹자 시대 사이의 인물로서 장자보다 앞서 살았던 것으로 추측된다. 그는 공자나 묵자처럼 어지러운 세상을 구원해 보겠다는 생각보다는 은둔하면서 인간과 자연의 조화로움을 추구한 사람이었다.

그런데 왜 오늘 우리가 먼 과거의 열자를 읽어야 하는 것일까? 그것은 열자가 우리 앞에 펼쳐진 21세기의 내일을 충분히 감당할 만큼 미래지향적인 메시지를 담고 있기 때문이다.

공자의 엄격한 예의 도덕은 이미 땅에 떨어졌다. 노자나 장자의 깊은 도설은 범인들이 수용하기에는 너무나 버겁다. 그렇지만 양주의 개인주의는 폭발적으로 확산되어 가고 있다. 개인과 사회, 개인과 자연, 실로 우리는 이 천년 전의 열자가 예견한 환경 속에서 타는 목마름으로 살아가고 있는 것이다.

한때 세상에서는 열자의 실재 여부에 대한 논란이 있었다. 하지만 중국의 학자 엄령봉으로부터 「열자」가 위서가 아닐 뿐더러 「장자」보다 먼저 나왔다고 결론지어졌다. 아무튼 한 인간 존재의 유무가 진리의 공간을 유영하는 일보다 중요할 것 같지는 않다. 고전이란 역사 속에서 인류가 자아낸 고운 실과 같은 것이라고 생각하기 때문이다. 이와 같은 전제하에서만이 우리는 휜피톨처럼 생생하게 살아 움직이는 열자의 비전을 만날 수 있는 것이다.

열자는 실로 고대인들의 자유로운 꿈이고 우화이며, 미래에 대한 빛나는 예지이다. 자연, 인생, 이상 사회를 희구하는 그의 상상력은 참으로 놀랍기 그지없다. 가뭇한 역사의 장중에 초월을 노래한 이는 많았으나, 이미 초월 밖의 세계를 바라본 이는 오로지 열자뿐이었다.

그는 실로 인간의 내밀한 꿈을 보았으며, 인간이 가지고 있는 욕망의 손을 흔쾌히 잡을 줄 알았다. 그리하여 피안으로 항행하는 그들의 발걸음을 깃털보다도 가볍게 만들어주었다.

"흔들리는 네 마음을 다스려라. 그리하여 나비처럼 자유롭게 살라!"

차례

4장 중니편(仲尼篇)

1장 천서편(天瑞篇)
그대가 곧 자연이다

하늘과 땅은 저절로 생겨났다

열자가 정나라의 시골에서 농사를 지으며 산 지 40여 년이나 되었는데도 사람들은 그의 실체를 알아보지 못하였다. 나라 안의 왕은 물론이고 현인을 잘 알아본다는 벼슬아치들조차 그가 보통의 촌부인줄로만 알고 있었다.

어느 해 정나라에 심한 가뭄이 들어 백성들이 끼니를 잇기 어려웠다. 열자도 마찬가지 신세가 되어 형편이 좀 나은 위나라로 터전을 옮기고자 하였다. 이때 열자를 따르던 제자들이 이구동성으로 말했다.

"지금 스승님께서 위나라로 떠나면 언제 뵈올지 기약할 수 없습니다. 그러니 제발 떠나기 전에 가르침을 주십시오. 일찍이 당신께서는 호구자림께 배워 깨달은 것이 있지 않습니까. 제발 그 지혜를 저희들에게도 나누어주십시오."

이에 열자는 껄껄 웃으면서 대답했다.

"스승께서 어찌 나 같은 촌무지렁이에게 가르침을 주었겠는가. 나는 다만 그분께서 내 친구인 백혼무인에게 하시는 말씀을 얼핏 귀동냥으로 들은 적이 있을 뿐이다. 너희들이 그것이라도 원한다면 말해주겠다."

그리하여 열자는 마침내 제자들에게 천지의 생성과 변화에 대하여 말하기 시작했다.

"이 세상에는 생성하는 것과 생성하지 않는 것이 있고, 변화하는 것과 변화하지 않는 것이 있다. 생성하지 않는 것은 생성하는 사물을 생성하게 할 수 있고, 변화하지 않는 것은 변화하는 사물을 변화하게 할 수 있다. 생성하는 사물은 생성하지 않을 수 없고, 변화하는 사물은 변화하지 않을 수 없는 것이다.

그러므로 모든 것은 언제든지 생성하고 언제든지 변화하는 것이다. 언제든지 생성하고 언제든지 변화하는 사물은 생성하지 않는 때가 없고, 변화하지 않는 때가 없다. 음양(陰陽)의 두 기운과 춘하추동(春夏秋冬)과 같은 네 계절이 생성하고 변화하는 운동이 다 그런 것이다.

생성하지 않는 것은 모든 것이 한데 뭉쳐 오직 하나가 된 존재이며, 변화하지 않는 것은 두루 운행하여 끝없이 왕래하니 한계가 없다. 그러므로 오직 하나인 존재는 다하여 사라지는 일 역시 없는 것이다. 때문에 옛날 황제는 이렇게 말했던 것이다.

'산골짜기같이 공허한 신은 죽는 일이 없으므로 이것을 신비스런 암컷이라고 하고, 이 암컷의 생식기를 천지의 근원이라고 한다. 이것은 끊임없이 존재하는 것이니, 이것들은 아무리 써도 고갈되는 일이 없다.'

이처럼 사물을 생성케 하는 것은 생성하지 않고, 사물을 변화하게 하는 것은 변화하지 않는다. 오로지 저절로 형성되고, 빛깔을 띠며, 지혜로워지고, 힘이 있으며, 자라고, 사라지는 것이다. 이것을 따로 무엇

이 있어서 그렇게 시키고 있는 것이라고 생각한다면 참으로 잘못된
생각이다."

　현상계의 모든 사물은 항상 생성하고 변화하지만, 그 배후에는 불생불멸(不生不
滅), 불변불화(不變不和)하는 근본적인 이치가 있다는 말이다.

하늘 · 땅 · 사람의 뿌리는 하나이다

"옛 성인은 음양의 두 힘으로 천지를 통솔했다. 대개 형태가 있는 것은 형태가 없는 것에서 나왔다면 천지는 어디서 나왔을까? 그러므로 태역(太易)과 태초(太初), 태시(泰始)와 태소(泰素)가 있다고 하는 것이다.

태역이란 아직 기운이 나타나지 아니한 때요, 태초란 기운이 시작한 때를 일컫는 말이고, 태시란 형상이 시작한 때이며, 태소란 성질이 시작한 때를 일컫는 말이다. 이와 같이 수많은 기운과 형상과 성질이 갖추어지고 어우러져서 마침내 서로 떠날 수 없게 되었는데, 이것을 혼돈(混沌)이라 한다.

이 혼돈이란 보아도 보이지 않고, 들어도 들리지 않고, 따라가도 붙잡을 수 없으므로, 이것을 태역이라 하는 것이다. 그러므로 태역은 본래 형상이 없다.

이 태역이 변화하여 하나의 기운이 되고, 하나의 기운이 변화하여 일곱 가지 기운이 되고, 일곱 가지 기운이 변화하여 아홉 가지 기운이 된다. 마침내 아홉 가지 기운이 되면 더 이상 궁극적으로 변화할 수 없게 되어 다시 하나의 기운으로 모아지게 되니 또 새로운 변화의 시작이다.

　여기에서 맑고 가벼운 기운은 위로 올라가 하늘이 되고, 흐리고 무거운 기운은 내려가서 땅이 되었으며, 하늘과 땅의 화합한 기운은 사람이 되었다. 그러므로 천지는 정기를 포함하고 만물은 변화하며 생성하는 것이다."

모든 형체 있는 사물은 무형의 기에서 생성된다. 카오스(Chaos), 즉 혼돈에서 만물은 생성되고 변화하여 천지의 기(氣) · 형(形) · 질(質) 세 요소를 갖추게 되었다는 뜻이다.

만물의 효용은 있으되 한계는 없다

"**이**런 까닭에 천지는 완전한 공덕이 있는 것이 아니며, 성인 또한 완전한 능력이 있는 것이 아니다. 또한 만물은 완전한 효용이 있는 것이 아니다.

하늘의 직책은 다만 만물을 생성하여 덮어놓는 것이며, 땅의 직책은 그것을 형성하여 싣고 있는 것이다. 또한 성인의 직책은 사람을 교화하는 것이고, 만물의 직책은 적당하게 쓰여지는 데 있는 것이다.

그렇기에 하늘이나 땅도 장단점이 있고, 성인도 막히는 것이 있으며 만물도 통하는 것이 있는 것이다. 하늘은 만물을 생성하여 덮어놓을 수 있지만 만물을 형성하여 실을 수 없고, 땅은 만물을 형성하여 실을 수 있지만 사람을 교화할 수는 없고, 사람을 교화할 수 있는 성인은 만물과 같이 적당한 곳에 다 쓰여지지 못하는 까닭이다.

한정된 곳에서 적당히 쓰여지는 물건이란 대개 자기 영역에서 벗어나지 못하는 법이다. 그러므로 천지의 도는 음기가 아니면 바로 양기이며, 성인의 교화는 인(仁)이 아니면 바로 의(義)이며, 만물이 적당한 곳에 소용이 되는 것은 부드러운 것이 아니면 바로 단단한 것일 뿐이다. 때문에 이것들은 다 일정한 영역에서 벗어날 수가 없다.

이런 까닭에 생성하는 것이 있고, 생성하는 사물을 생성케 하는 것도 있으며, 형상이 있는 것이 있고, 형상이 있는 사물을 형상이 있게 하는 것도 있다.

또한 소리가 있는 것이 있고, 소리가 있게 하는 것도 있으며, 빛깔이 있는 것이 있고, 빛깔이 있는 사물을 빛깔이 있게 하는 것도 있으며, 맛있는 것이 있고, 맛있는 사물을 맛있게 하는 것도 있는 것이다. 이런 까닭에 생성되어진 사물은 사멸되지만 사물을 생성케 하는 생성은 일찍이 종말이 있은 적이 없었다.

형상이 있는 물건은 존재하지만, 그것을 있게 하는 그 무엇은 일찍이 존재한 적이 없다. 소리가 있는 물건은 들을 수 있지만 소리가 있는 물건을 소리가 있게 하는 그 무엇은 일찍이 소리를 낸 적이 없다.

빛깔이 있는 물건은 빛날 수 있지만 그것을 있게 하는 그 무엇은 일찍이 나타난 적이 없다. 맛있는 물건은 맛볼 수 있지만 맛있는 물건을 맛있게 하는 그 무엇은 일찍이 나타난 적이 없다. 그러므로 이런 것이 다 무위자연(無爲自然)의 타고난 직책인 것이다.

만물은 음일 수도 있고 양일 수도 있으며, 부드러울 수도 있고 단단할 수도 있으며, 짧을 수도 있고 길 수도 있으며, 둥글 수도 있고 모날 수도 있다. 또 살 수도 있고 죽을 수도 있으며, 더울 수도 있고 서늘할 수도 있으며, 떠오를 수도 있고 가라앉을 수도 있다.

궁성일 수도 있고 상성일 수도 있으며, 나타날 수도 있고 꺼질 수도 있으며, 검을 수도 있고 누를 수도 있다. 노란내가 날 수도 있고 향기가 날 수도 있다. 아는 것이 없으면서 알지 못하는 것이 없고, 능한 것이 없으면서 능하지 못한 것이 없는 것이다.

현상계에 있는 모든 사물은 각각 한계가 있고 영역이 정해져 있지만, 본체계에 있는 도는 한정되어 있지 않으며 소리도 없고 냄새도 없다. 열자는 유용(有用)과 무한(無限)으로써 만물의 본질을 설명하고 있다.

생명은 어디에나 있다

열자가 위나라로 가던 도중 길가에서 식사를 하고 있었다. 그런데 한 제자가 도랑에서 백여 년 가량 묵은 해골을 발견하고는 놀라서 쑥대를 뽑아들고 해골을 가리켰다. 그러자 열자는 백풍이란 제자를 돌아보며 말했다.

"오직 너와 나만이 알 것이다. 지금 사람들이 다 자기는 살아있고 저 해골은 죽은 것이라고 하겠지만 알고 보면 우리는 일찍이 살아있어본 적이 없고, 저 해골 역시 죽어본 적이 없다. 그러니 우리가 어찌 죽음을 걱정할 것이며, 또 삶을 즐거워하겠는가."

그 자리에서 열자는 제자들에게 천지간에 존재하는 생명의 기이한 변화 양태에 대하여 이야기해 주었다.

"모든 생물의 씨앗 속에는 생명의 기운이 있다. 개구리가 메추라기가 되는 것처럼 생명의 기운이 물을 얻으면 바로 실과 같은 형상이 되는 것이다.

물과 흙이 서로 합하면 푸른 이끼와 같이 되며, 이것이 건조한 언덕에서 나면 차전초라는 풀이 된다. 이 풀이 또 거름 속에 있으면 오족이

25

란 풀이 되고, 그것이 또 변하여 구더기가 되며, 그 잎은 나비가 된다.

나비는 또 자라 벌레가 되는데, 벌레가 열기를 얻으면 그 형상이 뱀 껍질과 같이 되어 구철이란 벌레로 바뀐다. 구철이 천 일 동안 살다가 죽으면 건여골이란 새가 되며, 이 새의 입에서 나오는 침이 또 변하여 사미란 벌레가 된다. 이 벌레가 식혜 위의 구더기가 되었다가, 늙으면 구유란 벌레가 되는데, 이 구유는 나중에 반딧불로 변한다.

양이 죽으면 그 간은 귀화가 되고, 말의 피는 인화가 되며, 사람의 피는 야화가 된다. 꿩이 새매가 되고, 새매가 뻐꾸기가 되며, 뻐꾸기가 오래 되면 다시 꿩으로 되돌아간다.

제비가 조개가 되고, 들쥐가 메추라기가 되며, 썩은 오이가 물고기가 되기도 한다. 순무가 오래 되면 자리공이란 풀이 되며, 늙은 양이 원숭이가 되고, 물고기의 알이 벌레가 되기도 한다.

전원이란 산짐승은 저절로 새끼를 배어 산고양이를 낳고, 하수와 연못의 새는 서로 마주보기만 하여도 역조를 낳는다. 암컷은 자라와 거북 같고, 수컷은 어린 벌과 같이 허리가 가늘다.

사국의 선비는 아내가 없어도 스스로 즐기고, 여자들은 남편이 없어도 아이를 밴다. 옛날에 후직은 그의 어머니가 거인의 발자국을 보고 낳았으며, 이윤은 뽕나무밭에서 태어났고, 궐소란 동물은 습기 가운데서 태어났다.

혜계는 숲에서 생겼고, 양해라는 풀은 순이 나지 않고 오래된 대나무와 가까이 하여 청녕이란 벌레를 낳았으며, 청녕은 정이란 짐승을 낳고, 정은 말을 낳고, 말은 사람을 낳고, 사람이 오래 살다가 죽게 되면 생명의 기운으로 다시 돌아간다.

이와 같이 모든 만물은 스스로 생명의 기운에서 나와 생명의 기운으로 되돌아가는 법이다."

열자의 진화론이다. 발달한 현대의 진화론으로 보면 황당하기 그지없는 내용이지만, 몇 천년 전에 이미 이런 진화의 시각이 있다는 것만으로도 놀랍지 않을 수 없다. 이 내용은 〈장자〉에도 수록되어 있다.

죽음은 삶의 문이다

『황제』라는 책에서는 이렇게 말하고 있다.

"형체가 움직이면 형체가 생기지 않고 그림자가 생기며, 음성이 움직이면 음성이 생기지 않고 음향이 생긴다. 무가 움직이면 무가 생기지 않고 유가 생긴다.

이렇듯 형체는 반드시 끝이 나는 것이다. 그렇다면 천지도 끝이 나느냐? 나와 더불어 끝이 날 것이다. 끝이 다하느냐? 모르겠다. 도도 끝이 나느냐? 본래 시작이 없으므로 끝도 없다. 그렇다면 도 역시 없어지는 것이냐? 그것은 본래 오래된 것이 아니다.

생하는 사물은 생하지 않는 그 무엇으로 되돌아가고 형체가 있는 것은 형체가 없는 것으로 되돌아간다. 생성하지 않는 그 무엇은 본래 생하지 않는 것이 아니요, 무형한 것은 본래 무형한 것이 아니다.

생하는 것은 반드시 멸하는 것이 자연의 이치다. 멸하는 것이 멸하지 않을 수 없으니, 이것은 역시 생하는 것은 생하지 않을 수 없는 것과 같다. 그럼에도 불구하고 사물이 항상 생하여지고 멸하지 않으려고 하는 것은 바로 천지 운수에 미혹되는 일이다.

정신이란 하늘에서 나온 것이요, 육체란 땅에서 나온 것이다. 하늘에 속한 정신은 맑고 흩어지기 쉬운 것이요, 땅에 속한 육체는 흐리고 모이기 쉬운 것이다. 정신이 형체를 떠나면 각각 참된 근본으로 돌아간다. 그러므로 이것을 귀신이라고 하는 것이다. 귀신의 귀(鬼)자는 본래 돌아간다(歸)는 뜻이다. 어디로 돌아가느냐? 바로 참된 집, 곧 허공으로 돌아가는 것이다.

때문에 황제는 이렇게 말하였다. '정신은 허공의 문으로 들어가고 육체는 그 근본인 땅으로 되돌아가니, 나라는 것이 어떻게 존재하겠느냐.'

사람은 세상에 태어나서 살다가 죽을 때까지 네 가지 큰 변화가 있다. 처음에 공허한 기운을 이어받아 뱃속에 잉태되었다가 어린아이로 세상에 나와 자라서 젊은이가 되면 그는 또 늙어 쇠약하였다가 죽게 된다.

어린아이 때에는 기운이 모이고 의지가 한결같아서 지극히 조화로운 상태를 이루게 된다. 이렇게 되면 사물도 해치지 않고 덕도 그 이상 더 보탤 수 없으리만큼 크다.

청년기에는 혈기가 넘쳐흐르고 식욕과 성욕과 명예욕 같은 욕망이 일어나며 여러 가지 이해를 타산하는 생각이 생겨난다. 그리하여 주위의 사물과 서로 다투고 또 서로 공경하게 되므로 어린아이 때에 보존하고 있던 덕기가 쇠약하게 된다. 그러나 어린아이와 같이 덕기를 완전히 보존하고 있지 못한다 하더라도 아직은 젊은 시절에 처하여 있는 것이다.

노년기가 되면 사람은 젊었을 때에 가졌던 모든 욕망과 이상을 잃어버리고 신체는 쇠약해져서 사물과 경쟁할 용기가 없어진다. 그러므로 움직이기를 싫어하고 다만 누울 자리와 쉴 곳만 찾게 된다. 그러다가 죽을 때가 되면 모든 것을 체념하게 되고, 마침내 자연으로 돌아가 안식하게 되는 것이다.

본체계에 있는 도는 본래 시작도 끝도 없지만, 현상계에 있는 모든 사물은 시작과 끝이 있고, 살아있는 것은 반드시 죽게 되어 있다. 이것은 자연의 질서이며 법칙으로 사람의 힘으로는 도저히 어찌할 수 없으니 긍정하고 순응하는 것이 곧 마음을 다스리며 살아가는 바른 길이다.

사람으로 태어났으니 기쁘다

공자가 태산에서 유람하는 길에 영계기란 노인을 만났다. 노인은 들을 거닐면서 사슴가죽으로 만든 옷을 입고 새끼로 꼬아 만든 띠를 졸라맨 차림으로 거문고를 타면서 노래를 불렀다. 이에 공자가 다가가서 물었다.

"노인장께서는 무엇이 그렇게 즐거우십니까?"

그러자 영계기 노인은 이렇게 대답했다.

"내 즐거움이 어디 한두 가지뿐이겠소 하늘이 만물을 낼 적에 사람을 가장 귀하게 하였는데 내가 사람으로 태어났으니 즐겁고, 또 사람이 남녀를 차별하는 데 있어 남자를 높이고 여자를 낮추는데 내가 남자로 태어났으니 이 또한 즐거운 일이 아니겠소

또 사람이 나면서 빛나는 해와 달을 보지 못하고 그만 강보 속에서 죽음을 맞기도 하는데 나는 이미 구십 년이나 살았으니 이 또한 즐거운 일이라오

가난하게 사는 것은 도를 닦는 선비에게는 당연한 일이고, 죽음이란 산 사람에게 있어서 자연스런 종말이요 이제 나는 사람으로서 당연히 있는 일에 처하여 살다가 제 명에 죽게 될 것이니 마음속에 근심

될 일이 대체 무엇이겠소"

이 말에 공자는 탄복을 금치 못하며 말했다.

"아아, 노인장이야말로 정말 자신에게 관대한 분이십니다."

자신에게 주어진 행복을 깨닫지 못하는 사람은 불행하다. 참으로 행복한 사람은 어떤 상황을 맞이하더라도 긍정적으로 해석하고 즐거워하며 살아간다. 영계기 노인이 바로 그런 사람이다.

죽음이 기꺼운 까닭은?

공자가 위나라에 갔을 때였다. 나이가 백 살 가량 되는 임류란 노인이 따뜻한 봄날에 겨울에 입던 갖옷을 걸친 채, 지난 가을 농부들이 추수하다가 흘린 벼이삭을 주우면서 노래를 부르고 있었다. 공자는 벌판에서 그 광경을 바라보고 있다가 뒤따라온 제자들에게 말했다.

"저 노인은 한번 말을 붙여 볼만한 사람 같구나. 그대들 중 누가 해보겠는가?"

이에 자공이 자원하여 노인에게 다가갔다. 그는 자못 애틋한 표정을 지으며 노인에게 물었다.

"노인장께서는 자신의 삶에 대하여 후회해 보신 적이 없습니까? 어찌 그토록 즐겁게 노래를 부르며 일하십니까?"

하지만 임류 노인은 자공의 말을 들은 척도 하지 않고 계속 노래를 부르면서 앞으로 나아갔다. 자공이 그 뒤를 좇으며 끈질기게 말을 걸었다. 마침내 노인은 어쩔 수 없다는 듯 걸음을 멈추더니 자공에게 이렇게 되물었다.

"아니 당신은 나더러 대체 무엇을 후회하란 말이오?"

"노인께서는 젊었을 때 부지런하지도 않았고, 장년기에는 뭇사람들

33

처럼 때를 다투지도 않았습니다. 이제 노년에 이르러서는 처자식도 없고, 오늘 죽을지 내일 죽을지 모르는 처지가 아닙니까? 지금은 이렇게 논바닥에 낟알을 주워 먹지 않으면 안 될 곤궁한 생활을 하면서도 즐거운 듯이 노래를 부르며 걸어가고 있으니 지나가던 길손이지만 걱정이 되어 드리는 말씀입니다."

그러자 임류 노인은 너털웃음을 지으며 대답했다.

"무슨 일인가 했더니 고작 그런 이유 때문이었소? 그러니까 당신은 내가 즐거워하는 까닭을 알고 싶다는 말이군요 사람이라면 누구라도 나와 같이 즐거움을 가지고 있습니다. 그것을 모르고 도리어 근심에 휩싸여 있는 것이지요 나는 젊었을 때 부지런히 일하지 않았고, 또 때를 다투지 않았으므로 이렇게 오래 살 수 있었소 또 처자식 없이 늙은 지금에 이르러 죽을 날이 장차 가까워졌기 때문에 즐거울 수 있는 것입니다."

자공은 고개를 갸웃하면서 다시 물었다.

"오래 산다는 것은 사람들이 누구나 원하는 것이 아닙니까? 죽는다는 것은 또 사람들이 누구나 두려워하는 것입니다. 그런데 노인장께서는 어찌하여 거꾸로 말씀하십니까?"

"사람이 죽고 산다는 것은 한번 갔다 돌아오는 것이오 이때 이곳에서 죽는다는 것이 저때 저곳에서 살지 않는다고 어떻게 장담할 수 있겠소 그러므로 나는 다만 죽고 사는 현상이 서로 같지 않다는 것만을 알뿐이오

내가 또 사람들이 이 세상에서 분주하게 삶을 위하여 돌아다니는 것이 모순이 아니라는 것을 어떻게 알겠느냔 말이오 그뿐 아니오 내

가 지금 죽는다는 것이 옛날 그때에 살고 있었던 것보다 못하다는 것을 어떻게 알 수 있겠소"

이와 같은 임류 노인의 대답을 이해하지 못한 자공은 고개를 갸웃거리며 공자에게 돌아가 자초지종을 여쭈었다. 그러자 공자는 미소지으며 말했다.

"역시 한번 이야기를 나눌만한 노인이었구나. 하지만 저 노인이 도를 얻기는 얻었으되 극진하지는 않은 것 같다."

사람들은 자신의 뜻대로 살아가기를 원한다. 일하여 돈을 모으고, 명예를 높이며, 일정한 지위에 오르려고 애쓴다. 하지만 이런 목적이 이루어지지 않으면 근심하고 괴로워하다가 목숨을 끊는 일까지도 왕왕 생긴다. 또 사람들은 오래 살기 위해 갖은 방법을 동원한다. 젊었을 때는 성공을 위하여 힘을 낭비하고, 결혼하게 되어 처자식이 생기면 그들을 먹여 살리기 위해 허덕거린다.

이와 같은 현상을 보면 가족이 있다고 해서 반드시 행복한 것은 아니다. 또 세상을 산다는 것이 반드시 행복한 것이 아니요, 죽는다는 것이 반드시 불행한 것도 아니다. 이 세상에서 산다는 것이 다음 세상에서 죽는 것인지도 모르고, 이 세상에서 죽는다는 것이 다음 세상에서 사는 것인지도 모른다. 그러므로 죽고 사는 것을 자연에 맡겨 두라.

우리가 편히 쉴 곳은 어디인가

어느 날 자공이 끝도 없이 이어지는 공부에 싫증을 느끼게 되었다. 그리하여 공자에게 말했다.

"스승님, 저는 편안하게 쉴 곳이나 찾아 나설까 합니다."

그러자 공자는 단호한 표정으로 대답했다.

"이 세상에 사람이 편히 쉴 수 있는 곳은 없다."

"어찌 제 몸 하나 쉴 만한 곳이 없겠습니까?"

"꼭 쉬어야 한다면 저기 무덤을 보거라. 흙이 얹혀 있고 그 안은 비어 있다. 그 바깥은 불룩 나와 커다란 솥과 같은 모양이다. 바로 저기가 사람이 편안하게 쉴 곳이다."

"그렇다면 죽음이란 참 좋은 것이군요. 군자는 자연의 법칙에 따라 태연하게 죽음을 기다려 천천히 쉬는 것이며, 소인은 죽고 사는 이치를 몰라 죽음 앞에서 공포감을 느끼고 자연의 법칙에 항복하고 마는 것 아니겠습니까?"

"자공아. 너도 거기까지 깨닫고 있었구나. 사람들은 다 사는 것만이 즐거운 줄 알지, 괴로운 줄은 모른다. 늙는 것이 피로한 줄만 알지, 진정으로 편안한 것을 모른다. 죽는 것이 나쁜 줄로만 알지, 그것이 진정한 휴식임을 모르는 것이다."

군자는 자연 질서에 따라 살기 때문에 죽음조차 달갑지만, 소인은 자연 질서에 도전
하려 하다가 죽음 앞에서 공포심을 느끼고 굴복하고 만다.
죽음에 초연하면 참다운 삶의 길이 보이리라.

고향으로 돌아가는 길

제 나라의 재상 안자가 말했다.

"사람에게 죽음이 있다는 것은 좋은 일이다. 어진 사람들은 거기에서 쉬지만, 어질지 못한 사람들은 거기에 항복한다.

죽음이란 본래 덕의 끝이다. 그리하여 옛 사람들은 죽는 사람을 돌아간 사람이라고 하였다. 죽은 사람을 돌아간 사람이라 한다면 산 사람은 떠도는 길손이다. 떠돌면서 돌아갈 줄 모르는 것은 바로 집을 잃은 사람이다.

한 사람이 집을 잃으면 온 세상이 그를 비난하지만, 천하가 집을 잃어버리면 비난할 줄을 모른다.

어떤 사람이 고향을 버리고 일가친척을 떠나 집안일을 돌보지 않고 사방으로 놀러 다니면서 돌아오지 않는다. 이렇게 되면 세상을 반드시 그를 미친 사람이나 방탕한 사람이라 할 것이다.

어떤 사람은 현세를 중히 여기고, 자신의 재주가 교묘하고 능숙한 것을 자랑한다. 명예를 숭상한다. 공로를 세상에 자랑한다. 어떤 사람이겠느냐. 아마 세상 사람들은 그를 가리켜 지혜가 있고 꾀가 많은 선비라고 할 것이다.

하지만 이 두 종류의 사람은 다 자신을 잃어버린 사람이다. 세상 사람들은 한쪽 편을 들고 한쪽 편을 버린다. 하지만 오직 성인만이 그중에 진정으로 편들 것과 버릴 것을 안다.

안자는 세상 사람 가운데 세상을 도피하는 사람과, 반대로 아부하는 사람을 모두 경계하였다. 오로지 성인만이 때를 따라 나아가고 물러설 줄 안다고 생각하였다.

허(虛)에 대하여

어떤 사람이 물었다.

"선생께서는 어찌하여 허(虛)를 귀하게 여기십니까?"

이에 열자가 대답했다.

"허란 것은 귀하게 여길 것이 없다. 그것이 이름에 있는 것이 아니다. 정(靜)한 것 만한 것이 없고, 허한 것 만한 것이 없다. 정하고 허하면 그 거처를 얻고, 취하거나 주면 그 처소를 잃는다. 이렇듯 일이 파괴된 뒤에 인의를 고무하는 사람은 도를 회복할 수 없게 된다."

열자가 도의 실체를 허(虛)나 무(無)라고 하는 것은 상대적인 개념이 아니다. 실과 허를 초월한 허요, 유(有)와 무(無)를 초월한 무를 말하는 것이다. 그러므로 그것에 귀하다 천하다를 논할 수가 없는 것이다.

도는 허정(虛靜)의 세계에 있을 때 제 자리에 있지만, 현실계로 나와 만물에 참여하게 되면 자리를 잃어버리게 된다. 그러므로 도를 버리고 인의를 주장하게 되면 도의 본성인 허정으로 돌아오기 힘들다는 말이다.

40

모든 사물은 유전된다

주나라 문왕의 스승이었던 육웅은 이렇게 말했다.

"모든 사물은 정지하는 일이 없이 시시각각 유전되고 있다. 천지도 사람이 모르는 사이에 가만히 여기서 저기로 이동하고 있다. 이런 운동을 뉘라서 깨닫겠는가. 어떤 물건이 저쪽에서 텅 비게 되면 이쪽에서는 가득 차게 된다. 또 이쪽에서 이루어지는 것은 저쪽에서 허물어지게 된다. 텅 빈 것은 가득 차게 되고, 이루어진 것은 반드시 허물어진다는 말이다.

모든 것이 변화하는 세상과 함께 사멸하는 것이다. 흘러갔다가 흘러오는 만물이 서로 마주치게 되어 그 간격을 살필 수 없는 것이다. 어느 누가 있어 이런 변화하는 현상을 깨달을 수 있겠는가. 무릇 한 사물의 기운이나 형상은 갑자기 움직여서 이지러지는 것도 아니다. 그러므로 사람 역시 사물의 형상이 이루어지는 것이나 이지러지는 것을 느끼지 못하는 것이다.

이는 사람이 세상에 태어나서부터 늙어 죽을 때까지 자신도 모르는 사이에 얼굴빛과 형태가 달라지지 않는 날이 없는 것과 같고, 피부와 터럭이 생기자마자 바로 벗겨지고 떨어지는 것과 같다. 그러므로 어린

시절이 바뀌지 않고 그대로 머물러 있는 것은 없다. 모든 사물은 형성되었다가 소멸되는 그 한계를 느끼지 못하다가 마침내 죽을 때가 되어서야 깨닫게 되는 것이다."

만물은 유전한다. 천지도 가만히 머물러 있는 것이 아니다. 따라서 모든 물건은 저쪽에서 생겨나면 이쪽에서는 사라진다.

자연의 아들인 사람도 마찬가지이다. 저쪽에서 사람이 죽는가 하면 이쪽에서는 사람이 태어나지 않는가. 젊음은 유한하다. 모든 것이 변화하는 가운데 존재하는 것이다. 이와 같은 이치를 아는 자만이 깨달았다고 할 것이다.

어찌 하늘이 무너지고 땅이 꺼지랴

기나라에 하늘이 무너지고 땅이 꺼지면 자신의 몸을 둘 곳이 없어질까봐 근심하는 사람이 있었다. 그는 걱정이 너무 지나쳐 마침내 자지도 먹지도 못할 지경에 이르렀다. 한 친구가 이 소식을 듣고 찾아가서 말했다.

"자네는 하늘이 무너지고 땅이 꺼질까봐 걱정한다고 하는데 참으로 쓸데없는 생각이네. 하늘이란 본래 형체가 있는 것이 아니고 무형의 기운이 쌓여서 이루어진 것일 뿐이야.

세상 어디든 기운 없는 곳이 없으니, 하늘은 우리가 숨을 쉴 때 내쉬기도 하고 들이마시기도 하는 숨결과도 같은 것이지. 그러므로 우리는 온종일 이 하늘 가운데서 걸어다니기도 하고 서 있기도 하는 거야. 다시 말하면 하늘은 우리 몸 안에도 있는 것인데 어찌하여 자네는 하늘이 무너져 내릴까를 걱정하는 것인가."

그러자 그 사람이 이렇게 되물었다.

"자네 말대로 하늘이 기운이 쌓여서 된 것이라면 해와 달과 별들은 떨어지지 않고 어떻게 버틸 수 있겠나?"

"해와 달과 별들 역시 쌓인 기운 가운데 광채가 있는 것일 뿐, 어찌

다 그것들이 떨어지게 된다 해도 역시 무한한 대기 가운데 있으니 어디에 부딪혀 상할 수 있겠나?"

"그렇다면 땅이 꺼져버리는 것은 어떻게 설명하겠나?"

"땅이란 많은 덩어리가 쌓여 하나의 큰 흙덩이가 된 걸세. 그러니 사면이 공허한 가운데 충만하여 흙덩어리가 없는 곳이 없네. 우리가 아무리 멀리 걸어가고 발로 밟고 하더라도 온종일 땅 위에서 걷고 서고 하는 것이니 어떻게 그것이 무너질까 근심하겠는가."

이와 같은 친구의 간곡한 말에 그 사람은 크게 기뻐하며 근심에서 벗어났다. 이 이야기를 전해들은 장려자가 비웃으며 말했다.

"비 온 뒤에 뜨는 무지개라든지, 수증기가 공중으로 올라가 이루어지는 구름과 안개라든지, 대기의 움직임인 바람과 비, 춘하추동의 사계절도 다 기운이 쌓여서 하늘에서 이루어진 것이다.

높은 산악이라던가 넓은 강과 바다, 단단한 바위나 불, 나무 등도 다 이 땅에서 이루어진 물건이다. 만일 기운이 쌓여 하늘이 이루어진 것을 알고, 흙이 쌓여 땅이 이루어진 것을 안다면 어떻게 하늘과 땅이 무너지지 않는다고 하겠는가.

대체 하늘과 땅은 무한한 허공 가운데 있는 하나의 미세한 물건 가운데 가장 커다란 것이다. 그것이 무궁무진한 것도 하나의 당연한 이치요, 그것을 헤아리기도 어렵고 인식하기도 어려운 것 역시 당연한 이치이다.

하늘과 땅이 무너질까봐 걱정하는 사람도 너무 좁은 생각이요, 그것이 무너지지 않는다고 생각하는 사람도 옳지 않다. 하늘과 땅은 모두 무너지지 않을 수 없는 것이다. 그것이 마침내 무너지고 꺼지는 날

엔 어찌 걱정이 되지 않겠는가?"

열자가 이 말을 듣고 또한 웃으며 말했다.

"하늘과 땅이 무너진다는 것이나 그렇지 않다는 것은 모두 틀린 생각이다. 뉘라서 그 진실을 알겠는가. 그것들이 무너질지 안 무너질지는 나도 알 수 없다. 하지만 이나 저나 매한가지 아닌가. 살아서는 죽을 줄을 모르고 죽어서는 살 줄을 모른다. 오는 것은 가는 것을 모르고 가는 것은 오는 것을 모른다. 그러므로 무너진다는 것과 무너지지 않는다는 것에 어찌 마음을 기울이겠는가."

열자는 기우(杞憂)의 고사를 인용하여 천지의 자연 질서에 순응하는 자신의 세계관을 보여주고 있다. 그는 하늘과 땅이 무너지고 꺼질까를 논하는 사람들 자체를 비웃으며, 그런 쓸데없는 일에는 관심조차 기울이지 말라고 웅변하고 있다.

사람이 곧 자연이다

순 임금이 증이란 현인에게 물었다.
　"제가 도를 얻을 수 있겠습니까?"
　"당신의 몸도 당신의 소유가 아닌데, 당신 자신이 어떻게 도를 얻어 가질 수 있겠습니까."
　"제 몸이 제 소유가 아니라면 대체 누구의 것이란 말입니까?"
　"그것은 다만 천지가 부여한 형체일 따름입니다. 당신의 삶 역시 당신의 소유가 아니라 천지가 부여한 화합물일 뿐이지요. 당신의 생명도 마찬가지로 천지가 부여한 것을 순리대로 받은 것이며, 당신의 자손들 역시 천지가 부여한 당신의 변형일 뿐이오. 그러므로 당신은 걸어가도 가는 데를 모르고, 처하여 있어도 무엇을 가질지 모르며 먹어도 먹는 까닭을 모릅니다. 하늘과 땅까지도 하나의 강대한 기운일 뿐일진대, 또 어떻게 그보다 더한 도를 얻어 가질 수 있겠소?"

사람은 다 자연의 아들이다. 따라서 나의 몸과 삶과 생명과 자손도 다 자연의 결과물이다. 때문에 어디에서 와서 어디로 가는지, 무엇을 가지고 와서 무엇을 가지고 가는지 알 수 없다. 살기 위해서 먹는 것인지 먹기 위해 사는 것인지를 모른다. 조그만 물건조차 자기 것이 아닌데 하물며 광대한 천지와 도는 어떠하겠는가.

자연의 도둑이 되어라

제 나라의 국씨는 큰 부자였고 송나라의 향씨는 몹시 가난한 사람이었다. 어느 날 향씨가 국씨에게 찾아가 부자가 되는 법을 물었다. 국씨는 이렇게 대답했다.

"내가 부자가 된 것은 도둑질을 잘하기 때문이오 처음 도둑질을 했을 때 일 년만에 생활이 넉넉해졌고, 2년이 지나자 매우 풍족해졌으며, 3년만에 큰 부자가 되었다오 이렇게 되어 나중에는 온 마을 사람들에게 재산을 고루 나누어 줄만큼이 되었지요"

이 말을 들은 향씨는 크게 기뻐하였다. 하지만 그는 도둑질했다는 말만 들었지 미처 도둑질하는 방법은 묻지 못했다.

그날부터 향씨는 남의 집 담장을 넘어 들어가 닥치는 대로 물건을 훔쳤다. 그러다 마침내 관원에게 잡혀 감옥에 갇히고 얼마 되지 않는 가산까지 몰수당하는 신세가 되었다. 형기를 마치고 나온 그는 곧바로 국씨에게 달려가 원망의 말을 늘어놓았다. 그러자 국씨가 물었다.

"당신은 대체 어떻게 도둑질을 하였소?"

그리하여 향씨로부터 저간의 경위를 낱낱이 들은 국씨는 탄식하면서 말했다.

"당신은 도둑질하는 방법을 그렇게도 모릅니까? 진작에 내 말을 듣고 행했다면 여태까지의 불행은 당하지 않았을 것을……

하늘에는 때가 있고 땅에는 이익물이 있습니다. 그래서 나는 하늘의 때와 땅의 이익물과 습한 구름과 내리는 비와 산과 못의 생산물을 모조리 훔쳐서 우리 밭의 곡식을 자라게 하였습니다. 그것으로 농사를 번창케 하였고 담장을 쌓았으며 커다란 집까지 지었습니다.

육지에서는 새와 짐승을 훔쳤으며 물에서는 물고기와 자라를 훔쳤으니 우리 집 재물로서 모두 자연에서 훔쳐오지 않은 것이 없습니다.

대저 곡식과 흙과 나무와 새와 짐승과 물고기와 자라 같은 것은 다 자연이 생산한 것이니 어찌 나의 소유물이라 하겠습니까? 이렇게 내가 자연의 물건을 훔쳤건만 아무런 재앙도 없었습니다.

당신이 탐낸 금과 옥과 진주와 보물과 곡식과 비단 같은 것들은 모두 사람이 모은 물건이지 어찌 자연의 산물이라 하겠습니까? 당신은 그런 것들을 훔치다가 들켜 벌을 받았으니 누구를 원망할 수 있단 말입니까?"

이 말을 들은 향씨는 국씨가 또 다시 자신을 속인다고 생각하고 동곽선생에게 찾아가 하소연하였다. 그러자 동곽선생은 향씨에게 이렇게 말했다.

"당신의 몸도 자연의 물건인데 자신의 것으로 생각한다면 당신은 자연의 도둑입니다. 당신은 천지음양의 화기를 도둑질해다가 생명을 이룩하였고, 당신의 형체를 사사로이 가지게 된 것입니다. 하물며 당신은 사람들이 만들어놓은 바깥 재물을 훔쳤으니 도둑이 아니고 무엇이겠소?

천지만물이란 본래 서로 떠나서 존재하는 것이 아닙니다. 그런데 당신은 이것을 한쪽 떼어다 자신의 사유로 인정하려 했으니 곧 모순이 아니겠소?

국씨가 도둑질한 것은 공도로 한 것이라 재앙이 없었지만 당신이 도둑질한 것은 사심에서 나온 것이어서 죄가 된 것입니다. 하지만 결국에 가서는 공도와 사심이 있는 것이 다 도둑이요, 공도와 사심이 없는 것도 다 도둑입니다.

공도는 공도요 사심은 사심이지만 이것은 다 천지의 큰 덕으로 보면 마찬가지이기 때문입니다. 만일 천지의 덕을 아는 사람이라면 누구를 보고 도둑질을 했다고 하고 누구를 보고 도둑질을 하지 않았다고 하겠습니까?

천지자연의 물건을 자기의 사유로 하는 것도 도둑이요, 사람이 만들어놓은 물건을 도둑질해다가 자기 사유로 하는 것도 도둑입니다. 하지만 천지자연의 큰 덕으로 보면 다 마찬가지이니, 누구는 도둑이요 누구는 도둑이 아니라고 하겠소?"

사람으로서 남의 소유물을 훔치는 자를 도둑이라 하지만, 자연의 소유물을 훔치는 사람은 다만 생산자일 뿐이다. 하지만 전체적인 자연의 시각에서 본다면 둘 다 도둑이 아닐 수 없다는 말이다.

2장 황제편(黃帝篇)
마음을 다스리며 살아라

화서씨의 나라

황제가 제위에 오른 지 15년만에 천하의 백성들이 모두 그를 높이 떠받들었고, 그로 하여금 천수를 누리게 하고, 귀와 눈을 즐겁게 해주었으며, 입과 코에 맛있는 음식과 좋은 향기 나는 반찬을 바쳤다.

또 15년이 지나자 황제는 천하가 잘 다스려지지 않음을 근심하여 총명을 다하고 지력을 다하였지만 차츰 살결과 낯빛이 말라붙고 차츰 검푸르게 변해갈 뿐만 아니라, 기뻐하고 성내고 슬퍼하고 사랑하며 먹고 싶어하는 욕망이 없어지고 마음이 자꾸 어두워져만 갔다. 이에 황제는 깊은 한숨을 내쉬면서 이렇게 자책하였다.

"아아, 내가 그 동안 지나치게 음탕하였다. 어찌 한 몸을 키워가는데 걱정이 많고, 천하 만물을 다스리는데도 근심이 이토록 심할 수가 있으랴."

황제는 이와 같이 뼈아프게 반성한 다음 모든 정사를 포기하였다. 제왕의 침실도 버리고 시녀들도 멀리하였으며 악기들도 걷어치우고 수라의 반찬도 줄였다. 그 후 황제는 넓은 뜰에 외따로 떨어져 있는 오두막집으로 들어가서 마음을 가다듬고 육체의 욕망을 버렸다. 그렇게 석 달 동안 정치에 관여하지 않던 황제는 어느 날 낮잠을 자다가 꿈에 화서씨의 나라로 놀러갔다.

화서씨의 나라는 엄주 서쪽과 대주 북쪽에 있었는데 헤아릴 수 없이 먼 곳이었다. 그곳은 배나 수레를 타고 갈 수도 없고 걸어갈 수도 없었으므로 다만 사람의 정신만이 드나들 수 있는 곳이었다.

그 나라의 백성들은 오로지 자연과 함께 살뿐이어서 아무런 욕망이 없고 다만 태어나서 순리대로 살다가 죽을 뿐이었다. 그들을 다스리는 임금조차 없었다. 그들은 자신이 산다는 것을 좋아할 줄도 모르고 죽는다는 것을 싫어할 줄도 모르므로 비명횡사도 없고 유아기 때 죽는 경우도 없었다.

자신에 집착하지 않고 물건을 소홀히 할 줄도 모르므로 남을 사랑하고 증오할 줄도 모른다. 배반이나 영합을 알지 못하므로 남을 이롭게 하거나 해칠 줄도 모른다. 도무지 남을 사랑하고 아까워하며 남을 두려워하고 기피할 줄도 모른다.

물에 들어가도 빠지지 않고 불에 들어가도 뜨거워하지 않는다. 매를 맞아도 아파할 줄 모르고 손끝으로 간질여도 간지러워하지 않는다. 공중을 타고 다녀도 실제로 땅에서 걸어다니는 것과 같다. 허공에서 잠자는 것을 침상 위에 누워있는 듯이 한다.

구름과 안개도 그들의 시각을 방해하지 못하고 우레 소리도 그들의 청각을 어지럽히지 못한다. 좋고 나쁜 것도 그들의 마음을 교활하게 하지 못한다. 산과 골짜기도 그들의 발걸음을 쓰러뜨리지 못하고, 다만 마음대로 걸어갈 뿐이다.

황제가 마침내 꿈에서 깨어나 현실로 돌아오니 뚜렷하게 마음에 느껴지는 바가 있었다. 그는 그 동안 정치를 맡겼던 천로와 역목, 태산계세 사람을 불러놓고 말했다.

"내가 정치를 그대들에게 맡기고 한가롭게 있은 지 석 달 동안 마음을 가다듬고 육체의 욕망을 버린 다음 몸을 수양하고 만물을 다스리려고 하는 도리를 생각해 보았으나 그 방법을 얻지 못하고 그만 몸이 지쳐 잠이 들었다. 그리하여 내가 그와 같은 꿈을 꾸게 된 것이다.

지금 나는 지극한 도는 본래 사람의 감각으로서는 구할 수 없다는 것을 알게 되었다. 나는 참으로 깨달았고 체득하였다. 하지만 이것을 말로써 그대들에게 들려줄 수가 없는 것이 안타깝구나."

그 후 황제는 27년 동안 천하의 백성들을 잘 다스려 자신의 나라를 화서씨의 나라와 비슷하게 만든 다음 세상을 떠났다. 이에 백성들은 그 은덕을 그리워하며 황제의 이름을 끊임없이 입에 올렸다.

화서씨의 나라는 곧 열자가 꿈꾸는 유토피아를 황제를 통하여 구현한 것이다. 도교에서의 선경, 불교에서의 극락, 기독교의 천국, 도연명의 무릉도원 등이 다 인간이 희구하는 이상향이다.

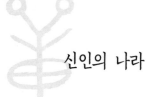

신인의 나라

열 고야산은 해하주 한가운데 솟아나 있는데, 산꼭대기에는 한 신인이 살고 있다. 세상 사람들과 달리 바람과 이슬을 마시며 살았고 곡식을 먹지 않았다. 마음은 샘물과 같이 깊어 지혜로웠고 형체는 처녀와 같았다. 누구와 가깝게 지내지도 않았고 사랑하지도 않았다.

선인과 성인들이 그의 신하였는데, 그들 역시 누구를 무서워하지도 않고 성을 내지 않았다. 마음이 곧고 성실한 사람들이 그들을 따랐는데, 무엇을 베풀어주지도 않고 은혜를 입히지 않았지만 물자가 풍부하였다. 재물을 모으지 않고 거두지도 않지만 부족한 것이 없었다.

해와 달은 항상 밝고, 사시는 상상 순조로웠으며, 바람과 비는 항상 골고루 불고 내렸다. 만물들이 항상 제때에 화육되었으므로 해마다 풍년이 들었으며 땅에는 해가 없었다. 사람에게는 병이 없고, 물건에게는 흠이 없었으며 귀신들 역시 이상한 소리를 내지 않았다.

이 역시 열자가 꿈꾸었던 이상적인 세계이다. 곧 자연이 모든 것을 포용하고 모든 것
이 자연에 의탁하는 삶이다.

바람을 타는 법

열자는 친구 백고자와 함께 스승 노상씨에게서 도를 공부하였다. 세월이 지나 도를 다 깨우친 두 사람은 바람을 타고 훨훨 날아 집으로 돌아왔다.

윤생이란 사람이 그 소문을 듣자 만사를 팽개치고 열자를 찾아와 제자 되기를 청하였다. 그로부터 수개월 동안 윤생은 열자의 집에 머물면서 바람을 타는 술법을 가르쳐달라고 애원하였지만 열자는 들은 척도 하지 않았다. 이에 윤생이 원망하는 마음이 생겨 열자의 곁을 떠났다가 두어 달만에 다시 돌아왔다. 열자는 그를 보고 이렇게 말했다.

"나는 그대가 어느 정도 도를 깨우쳤다고 여겼었는데 현재의 모습을 보니 참으로 비루하기 그지없구나. 자, 앉아라. 내가 스승에게 어떻게 배웠는지 알려주겠다.

내가 스승을 섬기고 백고자를 친구로 삼은 지 3년이 지난 뒤에야 마음으로 옳고 그른 것을 감히 생각지 못하게 되었고, 입으로는 이해타산하는 말을 감히 내뱉지 못하게 되었다. 그때에 이르러서야 스승께서 한번 나를 곁눈질하게 되었다.

5년이 지나자 나는 마음으로 다시 옳고 그른 것을 생각하고 입으로 이해타산하는 말을 하였다. 그러자 비로소 스승의 엄한 얼굴이 한번 풀리고 나를 보며 미소지었다.

또 7년이 지난 뒤에 나는 마음대로 생각해도 옳고 그른 것을 분별할 줄 몰랐고, 입으로 말을 해도 이해타산할 줄 몰랐다. 그제야 비로소 스승께서 나를 한번 끌어당겨 자리를 함께 하게 되었다.

또 10년이 지나자 나는 마음대로 생각하고 입으로 하고싶은 대로 말을 해도 나의 옳고 그른 것과 이롭고 해로운 것을 모를 뿐 아니라 다른 사람의 옳고 그른 것과 이롭고 해로운 것까지 몰랐다. 또 노상씨가 나의 스승인지 또는 백고자가 나의 친구인지도 느낄 수가 없어 정분상 누가 더 가깝고 멀고의 구별조차 없어졌다.

그 후에는 나의 눈이 귀인 것 같기도 하고 나의 귀가 코인 것 같기도 하였으며, 코가 입인 것 같기도 해서 모든 감각 기능이 다 한 가지인 것처럼 느껴졌다. 또 마음은 모여 하나가 되고 형체는 얼음같이 풀어지고 뼈와 살은 다 녹아버려 몸 둘 곳과 발붙일 데를 감각할 수 없게 되었다.

그때부터 나의 몸은 바람 부는 대로 동쪽으로 서쪽으로 불려가기도 하였으니 마치 나뭇잎이나 마른 나무껍질이 공중에 떠다니는 것 같아서 마침내는 바람이 나를 태우고 있는지 내가 바람을 타고 있는지 느낄 수가 없었다.

이제 그대는 스승으로 청한 나의 문하에 들어온 지 얼마 되지도 않았는데, 몇 차례나 나를 원망하였다. 그래가지고서야 자네는 손가락 하나라도 기운을 받을 수 없고, 다리 하나라도 이 땅 위에 설 수가 없다. 그런데 어찌 허공을 밟고 바람을 타기를 바랄 수 있겠는가?"

이 말을 들은 윤생은 너무나 부끄러운 나머지 숨이 막혀 한 마디도 할 수 없었다.

열자가 노상씨에게 바람 타는 법을 배우는 데도 15년이 넘는 수양의 기간이 필요했다. 하물며 윤생은 스승의 밑에 들어간 지 몇 달 되지도 않았는데 그와 같은 경지를 욕심내었으니 참으로 어리석다.

어떤 학문이든지 높은 경지에 다다르려면 그에 필적하는 수양을 전제로 한다. 씨를 뿌렸으되 계절을 기다리지 않고 보살핌과 퇴비도 없이 탐스러운 열매를 기다리는 농부는 없다. 노력하라. 조바심내지 말라. 계속 노력하라. 이것이 바로 열자의 성공학이다.

성인이란 곧 자연이다

열자가 관윤에게 물었다.

"도에 통달한 사람은 물 속에서도 숨이 막히지 않고 불덩이를 밟아도 뜨겁지 않으며 높이 떠있어도 두렵지 않다 하니, 어찌하면 그렇게 될 수 있습니까?"

관윤이 대답했다.

"그것은 지극히 순수한 정기 때문이지 교묘한 지혜라든지 과감한 용기가 있어서 그런 것이 아닙니다. 모습과 형상과 음성과 색깔이 있는 모든 것은 다 물건입니다. 물건과 물건은 본래 하나의 근원에서 나온 것인데, 어떻게 형상이 서로 달라지는 것일까요? 물건이 무엇을 먼저 가지고서 이 세상에 나타나는 것은 아닐까요?

그것은 다른 것이 아니라 색깔을 먼저 가지고 나타나는 것일 뿐입니다. 곧 모든 물건은 처음에 형상이 없는 데서 만들어졌다가 나중에는 변화하지 않는 데로 돌아가서 머물러 있게 되는 것입니다.

대개 이런 빛깔을 얻어가지고 처음에 생겼다가 나중에 없어지는 물건을 탐색하려고 하면 어떻게 그 지극한 곳에 도달할 수 있겠소 그것은 장차 문란하지 않는 자연 법칙에 처하여 있고, 끝이 없는 규율 속에 감추어져 처음과 끝이 있는 만물과 더불어 운행하는 것입니다.

자신의 타고난 천성을 참되게 하고 자신의 덕을 함축성 있게 하여야 이루어진 만물에 통하게 됩니다. 대개 이러한 사람은 자신의 천성을 온전하게 지키고 자신의 정신을 결함이 없게 하는데 물욕이 어떻게 그의 마음속에 들어가겠습니까?

대개 술에 취한 사람은 차에서 떨어질 때 비록 상처를 입어 병이 날지라도 죽지 않고, 뼈마디가 다른 사람과 다름이 없지만 상처를 입어도 다른 사람보다 가볍습니다. 그것은 그의 정신이 차를 타도 탄 줄을 모르고 떨어져도 떨어지는 줄을 모르며, 죽고 사는 것과 놀라고 두려운 생각이 그의 마음속에 들어가지 않기 때문입니다. 그러므로 어떤 물건을 만나도 두려워하지 않습니다.

술에 취해서도 이러하거늘 하물며 본성을 자연 속에서 온전케 할 수 있는 사람이야 더 말할 것이 무엇이겠습니까? 그러므로 물건은 성인을 해칠 수 없는 것입니다.”

깨달은 사람은 희로애락(喜怒哀樂)과 같은 인간의 성품에 무심하다. 그것은 자연에 초월성에 비추어보면 아무 것도 아니기 때문이다. 그러므로 자신을 자연의 흐름에 일치시킨다면 물과 불 같은 것들이 생명을 위협할지라도 두려울 것이 없는 것이다.

백혼무인에게 혼이 난 열자

어느 날 열자가 친구인 백혼무인에게 자신의 궁술을 자랑했다. 그는 활시위를 힘껏 잡아당기고 가득 채운 한 잔의 물을 팔꿈치 위에 올려놓은 다음 화살을 수없이 날렸지만 물잔은 미동도 하지 않았다. 이때 열자의 모습은 마치 넋이 빠진 인형과도 같아 보였다. 이 모습을 본 백혼무인이 말했다.

"이것은 단지 화살을 쏘는 궁술이지, 마음으로 쏘는 궁술은 아니다. 내가 그대를 한 번 시험해 보리라."

백혼무인은 열자를 데리고 높은 산으로 올라가서 우뚝 솟은 바위 위에 서게 한 다음, 그 아래 백길이나 되는 연못을 내려다보면서 활을 쏘도록 했다.

그러자 열자는 겁에 질려서 두 다리는 땅에 대고 있었지만 상반신이 뒤로 자꾸만 물러났다. 그때 백혼무인이 열자에게 한 걸음 더 앞으로 나아가라고 했다. 그러자 열자는 그만 땅바닥에 엎드렸다. 온 몸에 땀이 흘러 발끝까지 주르륵 흘러내렸다. 그러자 백혼무인이 말했다.

"대개 도에 지극한 사람은 위로 끝없는 푸른 하늘을 엿보고, 아래로 가없는 황천을 내려다보면서도 상하사방을 두루 다녀도 신색이 도무지 변하지 않는다. 이제 그대는 두려움에 떨면서 눈이 둥그렇게 되었으니 이러고서야 어찌 활을 쏘아 목표를 맞출 수 있겠는가?"

백척간두(百尺竿頭)에 서 있어도 두려워하는 마음이 없다면 무슨 일이든 이루지 못할 것이 없다. 그러므로 경지에 도달한 사람은 아무리 번잡한 상황에 닥치더라도 일정한 자신만의 자세를 견지할 수 있는 것이다.

지극한 믿음이 가져다주는 것

진 나라의 범씨에게 자화라는 아들이 있었다. 그는 많은 재사들을
식객으로 대접하고 있었기에 백성들이 그를 존경하였다. 그는
왕의 총애에도 불구하고 벼슬을 하지 않았지만 나라 안에서는 고관대
작들보다 더 높은 위치에 있었다. 어떤 사람이든지 자화의 눈에 띄면
백성들로부터 칭송을 받았으며, 그로부터 나쁜 평가를 받으면 호된
비난을 받았다. 이런 까닭에 자화의 저택에는 많은 식객들이 몰려들
었다. 자화는 그들로 하여금 매일같이 지혜를 겨루게 하였고, 힘으로
싸우게 하기도 했다. 사람들은 서로 겨루다가 부상을 당하는 일이 있
어도 개의치 않았다. 다만 밤낮으로 놀면서 즐거워할 뿐이었다. 그리
하여 이런 유희가 진나라의 풍속처럼 자리잡았다.

하루는 식객 중에 화생과 자백이란 사람이 교외로 놀러갔다가 날이
저물자 빈촌의 상구개란 사람의 집에서 머물게 되었다. 밤이 깊어지자
두 사람은 마주앉아 자화에 대하여 이야기를 나누었다.

"자화는 참으로 대단한 인물이다. 살아있는 사람을 죽일 수도 있고,
죽은 사람을 살릴 수도 있다. 또 부자를 가난하게 만들며, 가난뱅이를
부자로 만들 수도 있다."

가난에 허덕이던 상구개가 이 말을 엿듣고 다음날 자화를 찾아가 그의 부하가 되었다. 당시 자화를 따르는 무리들은 대부분 명문귀족 출신이라 좋은 옷과 수레를 타고 다녔으며 걸음걸이는 느렸고 주변을 오시하곤 했다. 그러나 상구개는 나이가 많은 탓에 힘도 없었고 얼굴 빛은 검푸르며 의관도 바로 쓰지 못하였으므로 모두들 그를 깔보았다. 그리하여 숱한 업신여김을 당하였지만 상구개는 화를 내지 않았다.

　어느 날 자화는 무리를 이끌고 높은 누대에 올라가서 주변을 둘러보더니 이렇게 말했다.

　"여기서 뛰어내릴 수 있는 사람이 있다면 황금 백냥을 주겠다."

　이 말이 끝나기가 무섭게 상구개는 누대에서 뛰어내렸다. 그가 떨어지는 모습은 마치 새가 공중에서 훨훨 날아가는 듯했다. 땅에 내려선 상구개는 털끝만큼도 상처를 입지 않았다. 이 일을 사람들은 우연이라고 치부하며 웃어넘겼다.

　며칠 후 자화는 또 사람들을 물가로 데리고 간 다음 깊은 웅덩이를 가리키며 말했다.

　"저 웅덩이 안에는 귀중한 진주가 많이 있다. 누구든지 헤엄을 쳐서 들어가면 그것을 얻을 수 있다."

　사람들은 그 말을 의심하였지만 상구개는 금방 물 속으로 뛰어들어가 진주를 꺼내 가지고 나왔다. 그날 이후 상구개는 자화로부터 고기 반찬과 비단옷을 입는 사람들의 서열에 앉을 수 있도록 대접받았다.

　며칠 뒤 범씨 집 창고에 큰 불이 일어났다. 그러자 자화가 사람들에게 또 이렇게 말했다.

　"만일 저 불구덩이 속에 들어가 귀중한 비단을 꺼내오는 사람이 있다면 그 양의 다소에 따라 상을 주리라."

그러자 상구개는 조금도 망설이는 기색 없이 불덩이가 이글거리는 창고 안으로 들어가 비단필을 꺼내왔다. 그런데 그의 몸에는 이상하게도 재가 묻지 않았고 작은 화상조차 입지 않았다. 이에 범씨의 무리들은 상구개가 도통한 사람인 줄 알고 머리를 조아리며 그 동안의 무례를 사과하였다. 자화 역시 깜짝 놀라 상구개에게 읍하며 말했다.

"우리는 선생이 도를 얻은 사람인 줄을 모르고 그 동안 수없이 기만하였습니다. 또 선생이 신인인줄 모르고 모욕하였으니 그 동안 얼마나 우리를 어리석게 보았을 것입니까. 마치 귀머거리나 소경으로 여겼을 것입니다. 지금 그 모든 일들을 후회하고 사과드립니다. 제발 물 속에 들어가도 빠지지 않고 불 속에 들어가도 타지 않는 도를 저희들에게 가르쳐 주십시오"

그러자 상구개가 대답했다.

"나에게는 아무런 도가 없습니다. 비록 제가 한 일이지만 방법은 모릅니다. 하지만 그 까닭은 말씀드릴 수 있겠습니다.

얼마 전 나는 선생 문하의 두 손님이 우리 집에 머물면서 당신을 칭송하는 소리를 우연히 들었습니다. 이 말을 참으로 믿고 직접 올라와 보니 그때 들은 말과 조금도 틀리지 않았습니다. 그러므로 나는 다만 선생의 문하에서 정성이 부족하지나 않을까, 또는 실천력이 부족하지나 않을까 하여 몸둘 곳을 몰랐고, 이해타산과 같은 생각은 다 잊어버렸습니다. 나의 마음은 한결같고, 거리끼는 것은 하나도 없었습니다. 그저 선생의 위대한 힘만 믿을 뿐이었지요

하지만 비로소 선생의 부하들이 나를 속인 것을 알게 되었습니다.

이제 내 마음속에는 의심이 생기고, 보고 듣는 것을 삼가게 되어 마침내 불 속에 들어가 몸이 타지 않고, 물 속에 들어가 빠지지 않았던 일을 다행으로 여기게 되었습니다. 그때의 일을 생각하기만 하면 아직도 두렵고 떨려서 어쩔 줄을 모르겠습니다. 이래서야 앞으로 어떻게 내가 물과 불을 가까이 할 수 있겠습니까."

말을 마친 상구개는 고개를 절레절레 저으며 고향으로 돌아가버렸다. 이런 일이 있은 후 범씨 문하의 사람들은 길을 가다가 거지아이나 천하게 여기는 수의사를 만나도 감히 모욕을 하지 못하였고, 반드시 수레에서 내려 존경하는 마음으로 절을 하곤 하였다.

재아가 이 이야기를 전해 듣고 스승 공자에게 여쭈니 공자는 이렇게 말했다.

"그대는 아마 그 까닭을 알지 못하리라. 대개 지극한 믿음이란 사물을 감화시킬 수 있고, 천지를 감동시키며, 귀신을 울릴 수 있고, 천하를 횡행하여도 제지할 물건이 없다. 어찌 위험한 땅을 밟고 물과 불 속에 들어가는 것뿐이겠는가. 상구개란 늙은이는 거짓을 믿었는데도 그를 제지하는 물건이 없었거늘 하물며 저편과 내편이 둘 다 성실하게 믿을 경우에는 더 말할 것이 없지 않겠는가? 그대는 이 말을 깊이 새겨두도록 하라."

지극한 믿음과 성실함이 있다면 사람의 능력으로서는 도저히 불가능한 일을 성취해 낼 수 있다. 곧 사람의 정신력은 주어진 육체의 한계를 얼마든지 뛰어넘을 수 있음을 강조하고 있는 것이다.

자연의 이치를 따르면

주 나라 선왕에게는 새와 짐승을 잘 키우는 양앙이라는 사람이 있었다. 그가 새와 짐승에게 먹이를 줄 때는 아무리 사나운 호랑이나 이리, 독수리 등도 온순하게 행동하였다.

왕은 만일 양앙이 죽으면 그 사육 방법이 대를 잇지 못하고 끊어질 것을 걱정하여 모구원이라는 사람에게 그 기술을 전수하라고 명하였다. 양앙은 가르침을 받으러 온 모구원에게 이렇게 말했다.

"저에게는 특별한 짐승 사육 방법이 없습니다. 다만 제가 알고 있는 평범한 호랑이 사육 방법을 말씀드리겠습니다.

대개 호랑이는 자신에게 순종하면 좋아하고 거스르면 성을 냅니다. 혈기가 있는 동물의 성정이 대개 그렇습니다. 하지만 호랑이가 성내고 기뻐하는 것이 어찌 아무런 이유 없는 망발이겠습니까? 그것은 다 거스름이 있기에 그런 것입니다.

호랑이에게는 살아있는 먹이를 주지 않습니다. 그것은 호랑이의 살기를 돋구기 때문입니다. 마찬가지로 성한 먹이도 주지 않습니다. 왜냐하면 물건을 찢어버리는 성질을 돋구기 때문이지요 그러므로 호랑이가 배고프고 부른 때를 알아 성을 내는지의 마음을 잘 이해해야만

69

합니다.

호랑이와 사람은 본래 다른 종류이지만 저를 먹여주는 사람에게 아양을 떠는 것은 자신을 알아주기 때문입니다. 대개 호랑이가 사람을 죽이는 것은 제 마음이 거슬린 결과입니다. 그런데 어떻게 내가 호랑이의 뜻을 거슬려 성을 내도록 하겠습니까?

그렇다고 해서 덮어놓고 호랑이의 뜻에 따라 기쁘게만 해주어도 안됩니다. 너무 자주 호랑이를 기쁘게 하면 반드시 성을 내고, 또 너무 자주 성내게 하면 기뻐하기 때문입니다. 이는 다 사람이 자기 뜻대로 하여 호랑이의 심리에 맞지 않는 것입니다. 이제 나의 마음은 덮어놓고 호랑이의 뜻을 거슬려 성을 내게 하지 않고, 또 호랑이의 뜻에 따라 기쁘게만 하려고 하지 않습니다.

이렇게 호랑이를 대하듯 뭇 새와 짐승들을 다루었으므로 그네들은 결국 나를 친구로 여기게 되었습니다. 그러므로 짐승들은 구태여 높은 숲 속과 넓은 못, 깊은 산골짜기로 돌아가기를 원하지 않는 것입니다."

자연의 이치는 인간만이 아니라 모든 생물에게 관계된다. 이 자연의 뜻에 따라 동물들을 기르면 비록 맹수라 할지라도 친구처럼 다정하게 대할 수 있다. 어쩌면 적이란 마음이 비뚤어진 관계 이상도 이하도 아니라는 의미까지 담고 있는 듯하다.

마음을 다스리며 살아라

어느 날 안회가 공자에게 물었다.

"일찍이 저는 상심이란 호수를 건넌 적이 있습니다. 그때 사공이 하도 배를 귀신같이 잘 젓는지라, 그 방법을 배울 수 있겠느냐고 묻자 그는 이렇게 말하는 것이었습니다.

'좋습니다. 본래 헤엄을 잘 치는 사람은 재주가 있는 사람이라 배 젓는 법을 빨리 배울 수 있습니다. 오리와 같이 물밑으로 들어가서 헤엄치는 사람은 배를 본 적이 없어도 바로 배를 잘 저을 줄 아는 법이니까요.'

그 말을 듣고 저는 더 이상 묻지 않았습니다. 하지만 스승님께 여쭙니다. 그게 대체 무슨 뜻입니까?"

그러자 공자가 대답했다.

"나는 성인들의 학문을 배운 지 오래 되었지만 그것을 실제로 사용할 줄은 모른다. 하지만 뱃사공의 말뜻은 알아듣겠다. 헤엄을 잘 치는 사람이라야 가르칠 만하다는 뜻은 그런 사람은 물을 염두에 두지 않기 때문에 두려움을 모르는 것이다.

저 오리와 같이 물밑으로 들어가서 헤엄치는 사람들은 배를 본 적도 없지만 바로 배를 잘 저을 줄 알 것이다. 그들은 호수를 평지의 언덕과 같이 여기기에, 배를 물 속에서 뒤집어놓는 일쯤은 평지에서 수레를 뒤로 끌어당겨 물러가게 하는 일과 다를 것이 무엇이겠느냐.

그와 같은 사람은 천지만물을 뒤집어 자기 앞에 버려 놓더라도 마음이 흔들리지 않는다. 그러니 어디를 가든지 그 마음이 안정되어 한가로운 것이다.

놀음판에서 기와던지기를 하거나, 갈고리던지기를 하는 사람들은 누구나 마음을 모아 힘껏 재주를 펼치지만 그 기와나 갈고리를 황금으로 대신한다면 문득 마음이 어두워지게 마련이다. 그 기교는 매한가지이지만 아까워하는 것이 있으면 바깥을 중히 여기는 법이다. 무릇 바깥을 중하게 여기는 사람은 안으로 소홀해진다.”

자연과 삶을 일치시키려면 사사로운 인간의 감정과 욕망을 버려야 한다. 이것이 곧 장자의 좌망법(坐忘法)이다. 마음을 다스리며 살라는 말이다.

천성이 곧 천명이다

공자가 여량 땅에 갔을 때의 일이다. 높은 낭떠러지에서 떨어지는 물이 30길이나 되었고, 또 거기서 물거품을 일으키며 흘러가는 물결이 30리에 뻗쳐 흘렀다. 그곳은 물결이 너무 세어서 커다란 거북과 자라, 물고기들조차 뛰어 놀 수가 없을 정도였다.

그런데 공자는 문득 그 거센 물 속에서 헤엄을 치고 있는 사람을 발견하였다. 공자는 그가 빠져죽으려는 줄 알고 제자들에게 빨리 구해 주라고 일렀다. 하지만 그 남자는 이런 소동에 아랑곳하지 않고 유유히 헤엄을 치다가 물 밖으로 나오더니 노래를 부르며 걸어가는 것이 아닌가. 놀랍고 신기한 나머지 공자는 쫓아가서 물었다.

"이런 위험한 곳에서 헤엄을 치다니 탄복할 만한 일입니다. 저는 처음에 당신이 귀신인 줄로만 알았습니다. 무슨 비결이 있기에 이런 물 속에서 자유자재로 헤엄을 칠 수 있는 것입니까?"

그러자 그 남자는 이렇게 대답했다.

"비결이라니요, 당치도 않습니다. 나는 육지에서 사는 사람들이 잘 걷듯이 물 속에서 헤엄을 잘 칠 뿐입니다. 그것은 타고난 소질에서 시작하여 천성이 되고 천명이 된 것입니다. 다만 물의 이치에 따를 뿐인데 어찌 특별한 비결이 있을 수 있겠습니까?"

"자연히 타고난 소질에서 시작하여 물 속에서 사는 것이 천성이 되고, 그 천성이 천명이 된다는 말은 무슨 뜻입니까?"

"사람이 육지에서 나서 육지에서 편안하게 사는 것을 하나의 습관이라고 합니다. 반대로 내가 늘 물에 사는 것 역시 습관이 아니겠습니까. 그러므로 내가 물을 편하게 대하는 것은 천성이라 아니할 수 없습니다. 이 천성이 왜 그럴 수 있는지 지혜로서는 도저히 그 까닭을 알 수 없게 되는 것을 바로 천명이라고 하는 것입니다."

사람이 자연의 이치를 잘 알고 그 질서에 따라 살면 인력으로 불가능해 보이는 일조차 평범한 일상이 될 수 있다는 뜻이다.

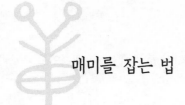

매미를 잡는 법

공 자가 남쪽 초나라에 갔을 때의 일이다. 깊은 삼림 속을 지나는
데 한 곱추 사나이가 매미를 마치 길에 떨어져 있는 물건을 줍
듯이 손쉽게 잡는 광경을 목격하게 되었다. 호기심이 생긴 공자가 다
가가서 물었다.

"당신의 참 매미 잡는 방법이 참으로 교묘하구려. 무슨 비결이라도
있습니까?"

"그렇구 말구요 잘 들어보십시오 먼저 흙으로 빚은 둥근 알 두 개
를 대나무 가지 끝에 포개 놓고 5,6개월 동안 연습하여 그것이 떨어지
지 않으면 저울눈의 10분의 1사이의 차이로 매미를 놓칩니다.

그 다음 세 개를 포개 놓아도 떨어뜨리지 않을 정도가 되면 열 마리
에서 한 마리 정도 놓치게 됩니다. 다섯 개를 포개 놓아도 떨어뜨리지
않을 정도가 되어야 길에서 물건을 줍듯이 매미를 잡을 수 있습니다.
이때 나의 몸은 매미에게만 정신이 쏠려 마치 나무등걸 같고, 팔은 나
뭇가지와 같이 내뻗고 있을 뿐입니다.

하늘과 땅이 아무리 크고 만물이 아무리 많다 하더라도 나는 다만
매미의 날갯죽지만 있는 줄 알고, 몸이 움직이거나 치우치지도 않으니

내 마음과 매미가 하나가 되는 것입니다. 이렇게 하니 어찌 매미인들 달아날 생각을 하겠습니까?"

이 말에 감동한 공자는 제자들을 돌아보며 이렇게 말했다.

"사람이 정신을 흩트리지 않고 집중시킨다면 신과 같이 된다고 하는 것은 바로 이 매미 잡는 사람을 두고 한 말일 게다."

이 말을 들은 꼽추 사나이는 비웃음이 가득한 얼굴로 공자에게 이렇게 말하더니 어디론가 사라졌다.

"당신은 깃 넓은 예복을 입고 돌아다니는 유가의 무리인데 무엇을 더 알고 싶어 묻고 다니시오 당신네 인의의 학술이나 다 이루고 나서 드높은 자연의 도술에 대해서 묻기 바랍니다."

자연의 힘이 무한한 것처럼 사람의 정신력이란 헤아릴 수 없는 가능성을 가지고 있다. 정신을 한 곳에 모으면 이루지 못할 것이 없다. 열자는 지식인이나 무지렁이 할 것 없이 인간이 가진 무한한 가능성을 말해주고 있는 것이다.

갈매기가 오지 않는 까닭은?

동쪽 바닷가에 갈매기를 몹시 사랑하는 소년이 있었다. 소년은 매일 아침 바닷가에서 수백 마리의 갈매기 떼와 어울려 사이좋게 놀았다. 어느 날 아버지가 이것을 알고 아들에게 말했다.

"애야, 네가 갈매기들과 친하다고 하니 내일 아침에 갈매기 한 마리만 잡아다 주렴. 심심할 때 나의 노리개로 삼고 싶구나."

아버지의 간곡한 부탁에 소년은 갈매기를 잡으려는 마음을 가지고 바닷가로 나갔다. 그런데 그날 따라 갈매기들은 공중에서 너울너울 춤을 출 뿐 한 마리도 소년의 곁에 내려앉지 않았다.

'지극히 선한 말은 말이 없고, 지극히 선한 행위는 하는 일이 없다.'라는 말이 있다. 세속의 지혜로 이해되는 지식이란 너무나도 천박한 것이다.

마음은 드러내지 않으려 해도 저절로 심신에 투영되고 자연에 감응한다. 그러므로 하늘은 선한 마음을 가진 사람에게 복을 내리고, 악한 마음을 가진 사람을 징벌하는 것이다.

물불을 헤아리지 않는 사람

조 양자가 중산 땅으로 사냥을 하러 갔다. 부하들이 짐승들을 쫓기 위해 산에 불을 지르자, 곧 부챗살 같은 불길이 하늘을 찌를 듯이 사방으로 퍼져나갔다.

그때 신기한 일이 벌어졌다. 한 사나이가 산중의 바위구멍에서 불쑥 나오더니 피어오르는 연기를 따라 공중에서 오르락내리락하는 것이 아닌가. 사람들은 그 모양을 보고 깜짝 놀라 이렇게 소리질렀다.

"저 자는 사람이 아니라 귀신임에 틀림없다."

하지만 사나이는 이런 사람들의 어수선한 반응에도 아랑곳하지 않고 불길이 제 곁을 다 지나간 뒤에 유유히 걸어나오는 것이었다. 마치 아무런 일도 겪지 않은 듯한 표정이었다. 조양자는 괴이하게 여기고 그 사나이를 불러 생김새를 살펴보았지만 보통 사람과 다름이 없었다. 그래서 사나이에게 물었다.

"그대는 무슨 도술을 쓰기에 바위구멍 속이나 불더미 속에 들어갈 수 있는가?"

그러자 사나이는 어리둥절한 표정으로 되물었다.

"어떤 물건을 바위라 하고 또 어떤 물건을 불이라고 하는 겁니까?"

"아까 그대가 구멍에서 불쑥 뛰쳐나온 곳이 바위요, 무럭무럭 일어나는 연기를 타고 공중에서 오르락내리락 한 것이 바로 불이다."

이 말을 들은 사나이는 시큰둥한 표정으로 이렇게 대답했다.

"아, 그렇습니까? 저는 그런 것들이 있는지조차 알지 못했습니다."

위문후가 이 소문을 듣고 마침 자기 밑에서 벼슬하고 있던 공자의 제자 자하에게 물었다.

"그 사나이는 대체 어떤 사람입니까?"

"제 스승님께서는 일찍이 이렇게 말씀하셨습니다. '천지 사이의 화기란 것은 만물에 있어서 크게 똑같은 근원이 되는 것이다. 이것을 얻은 사람은 어떤 물건이든지 그를 해칠 수 없다. 쇠와 돌 속에 들어가서 놀 수 있고, 물과 불을 밟을 수도 있다'라고 말입니다."

"그러면 그대는 왜 그런 일을 하지 않는 것입니까?"

"저는 아직도 마음을 쪼개버리고 지혜를 버리는 일에 미흡합니다. 그것을 언급하는 것조차도 아직 수양이 더 필요합니다."

"그렇다면 공자께서는 가능하시겠군요?"

"물론 우리 스승님께서는 가능하지만 하지 않을 수도 있습니다."

자연과 조화롭게 사는 사람은 불이나 물에 임하여서도 두려워하지 않는다. 두려움이란 악한 마음에서 싹트는 것이다. 깊은 수양을 바탕으로 공명정대한 자세를 견지해야만 한다. 그런 사람이야말로 진실로 지혜롭다고 할 수 있겠다.

호구자가 무당을 혼내주다

제 나라의 영험한 무당 계함이 정나라로 이사를 왔다. 사람들은 미래의 길흉화복을 귀신같이 알아맞히는 그의 점괘를 보고 감탄을 금치 못했다. 그리하여 정나라 사람들 중에는 자신의 죽을 날을 미리 알까봐 지레 겁먹고 피하는 사람들까지도 있었다. 그런데 열자만은 그를 한번 보자 너무나 감동하여 스승인 호구자에게 달려가서 말했다.

"저는 여태까지 스승님의 도가 가장 지극하다고 생각했습니다. 하지만 계함은 스승님보다 더 큰 도를 가지고 있는 것 같습니다."

그 말을 들은 호구자가 말했다.

"내가 지금까지 그대에게 도학은 다 가르쳐주었지만 실제 도술은 보여주지 않았다. 그러니 그대가 본래부터 도를 체득하였다고 말할 수는 없다. 비유하면 새가 암컷이 아무리 많다고 하더라도 하나의 수컷이 없으면 알을 낳지 못하는 것과 같다. 내가 도술로써 그 무당과 겨루어보면 그대는 믿게 될 것이다. 무당으로 하여금 나의 관상을 한 번 보게 하라."

그리하여 열자는 이튿날 무당을 데리고 와서 스승의 관상을 보도록 하였다. 무당은 호구자의 얼굴을 이리저리 살펴보더니 밖으로 나가 열자에게 말했다.

"아아, 당신의 스승은 곧 세상을 떠날 것입니다. 도저히 돌이킬 가망이 없습니다. 앞으로 열흘도 못 살 것 같습니다. 나는 방금 당신의 스승에게서 이상한 점을 보았는데 그 기상이 마치 물에 젖은 잿빛 같았습니다."

이 말을 들은 열자는 눈물을 흘리며 슬퍼하였다. 다음날 아침 무당의 말을 전해주니 호구자는 담담한 얼굴로 이렇게 말하는 것이었다.

"어제는 내가 무당에게 흙덩어리와 같은 기상을 보여주었다. 내 마음은 움직이지도 않고 정지하지도 않은 가운데 싹트고 있었다. 이것은 나의 마음속에 잠재한 덕의 기상을 막고 있는 모양을 보여준 것이다. 다시 한번 무당으로 하여금 나의 관상을 보게 하라."

이렇게 해서 다시 호구자의 관상을 본 무당이 열자에게 말했다.

"다행스런 일입니다. 당신의 스승은 천운으로 병이 나은 것 같습니다. 오늘은 아주 생기발랄해서 생의 잠재력이 살아난 것 같습니다."

다음날 이 말을 전해들은 호구자는 다시 열자에게 말했다.

"어제는 내가 그에게 하늘과 땅 사이에서 움직이는 기상을 보여주었다. 사물과 사물의 명칭이 나의 마음에 들어오지 않았다. 그리고 나는 발꿈치로 숨을 쉬었다. 이것은 그가 나의 생의 잠재해 있는 힘이 움직이는 것만을 본 것이다. 내일 다시 한번 그를 데려오라."

이튿날 다시 호구자의 관상을 본 무당이 말했다.

"당신의 스승은 가만히 앉아 있지 않으니 상을 도저히 볼 수가 없습니다. 만일 가만히 앉아 있으면 다시 상을 볼 수 있겠습니다."

열자가 또 이 말을 다시 전하니 호구자가 이렇게 일렀다.

"어제는 내가 그에게 마음이 맑고 깨끗한 기상을 보여주었다. 이것은 그가 나의 수평선 같이 평온한 관상을 본 것이다. 비유하면 마음의 움직임은 어떤 때는 물이 맴돌아치는 연못과 같고, 어떤 때는 물이 모여 머물러있는 연못과도 같다. 어떤 때는 샘물이 위에서 아래로 흐르는 연못과 같고, 어떤 때는 터졌던 하수물이 제자리로 돌아오는 연못과 같다. 또 어떤 때는 물이 흘러가는 연못과 같고, 수량이 풍부한 연못과도 같다. 이것을 아홉 가지 마음의 연못이라 한다. 어쨌든 한 번만 더 그를 데리고 오라."

이튿날 열자의 청에 따라 호구자를 찾은 무당은 관상을 보려다가 진땀을 흘리면서 우물쭈물하더니 그만 문을 박차고 밖으로 달아나버렸다. 이때 호구자가 열자를 향해 이렇게 말했다.

"그의 뒤를 쫓아가 보거라."

열자가 그 말을 듣고 무당을 쫓아갔지만 그만 행적을 놓쳐버리고 말았다.

"무당이 어디론가 사라져버렸습니다. 저는 도저히 따라잡을 수가 없었습니다."

그러자 호구자가 말했다.

"아까는 그에게 나의 도가 아직 밖으로 나타나지 않은 모양을 보여주었다. 나는 그와 같이 둘 다 허무의 상태로 돌아가서 다만 자연의 흐름에 따라 변화하였을 뿐이다. 그래서 그는 결국 내가 누구인지 모르게 되었다. 따라서 그는 나를 조화 속에 숨어서 흐르는 물과 같이 흘러간다고 생각하였다. 그러므로 놀라서 도망쳐버린 것이다."

이 말을 들은 열자는 지금까지 자신이 배운 것은 아무 것도 아니라

고 생각하게 되었다. 그리하여 호구자에게 하직인사를 하고는 곧장 집
으로 돌아갔다.

그 후 열자는 3년 동안 문 밖 출입을 하지 않은 채 다만 아내를 대신
하여 밥을 지어 주면서 부엌데기 생활을 하였다. 음식은 돼지여물을
먹고 일을 하는 데 있어서도 모든 애착을 버렸다.

열자는 지금까지의 수양 생활을 다 버리고 다시 소박한 삶으로 돌
아간 것이었다. 그렇게 목석과 같은 모습으로 살아가면서 그는 단연코
외부 사람들과는 인연을 끊고 다만 하나의 도와 더불어 일생을 마치
고자 하였다.

지극히 높은 도는 한낱 예언이나 참언에 흔들리지 않는다. 마음이란 그 사람의 투영이
다. 어찌 편협된 무당의 눈으로서 맑고 깨끗한 깨달음의 존재를 오시(傲視)할 수
있겠는가.

세상에 드러나지 않는 법

열자가 제나라로 가다가 되돌아오는 길에 우연히 친구인 백혼무인을 만났다. 백혼무인이 열자에게 물었다.

"어디에 다녀오는 길입니까?"

"제나라에 가는 도중에 놀라서 되돌아오는 길입니다."

"무슨 일이 있었습니까?"

"제나라로 가던 도중 나는 음식물을 파는 가게가 열 집쯤 되는 시장통에 들어가 먹을 것을 구하러 다녔습니다. 그런데 그들은 내게 돈이 있는지 없는지도 모르면서 물건을 내주는 것이 아니겠습니까?"

"그렇다고 해서 놀랄 것까지는 없지 않습니까?"

"내 마음속에 성실성이 있는지 없는지도 석연치 않은데 겉모양으로만 남보기에 훌륭해 보여 사람의 마음을 복종시키고, 또 사람들로 하여금 아직 나와 같이 젊은 사람을 늙은이로 대우하니 걱정이 되고 마음이 산란하게 되었습니다. 저 상인들은 밥과 국을 팔아 돈벌이를 하지만 여유있는 처지는 아닙니다. 그렇게 이익도 박하고 아무런 힘도 없는 사람들이 나처럼 보잘것없는 사람에게 존경의 표시를 한 것입니다.

이런 터에 나라를 위하기에는 몸이 수고롭고, 일을 처리하기에는 지혜도 궁한 나를 보고서 제나라의 임금이 국사를 맡겨 보람있는 성과를 거두라고 한다면 큰일입니다. 그래서 나는 황급히 발길을 돌리게 된 것입니다."

"거 참 잘 생각했습니다. 그렇지만 당신은 처신을 잘하고 있을 뿐입니다. 만일 그게 아니라면 세상 사람들이 장차 당신을 치켜올려 세울 것입니다."

며칠 뒤 백혼무인이 열자의 집에 가 보니 문밖에 사람들의 신발이 가득 늘어서 있었다. 그는 짚고 왔던 지팡이 위에 자신의 턱을 괴고 한참동안 서 있다가 아무 말 없이 나가 버렸다. 밖에서 손님을 안내하고 있던 사람이 이상하게 여기고 그 일을 열자에게 전하였다. 열자는 맨발로 급히 쫓아가 겨우 백혼무인을 부여잡고 물었다.

"선생께서는 저희 집에까지 오셨으면서 어찌 좋은 말씀 한 마디도 없이 떠나셨습니까?"

"그만 두십시오 이미 일이 다 글러버렸습니다. 내가 처음에 이르기를 세상사람들이 당신을 치켜올려 세우면 안 된다고 했는데 오늘 보니 과연 사람들이 당신을 그렇게 하고 있었습니다.

물론 당신이 사람들로 하여금 자신을 그런 대접을 받으려고 한 것은 아니지만, 사람들은 그렇게 하지 않을 수 없었던 것입니다. 다시 말하면 사람들은 자신을 이 세상에 드러내려고 무척 애쓰지만, 자신을 드러내지 않으려고 애쓰는 것이 더 어렵다는 말입니다.

당신은 무엇 때문에 사람들을 감동시키는 것입니까? 그뿐 아닙니다. 사람들이 당신에게 감동하면 당신 자신도 사람들 때문에 흔들리게 되니 도학을 하는 데는 이런 것이 아무 의미도 없는 것입니다.

당신과 함께 어울리는 사람들은 모두가 다 당신의 근본을 흔드는 사람이지, 당신에게 충고해주는 사람이 아닙니다. 또 그들의 교묘한 말은 사람들에게 해로움을 주는 것들입니다. 이와 같은 이치를 그들 스스로 느끼거나 깨닫지 못한다면 누구를 스승으로 모신들 무슨 소용이 있겠습니까?"

자신을 세상에 드러내는 것보다 드러내지 않는 것이 더 어렵다. 깨달음이란 채움이 아니라 비움이다. 때문에 지극한 도란 무(無)이고 허(虛)일진대 그것에 이르는 길이 멀고 먼 것이다.

현명한 바보가 되는 법

양주는 남쪽 패 땅으로 가고, 노자는 서쪽 진나라로 가다가 서로 교외에서 만났다. 두 사람은 함께 여관으로 들어갔다. 이때 노자가 문득 하늘을 우러러보며 탄식하더니 이렇게 말했다.

"나는 처음에 그대를 가르칠 만한 사람이라고 생각했는데 아무리 보아도 가르칠만한 사람이 못되는구려."

이 말에 양주는 아무 대꾸도 못하였다. 다음날 아침 양주는 이를 닦고 세수한 다음 옷을 단정하게 갖춰 입고서 노자에게 물었다.

"어제 선생님께서는 하늘을 우러러 탄식하면서 저를 일러 가르칠 만한 사람이 못된다고 말씀하셨습니다. 그때 선생님께서 앞으로만 걸어가셨기 때문에 미처 까닭을 여쭈지 못했습니다. 이제 틈이 있는 것 같으니 제 잘못을 깨우쳐 주십시오"

그러자 노자는 말했다.

"예전에는 그렇지 않았는데, 어제 그대의 몸가짐을 보니 눈을 거만하게 부릅뜨고 자신 외에는 사람이 없는 것만 같은 방자한 태도였다. 대체 그대는 앞으로 누구와 같이 살아갈 작정인가.

세속의 인간들과 같이 지내려 하면 모르겠지만 적어도 도학에 뜻을 두는 사람이라면 밝고 큰 도를 가졌을지라도 암흑 속에 살아가는 것 같이 해야 하며, 성대한 덕을 지니고서도 항상 부족함을 느껴야 하는 법이다."

이 말을 들은 양주는 불안한 얼굴로 대답했다.

"앞으로는 삼가며 선생님의 뜻을 잘 받들겠습니다."

처음 양주가 여관에 들어갔을 때는 매우 거만한 태도였으므로 여관 집 하인들은 위압감을 느끼고 벌벌 떨면서 그를 맞아들였다. 여관집 주인은 혹시나 꾸지람을 듣지나 않을까 조심하여 앉을 자리를 깔아놓았고, 그 아내는 세수 수건과 머리빗을 가져왔다.

또 여관에 머물던 사람들도 다 자리를 피했으며, 불을 쬐고 있던 사람들도 다 화롯가를 비켜주었다. 그러나 양주가 여관에서 나갈 무렵에는 사람들은 죄다 그를 자기들과 같은 부류로 취급하였고 나중에는 화롯가에 서로 먼저 앉으려고 자리다툼까지 벌였다.

타인을 대할 때 거만한 태도를 취하여 자신의 위세를 과시하는 것은 우둔한 인간의 성정이다. 익은 벼이삭이 고개를 숙이듯 아랫사람이라도 겸손한 태도로 대할 때 비로소 진정한 존경을 얻을 수 있는 것이다.

남보다 못나게 되는 법

양주가 송나라를 지나 동쪽으로 향하다가 국경에 이르러 어떤 여관에 머물게 되었다. 그 여관 주인에게는 첩이 두 사람 있었는데 하나는 미인이었고 하나는 추녀였다. 그런데 이상하게도 추녀가 사랑을 받고 미인은 박대를 받고 있었다. 양자가 그 까닭을 묻자 주인은 웃으면서 이렇게 대답했다.

"여자의 얼굴이 예쁘면 제 얼굴이 예쁜 것이지 내가 그렇게 만든 것이 아닙니다. 그러므로 나는 그것을 별로 예쁘게 생각지 않습니다. 또 얼굴이 못나면 제 얼굴이 못난 것이지 내가 그렇게 만든 것이 아닙니다. 그러므로 나는 그 얼굴이 못난 것을 정말 못난 것으로 여기지 않을 뿐입니다."

그 말을 들은 양주는 느낀 바 있어 제자들에게 이렇게 말했다.

"그대들은 이 말을 잘 기억하라. 좋은 일을 행하되 자신이 잘 나서 그렇게 된 것이 아니라 저절로 그렇게 된 것이라고 생각하면 어디를 가든지 남에게 사랑받지 못할 까닭이 없는 것이다.

세상에는 항상 남보다 나아지는 도리가 있고, 남보다 못해지는 도리도 있다. 남보다 나아지는 도리란 '자신이 자신의 몸을 유약하게 가지는 것'이고, 남보다 못해지는 도리란 '자신이 자신의 몸을 굳세게 가지는 것'이라 한다.

이 두 가지 이치는 누구나 다 알기 쉽지만 실제로는 깨닫지 못하는 것이다. 옛말에 '자신이 굳세다는 것은 자기보다 못한 사람보다 낫다는 뜻이다. 자신이 약하다는 것은 자신보다 나은 사람보다 약하다는 뜻이다.

자신이 항상 남보다 낫다고 생각하는 사람은 위태롭고, 못하다고 여기는 사람은 위태로운 일을 당하지 않는다. 자신이 남보다 낫다는 것도 대수롭게 여기지 않고, 가장 낫다는 것도 대수롭게 여기지 않는다'라고 하는 것이다. 이것은 자신이 남들보다 드러나지 않으면서도 저절로 드러나는 것이다."

남보다 낫다고 여기면 도리어 뒤지게 되고, 남보다 못하다고 여기면 도리어 앞서게 된다. 이것은 앞선 사람은 게으르게 되고, 뒤진 사람은 노력하는 까닭이다. 토끼와 거북의 우화처럼 꾸준히 자신을 닦아나가는 삶을 누리도록 하자.

사람의 마음, 짐승의 마음

죽자는 일찍이 이렇게 말했다.

"굳센 사람이 되려고 하면 반드시 먼저 부드러운 기운을 지켜야 하고, 강해지려고 하면 반드시 먼저 약한 기운을 보존해야 한다. 부드러운 기운을 쌓으면 반드시 굳게 서고, 약한 기운을 쌓으면 반드시 강해진다. 그 사람의 기운이 쌓인 것을 보아 그의 화와 복의 근원을 알 수 있다.

본래 굳게 사는 것은 기운이 나만 못한 사람을 이기는 것이다. 만일 기운이 나와 같은 사람을 만나게 되면 반드시 꺾인다. 그러나 부드러운 기운은 나보다 나은 사람을 이기므로 그 힘을 헤아릴 수 없다.

노자가 말하기를 '군사가 강하면 멸망하고 밑동이 강하면 꺾인다. 유하고 약한 것은 생의 편이 되고, 굳고 강한 것은 죽음의 편이 된다' 라고 했다.

사람의 형상이 반드시 같지 않으면서도 지혜가 같기도 하고, 지혜가 반드시 같지 않으면서 형상이 같기도 하다. 성인은 지혜가 같은 것을 취하고, 형상이 같은 것을 버린다. 그런데 세상 사람들은 자기와 형상이 같은 사람과 가까이하고 지혜가 같은 사람과는 멀리한다. 형상이 자기와 같은 사람은 가까이하여 사랑하고 다른 사람은 멀리하며 무서워한다.

일곱 자 가량 되는 신체와 다 각각 다른 손과 발을 가지고 머리에 모발이 나고 입에 이빨이 있어서 서로 의지하여 한데 어울리는 것을 사람이라고 한다. 그러나 사람이라고 해서 반드시 짐승의 마음이 없는 것이 아니다. 비록 짐승의 마음을 가지고서도 형상만 보고서 서로 친근하게 지낼 뿐이다.

날개가 돋치고 뿔이 나고 어금니와 발톱이 있어서 공중으로 날아다니고 땅에 엎디어 기어다니는 것을 새와 짐승이라 한다. 그러나 새와 짐승이라 해서 반드시 사람의 마음이 없는 것이 아니다. 비록 사람의 마음을 가졌을지라도 형상만 보고서 서로 멀리 하는 것이다.

옛날 포희씨와 여와씨, 신농씨와 하후씨는 다 몸은 뱀의 형상이요, 얼굴은 사람이었고, 머리는 소였으며, 코는 호랑이 형상이어서 사람의 모습이 아니면서도 다 대성인의 덕이 있었다.

하나라의 걸임금과 은의 주임금, 노의 환공과 초의 목공 같은 이들은 그 생김새와 일곱 구멍이 사람과 같았지만 새와 짐승의 마음이 있었다. 그런데도 사람들은 사람이 하나의 형상만 잘 갖추어져 있으면 바로 마음에도 지극한 지혜가 있다고 보니 참으로 기대할 수 없는 말이다.

황제와 염제가 판천의 들판에서 서로 싸울 때 곰과 비곰, 이리와 표범, 산고양이와 호랑이떼로 전위부대를 삼고, 수리와 독수리, 매와 소리개떼로 하여금 기치를 삼았으니, 이것은 다 힘으로 새와 짐승을 마음대로 부린 사람들이었다.

요임금은 기라는 악사로 하여금 음악회를 열게 하여 돌을 쳐서 장단을 맞추니, 온갖 짐승이 기어들어 춤을 추었고, 퉁소와 피리를 불어 연주를 하니 봉황새도 날아들어 춤을 추었다. 이것은 다 소리로 새와 짐승을 불러오게 한 것이다.

　그렇다면 새와 짐승의 마음이 어찌 사람과 다르겠는가. 다만 새와 짐승의 형체와 음성이 달라서 이것들과 접근하는 도리를 모를 뿐이다. 성인은 알지 못하는 것이 없고, 통하지 못하는 것이 없으므로 이런 이치를 인용하여 그것들을 부릴 수 있었던 것이다.

　새와 짐승의 지혜도 자연히 사람과 같은 점이 있는 것은, 그것이 다 같이 살려고 하는 동물이기 때문이다. 그러나 새와 짐승은 역시 지혜를 사람에게서 빌려오지 않고, 저희들끼리 사는 것이다.

　암놈과 수놈이 서로 짝을 짓고, 어미와 새끼가 서로 사랑하고, 평지를 피하여 험한 곳에 의지하고, 추운 곳을 피하여 따뜻한 곳으로 가고, 보금자리나 굴속에 있을 때에는 떼를 지어 같이 있고, 밖으로 걸어다닐 때에는 열을 지어서 같이 가며, 어린놈은 집안에 있고, 장성한 놈은 밖에 있으며, 물을 마시려 할 때에는 서로 이끌어가고, 먹을 것이 있을 때에는 다른 여러 놈에게 알려준다.

　아주 옛날에는 그것들이 사람들과 함께 살았고 걸어다녔다. 그러나 오제 삼황 때에 이르러 그것들이 비로소 놀라 흩어지게 되었다. 그 다음 말세가 되면서부터는 사람들이 무서워져서 해를 입을까봐 숨어살고 있다. 지금 동방의 개씨라는 나라에서는 동물들의 말을 잘 알아듣는 사람이 흔하다. 그것은 물론 한편만 알 수 있는 지식이다.

　아주 옛날의 신인과 성인들은 만물의 실정을 갖추어 알았었고, 다른 종류의 음성을 알아들어서 그것들과 함께 모여있었다. 또 그것들을 받아들여 가르침으로 백성들과 함께 살게 했다. 그러므로 성인은 먼저 귀신과 도깨비들을 모아놓았고, 그 다음 사방의 백성들을 모아놓고, 끝으로 새와 짐승, 벌레와 나비 같은 것들을 모아 놓았다.

이것은 혈기가 있는 모든 동물은 그 마음과 지혜가 사람과 그리 다르지 않음을 말하는 것이다. 옛 신인과 선인은 사람과 동물의 관계가 이러한 것을 알았기 때문에 그 교훈이 속속들이 스며들어 하나도 버릴 것이 없었다."

사람의 겉모습을 볼 것이 아니라 속마음을 보라는 뜻이다. 사람에게도 포악한 짐승의 성정이 있고, 짐승에게도 선한 사람의 마음이 있다. 그러므로 지혜로운 사람에게는 세 개의 눈이 있다. 곧 사물의 겉모습을 보는 두 개의 눈과 마음을 읽는 심안(心眼)이 바로 그것이다.

조삼모사의 간사한 지혜

송 나라에 원숭이를 좋아하여 여러 마리를 기르는 저공이란 사람이 있었는데, 원숭이들은 주인의 말을 잘 알아들었다. 저공은 자기 식솔들의 생활비를 절약하여 원숭이들의 욕구를 충족시켜 주었다.

얼마 지나지 않아 저공은 생활이 어려워져서 원숭이들의 먹이를 줄여야만 하게 되었다. 그런데 원숭이들이 자기 말을 잘 듣지 않을까봐 걱정이 되었다. 그래서 생각 끝에 저공은 원숭이들에게 이렇게 말을 했다.

"너희들에게 도토리를 아침에 세 개 저녁에 네 개씩 주면 만족하겠느냐?"

그러자 원숭이들이 일제히 성을 냈다.

"그럼 아침에 네 개, 저녁에 세 개를 주면 어떨까?"

그러자 원숭이들이 모두 엎드려 머리를 조아리며 좋아했다.

대체로 물건을 가지고 지혜가 있는 사람이 어리석은 사람들을 농락하는 것은 다 이와 같다. 성인이 자신의 지혜로 뭇 사람들을 농락하는 것도 마찬가지이다.

아침에 셋 저녁에 넷이나, 아침에 넷 저녁에 셋이나 전체 수효는 일곱 개이므로 아무런 차이가 없다. 하지만 이렇게 함으로서 어리석은 원숭이들의 마음을 기쁘게도 성내게도 할 수 있는 것이다.

조삼모사(朝三暮四)의 고사이다. 곧 교묘한 말솜씨로 사람을 농락해서는 안 된다는 말이다. 무릇 저공의 원숭이와 같이 속아넘어가는 경우가 있을지라도 그 잔꾀가 오래가지 않는다. 두 손으로 자신의 두 눈은 가릴 수 있을지언정 세상의 그 많은 눈은 가릴 수 없기 때문이다.

싸움닭을 기르는 법

기성자는 주나라 선왕의 싸움닭을 기르는 사람이었다. 왕이 그에게 싸움닭 한 마리를 훈련시키도록 명한 뒤 며칠 후에 물었다.

"이제 싸움을 붙일 수 있겠는가?"

"아직 곤란합니다. 이놈은 지금 실력도 없이 허세만 부리고 있습니다."

열흘이 지난 뒤 왕이 다시 물었다.

"지금은 어떤가?"

"아직도 안 됩니다. 이놈은 지금 다른 닭의 소리가 나면 거기에 따라서 울고, 그 그림자만 보아도 그쪽으로 향하고 있습니다."

또 열흘이 지난 뒤 왕이 물었다.

"아직도 싸울 수 없는가?"

"그렇습니다. 이놈이 큰 적을 보면 질투하고, 싸우면 반드시 제가 이길 것 같이 기세등등합니다."

드디어 또 열흘이 지난 뒤 왕이 물었다.

"그만큼 훈련을 시켰으면 이제 되지 않겠는가?"

"아직 완전하지는 않지만 이만하면 된 것 같습니다. 이놈은 비록 맞서서 싸우려는 닭이 있더라도 안색이 변하지 않습니다. 마치 나무로 조각해 놓은 듯한 자세입니다. 그 기운이 너무나 완벽하여 여간한 닭들은 감히 싸울 생각조차 못하고 달아나버립니다."

인간이 어떻게 자연과 하나가 될 수 있겠는가. 그것은 비움에 있다. 인위적인 교만과 허영심, 질투, 허세 등 마음 안에 준동하고 있는 사악한 때를 벗기면 마침내 자신의 진실한 모습이 드러나게 된다. 그 안에는 어떠한 마음이라도 담을 수 있게 된다.

말을 잘 하는 혜앙

장자의 라이벌인 혜시의 친척 중에 혜앙이란 사람이 있었는데 일 찍이 송나라 강왕이 그를 초빙하였다. 그런데 막상 혜앙을 본 강왕은 저벅저벅 발자국소리를 내고 걸어 들어와 비웃는 듯한 태도로 말했다.

"내가 좋아하는 것은 용감하고 힘있는 사람이지 인의를 주장하는 사람이 아니다. 그대는 장차 무엇으로 나를 가르치고자 하는가?"

그러자 혜앙이 대답했다.

"저에게는 한 가지 방법이 있습니다. 한 사람을 용기가 있게 하되, 그를 찔러도 들어가지 않고, 힘이 있게 하되 쳐도 맞지 않도록 합니다. 왕께서는 이런 것을 원하는 것이 아닙니까?"

"그것 참 좋구려. 바로 내가 원하는 것이오"

"하지만 그것은 그리 좋은 것이 아닙니다. 다른 방법이 있습니다. 한 사람을 용기가 있게 하되 다른 사람이 감히 찌르지도 못하게 하고, 힘이 있게 하되 다른 사람이 치지도 못하게 합니다. 왜냐하면 그런 생각조차 갖지 못하도록 하는 까닭입니다.

또 다른 방법이 있습니다. 다른 사람이 본래부터 나를 찌르거나 치려고 하는 생각을 가지지 않게 하는 것입니다. 왜냐하면 그런 생각조차 없기 때문입니다. 그것은 내가 처음부터 이익을 좋아하는 마음이 없는 까닭입니다.

또 다른 방법이 있습니다. 그것은 온 천하의 모든 사내와 계집으로 하여금 다 이익을 좋아하는 욕망을 가지도록 하는 것입니다. 이것은 용감하고 힘이 있는 것보다 훨씬 나은 것입니다. 이런 사람은 경대부와 선비와 백성의 네 계급 위에 있습니다. 왕께서는 그런 것을 원하시지 않습니까?"

"그것이야말로 진실로 내가 원하는 것이오"

"공자와 묵자 같은 사람이 바로 그런 사람입니다. 공자와 묵자는 땅이 없으면서도 왕의 왕노릇을 하였고, 벼슬이 없으면서도 어른의 어른 노릇을 하였습니다. 그리하여 천하의 모든 사내와 계집이 다 목을 늘이고 발뒤꿈치를 들고서 그들을 편안하게 하고 이롭게 하기를 원했습니다. 지금 왕께서 한 나라를 다스리면서 참으로 그들처럼 될 생각이 있다면 국경 안의 모든 백성들이 다 그 이익을 누릴 것입니다. 그렇게 되면 공자나 묵자보다도 훨씬 나은 사람이 되는 것입니다."

강왕은 그 말에 아무 대꾸도 하지 못하고 고개를 끄덕였다.

혜앙은 송나라의 강왕이 인의의 무리라 무시하는 공자와 묵자에 대하여 긍정적으로 바라볼 수 있도록 변증법적인 수사를 동원하여 설복시켰다.

고대에는 이런 합리적인 변설을 무기로 자신을 드러내고자 했던 인물들이 많았다. 그 대표적인 인물이 춘추전국시대에 합종설과 연횡설로 중원을 누볐던 소진과 장의이다.

3장 주목왕편(周穆王篇)
드넓은 우주를 꿈꾸라

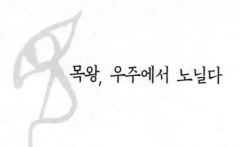

목왕, 우주에서 노닐다

주나라 목왕에게 서극이란 나라에서 조화를 부리는 도인 한 사람이 찾아왔다. 그는 물과 불 속에도 들어가고 쇠와 돌도 꿰뚫었으며, 산과 냇물도 둘러엎고 한 성과 고을도 옮겨 놓았으며, 허공을 타고 다녀도 떨어지지 않고, 물건을 건드려도 아무런 거침이 없었으니, 그의 천변 만화하는 모습은 이루 헤아릴 수 없을 지경이었다. 더군다나 그는 물건의 형상을 변화시킬 뿐 아니라 사람의 마음까지도 바꾸어놓을 수 있었다.

이런 도인을 목왕은 신처럼 존경하고 황제처럼 섬겼다. 뭇사람들의 출입이 금해진 비원에 있는 저택에 머물게 하고, 귀한 소고기와 양고기를 대접하였으며, 매일같이 악사들로 하여금 귀를 즐겁게 해주었다. 하지만 도인은 그 집이 누추하고 음식에서는 고약한 냄새가 나며 여자들에게는 짐승 냄새가 나서 가까이할 수 없다며 투덜거렸다.

목왕은 이런 그를 위해 수많은 인력을 동원하여 화려하기 그지없는 누대가 세워졌다. 그 비용이 너무 많아 오부의 재물이 다 텅 빌 정도였다. 그 대의 높이는 천길이 넘어 멀리 종남산을 바라볼 정도였으므로 목왕은 이름을 중천대라고 하였다.

또한 정나라와 위나라에서 미인들을 뽑아 중천대에 불러들였다. 처녀들의 살빛에 윤기가 돌게 하고 눈썹을 그려 바로잡았으며, 비녀를 꽂고 귀걸이를 하게 하였고, 가는 모시로 만든 옷을 입게 하였다. 유명한 제나라의 비단부채를 들게 하고, 얼굴에 분을 발랐으며, 눈썹에 검은빛을 칠하게 하고, 옥고리를 허리에 채웠다.

중천대에는 향초들을 가득 채우고, 승운이라는 황제의 음악과 육형이라는 제곡의 음악과 구소라는 순 임금의 음악과 신로라고 하는 탕임금의 음악들을 연주하게 하여 그의 마음을 즐겁게 하였다. 또 날이면 날마다 옥빛 같은 옷을 올리고 진기한 음식을 진상하였다.

이렇게 애를 썼지만 도인은 언제나 마뜩치 않은 표정이었다. 그러던 어느 날, 연회에서 도인은 갑자기 목왕에게 먼 데로 놀러가자는 제안을 하였다. 목왕이 허락하자 그는 순식간에 왕의 손을 잡더니 구름 위로 솟아올라 자신의 궁궐로 향했다.

우주 속에 뭉클 떠올라 있는 도인의 궁궐은 금과 은으로 기둥을 세우고 구슬과 옥으로 장식되어 있었는데, 구름 위에 높이 솟아 있어서 그 기초가 무엇으로 되어 있는지 알 수가 없었다. 이것을 멀리 바라보면 마치 뭉게구름같았다.

그곳에서 목왕의 귀와 눈에 들려오는 소리와 보이는 물건이라든가, 코와 입으로 맡는 향기와 맛보는 음식물은 모두가 인간 세상의 것이 아니었다. 왕은 여기가 바로 천제가 살고 계시는 맑고 깨끗한 자미궁이요, 천상의 음악을 연주하는 곳이라고 여겼다.

가만히 아래를 굽어살피니 자신의 궁전은 흙덩어리로 쌓아올리고, 나무쪽으로 잇대어 지어놓은 판자집 같아 보였다. 그리하여 왕은 천상에 머문 지 수십 년이 지나가도 자기 나라를 생각지 않게 되었다.

도인은 또 임금을 다른 곳으로 안내하였다. 거기에는 가는 곳마다 해와 달은 보이지 않고 아래로 굽어보아도 강과 바다가 보이지 않았다. 광명이 비치기는 하지만 너무 밝아서 눈이 어두워져 볼 수 없었고, 소리가 나기는 하지만 너무 높아서 귀가 멍멍하여 들을 수가 없었다. 오장육부는 울렁거리고 들먹거려 안정되지 않았으며 마음은 아득하게 되어 정신을 주체하기 힘들 지경이었다.

도저히 견딜 수 없게 된 왕은 도인에게 인간 세계로 돌려보내 달라고 부탁하였다. 이에 도인이 왕을 한 번 떠밀자 몸이 허공에서 훨훨 떨어지는 듯한 기분이었다.

문득 왕이 깨어나 정신을 차려보니 앉아있는 곳은 잔치를 벌이던 그 자리요, 시중드는 사람은 역시 아까 그 사람들이었으며 앞에 있는 술병은 비지 않고 안주도 식지 않았다. 왕은 좌우의 신하들을 돌아보며 물었다.

"내가 지금 어디에 갔다 왔는가?"

"무슨 말씀이십니까? 전하께서는 계속 그 자리에 앉아 계셨습니다."

이 말을 들은 목왕은 이상하고 허망한 생각에 궁궐 안으로 들어가 삼 개월 동안 꼼짝도 하지 않았다. 마침내 자신을 추스린 왕은 도인을 찾아가 물었다.

"어떻게 내가 가만히 앉아서 천상에 다녀올 수 있었습니까?"

"그것은 우리 두 사람의 혼백이 몸을 떠나서 놀다 온 것입니다. 사람의 형체야 어찌 움직일 수 있겠습니까? 왕께서 천상에 계시던 곳도 바로 이 궁전이었고, 거닐던 곳도 이 정원입니다. 천상과 천하가 다를 것이 무엇이겠습니까? 사람들은 모든 물건이 항상 존재한다는 생각에 습관이 들어 잠깐 있다가 없어지는 물건조차 의심하지 않습니다. 변화하는 현상은 다 헤아릴 수 없으니 그 이치를 어찌 금방 다 깨우칠 수 있겠습니까?"

이 말을 들은 왕은 그로부터 정사를 생각지 않고 충신과 총비도 좋아하지 않았다. 마음내키는 대로 준마 여덟 마리가 끄는 수레를 타고 이리저리 놀러 다니기에 바빴다. 오른편에는 화류란 말에 멍에를 메우고 왼편에는 녹의란 말에 멍에를 메우고, 또 그 오른편과 왼편에 적기와 백의라는 말에게 수레를 함께 끌게 하였다.

이 수레는 조보라는 사람으로 하여금 조종을 하고, 태병에게는 조수를 시켰다. 그 다음 수레에도 오른편에는 거황, 왼편에는 유륜이란 말에게 멍에를 메우고 왼편에 도려와 산자란 말로 하여금 수레를 끌게 하였다. 백요가 그 수레를 몰 때에 참백이 조종을 하고 분융이 조수 노릇을 하게 하였다.

어느 날 목왕은 이 팔준마를 타고 하루 동안에 천리를 몰아가서 서융 땅에 있는 거수씨의 나라에 도착하였다. 거수씨는 바로 흰 따오기의 피를 왕에게 바쳐 마시게 하고, 소와 말의 젖을 짜서 왕의 발과 앞뒷차에 탄 사람의 발을 씻어주었다.

왕은 다시 길을 떠나 곤륜산의 언덕 적수의 남쪽에 도달하였다. 목왕은 곤륜산 언덕에 올라가 황제의 궁전을 바라보고 제사를 지내 그 이름을 후세에 남기고, 마침내 서왕모를 만나 요지 위에서 술을 마셨다. 서왕모가 왕을 위하여 노래를 부르고 왕도 화답하니 그 가사가 몹시 애처로웠다. 또 길을 떠나 해가 떨어지는 곳을 바라보면서 하루에 만리씩을 갔다. 그러면서 왕은 탄식하였다.

"아아, 내가 덕이 부족하여 이렇듯 이 한 몸만을 즐겁게 하니, 후세 인들이 두고두고 나의 허물을 책망할 것이다."

이런 목왕을 신인에 가깝다고 말할 수 있을까. 그는 자기 자신의 즐거움을 마음껏 누리면서 백년 동안 방랑을 계속했다. 세상 사람들은 그것도 모르고 왕이 이미 죽어 세상을 등졌다고 말했다.

열자는 주 목왕의 일화를 통해 드넓은 우주의 꿈을 꾸었고, 현세의 유한함을 탄식하였다. 한편 세계를 물질과 정신으로 구분하고, 두 공간의 시간적 차원이 서로 다름을 역설하고 있다.

변화와 생사의 이치는 같다

노성자가 윤문 선생에게 사물이 변화하는 이치를 아는 환학을 배우려고 3년 동안 곁에 머물렀으나 깨닫지 못했다. 노성자는 자신이 부족하여 이루지 못하는 줄 알고 스승에게 하직을 고했다. 그러자 윤문선생은 이렇게 말하였다.

"옛날에 노자가 서쪽으로 떠나며 말하기를 '생기가 있고 형상이 있는 모든 물건은 다 환멸하는 것이다. 조화가 시작되고 음양이 변화하는 것을 사는 것이라고도 하고 죽는 것이라고 한다. 운수가 다하고 변화가 이루어져 형체에 따라 옮겨가게 되는 것을 변화하는 것이라고 하고 환멸하는 것이라고 한다. 조물주의 기술은 기묘하고 공덕은 심오하여 본래 추궁하기도 어렵고 종식시키기도 어렵다. 물건의 형체만 따라가는 사람은 그 기술은 현저하지만 그 공덕은 옅으므로 생기자마자 곧 환멸된다'라고 했습니다.

환멸과 변화하는 이치가 이렇듯 죽고 사는 이치와 다르지 않다는 것을 알면 비로소 함께 환학을 공부할 수 있는 것입니다. 나와 그대는 역사 다 환멸하고 있는 존재이니 어찌 꼭 나에게 배워야만 하겠습니까?"

노성자는 집으로 돌아가 윤문 선생의 말을 깊이 추구한 지 3개월만에 마침내 물건을 마음대로 있게 할 수도 없게 할 수도 있는 경지에 다다랐다.

춘하추동의 자연질서를 번복시켜 겨울에도 우레가 일어나고 여름에 얼음이 얼게 할 수도 있었으며, 나는 놈을 걷게 하고 걷는 놈을 날아가게 하였다. 하지만 죽을 때까지 그 술법을 사람에게 나타내 보이지 않았으므로 결국 세상에 전해지지 않았다.

노성자에게 윤문 선생이 가르쳐준 것은 드러내지 않고 자연에 동화되는 환학이었다. 자연의 변화하는 이치를 알면 사물을 변질시키거나 변화시킬 수 있다. 하지만 깨달은 이는 현실 자체가 하나의 환학이라는 것을 알고 있기에 그 법을 행하지 않는 것이다.

현실과 꿈을 바로 보라

사물의 변화하는 이치를 잘 아는 사람은 그 도를 비밀스럽게 사용하지만 그 공덕은 다른 사람과 마찬가지이다. 그 옛날 소호, 전욱, 고신, 요, 순과 같은 왕들의 도덕과 하·은·주의 삼왕 같은 왕들의 공업은 그들의 지혜와 용감한 역량도 다 나타내지 못하였다. 사물이 변화하여 생성하는 이치를 그들이 어떻게 헤아릴 수 있었겠는가?

사람이 깨어 있을 때는 여덟 가지 활동이 있고, 꿈을 꿀 때에는 여섯 가지 종류가 있다.

깨어 있을 때의 여덟 가지 활동이란 무엇인가. 첫째, 사람의 행위에서 일어나는 사건이요, 둘째 사업을 지어내는 것이며, 셋째 무엇을 체득하는 것이며, 넷째 물건을 잃는 것이요, 다섯째 마음의 비애, 여섯째 쾌락, 일곱째 사람이 사는 것, 여덟째는 죽는 것이다. 이 여덟 가지 활동은 사람의 형체가 서로 접촉하는 데서 일어난다.

꿈의 여섯 가지 종류란 또 무엇인가. 첫째는 정상적인 꿈이요, 둘째는 잠자다가 놀라 꾸는 꿈, 셋째는 생각하다가 꾸는 꿈, 넷째는 낮에 깨어있을 때에 한 일을 꾸는 꿈, 다섯째는 희열에서 오는 꿈, 여섯째는 공포감에서 오는 꿈이다. 이 여섯 가지는 사람의 정신이 서로 교제하는 데서 일어난다.

그런데 이것이 마음 안에서 일어나는 감정의 변화인 것을 알지 못하는 사람은 사건이 일어나면 어떤 원인으로 말미암아 그렇게 되는지 몰라서 의혹을 품게 된다. 하지만 이것이 마음 안에서 일어나는 감정의 변화임을 아는 사람은 사건이 일어나면 어떤 원인으로 말미암아 그렇게 되는지 알게 되고, 그런 까닭에 두려워하는 일이 없다.

사람의 한 몸뚱이에 있어서 기운이 찼다가 허해지기도 하고 자라다가 사라지기도 하는 것은 다 천지와 더불어 통하고 만물과 서로 응하는 것이다. 그러므로 사람의 음기가 왕성하면 큰물을 건너가다가 무서워하는 꿈을 꾸게 되고, 양기가 왕성하면 큰 불 속에 들어가서 몸이 타는 꿈을 꾸며, 음기와 양기가 다 왕성하면 살기도 하고 죽기도 하는 꿈을 꾼다.

몹시 배부르면 남에게 무엇을 주는 꿈을 꾸고 몹시 배가 고프면 남에게 무엇을 빼앗는 꿈을 꾼다. 그러므로 속이 허해서 병이 나는 사람은 공중에 날아가는 꿈을 꾸고, 몸이 묵직해져서 병이 난 사람은 물에 빠지는 꿈을 꾸며, 띠를 베고 자면 뱀 꿈을 꾸고, 나는 새가 털을 물고 가는 것을 보면 날아다니는 꿈을 꾼다.

날씨가 장차 흐리려면 불붙는 꿈을 꾸고, 몸이 장차 병이 나려면 밥 먹는 꿈을 꾼다. 술 마신 사람은 걱정하는 꿈을 꾸며, 노래 부르고 춤추던 사람은 우는 꿈을 꾼다.

사람의 정신이 작용하는 것을 꿈이라 하고 형체가 작용하는 것을 사건이라 한다. 그러므로 낮에 생각한 것이 밤에 꿈이 되는 것은 정신과 형체가 서로 접촉하는 데서 일어나는 것이다.

이런 까닭에 정신이 진정되어 있는 사람은 생각과 꿈이 스스로 사라진다. 낮에 깨어 있을 때에 일어나는 사건이 무슨 원인으로 그러한지 잘 알고 믿는 사람은 말을 많이 하지 않고, 꿈에 일어난 일을 사실같이 믿는 사람은 도에 통달하지 못한 사람이다.

사물의 변화는 이쪽에서 저쪽으로 옮아가고, 저쪽에서 이쪽으로 옮아오는 것을 말한다. 옛날 참사람은 그가 깨어있을 때에도 모든 생각을 잊어버리고 잠자고 있을 때에도 꿈을 꾸지 않는다고 했다. 이것을 어찌 거짓이라 하겠는가.

꿈은 정신의 작용이다. 몸과 마음이 떨어져 있는 사람은 수면 중에 정신이 작용하여 꿈을 꾸게 되는 것이다. 그러므로 수양으로 심신이 정돈되어 조화로운 사람은 꿈을 꾸지 않는다. 현실과 꿈이 하나인데 더 이상 바랄 것이 없는 까닭이다.

사람은 환경의 동물이다

서극 땅의 남쪽 모퉁이에 한 나라가 있다. 이 나라에 접근해 있는 국경이 어디까지인지 모르지만 그 이름을 고망국이라고 한다.

음양의 기운이 서로 교류되지 않으므로 추위와 더위의 차이가 없고, 햇빛과 달빛이 비치지 않으므로 낮과 밤의 구별이 없다. 그 나라 백성들은 먹지도 입지도 않지만 잠을 많이 잔다. 50일 동안에 한 번씩 깨어나 꿈속에서 한 일을 사실이라 생각하고, 깨어나서 눈으로 본 일을 다 허망하다고 생각한다.

또 사면의 거리가 똑같은 중앙국이 있다. 큰 황하가 남북에 걸쳐 흐르고, 높은 태산이 동서를 넘어 있어서 지방이 모두 만여 리나 된다. 음양의 도수가 분명하므로 춥기도 덥기도 하다. 암흑과 광명의 구별이 완연하므로 낮이 되기도 하고 밤이 되기도 한다.

이 나라 백성들은 지혜롭고 어리석다. 온갖 물건이 번식하며 재능도 여러 방면에서 발휘된다. 임금과 신하가 서로 만나며, 예의를 차리고, 법률도 지킨다. 그들이 말도 하고 일도 하는 것이 너무 많아서 이루 다 헤아릴 수가 없을 지경이다.

이 나라 백성들은 낮에는 깨어 있고 밤에는 잠을 잔다. 낮에 깨어 하는 일을 사실이라 하고 꿈속에서 보는 일은 다 허망하다고 여긴다.

동극 땅 북쪽 한 모퉁이에 또 부락국이라는 나라가 있다. 그 땅은 언제든지 따뜻하고 햇빛과 달빛이 언제든지 비친다. 그 땅에는 아름다운 곡식의 이삭도 나오지 않는다.

이 나라 백성들은 풀뿌리와 나무 열매만 먹고, 불을 때서 밥을 해먹을 줄 모른다. 성질들이 강하고 사나워 약육강식을 하는데 싸워 이기는 것을 좋게 여기고 의리는 모른다. 분주하게 뛰어다니며 쉬질 않는다. 그들은 잠을 자지 않고 항상 깨어 있다.

사람은 환경에 적응한다. 각자의 환경에 따라 생각하는 방식과 생활 양식, 또 풍속이 전혀 다르게 되는 것이다. 인간을 위해 자연이 변화해주지는 않는다. 자연 속에 인간이 변화하는 것이다.
그러니 실로 강한 것이 인간이겠는가, 자연이겠는가. 그 해답을 안다면 스스로 겸허하라.

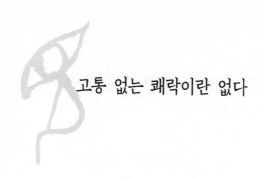

고통 없는 쾌락이란 없다

주 나라에 사는 윤씨는 경영을 잘 하였는데 그의 밑에 부림을 당하는 일꾼들은 새벽부터 저녁때까지 쉴 새없이 일을 하였다. 그 중에 한 늙은 일꾼이 있었는데 기운이 없는데도 주인은 일을 많이 시켰다. 때문에 그는 낮에는 힘이 들어 신음을 토하면서도 일을 해야 했고, 밤에는 피곤한 몸으로 잠자리에서 곯아떨어지곤 했다.

하지만 그가 잠을 잘 때면 꿈속에서 곧바로 제왕이 되어 만백성들의 윗자리에 앉아 정사를 돌보고, 여러 신하들과 연회를 열었으며, 훌륭한 궁전에서 모든 하고 싶은 일을 제멋대로 하였으니 그 쾌락이란 세상과 비교할 수 없을 정도였다. 그러나 아침이 되어 잠에서 깨어나면 다시 늙은 일꾼으로 되돌아와 다시 노동을 해야만 했다.

어떤 사람이 그의 힘겨운 하루살이를 걱정하여 위로하자 일꾼은 이렇게 말했다.

"인생 백년에 낮과 밤이 반씩이다. 비록 낮에는 내가 남의 노예로 괴롭게 살아가지만, 밤에는 한 나라의 임금이 되어 비할 데 없이 즐겁게 살아간다. 그러니 원망할 것이 무엇이겠는가?"

그런데 주인인 윤씨 역시 낮에는 세상일을 경영하고, 집안 일에 집중하여 마음이 몸과 같이 피곤하여 밤이면 곯아떨어지곤 하였는데, 꿈속에서는 남의 노예가 되어 무슨 일이든지 시키는 대로 바삐 일해야만 했다.

꾸지람과 구타도 예사여서 잠자는 동안에 잠꼬대와 신음소리가 밤새 계속되었다. 윤씨는 이것을 병이라 생각하여 고민하다가 친한 친구에게 사정을 토로하였다. 그러자 친구가 말했다.

"자네는 높은 지위에 있으면서 영화를 누리고, 재산도 많아 생활이 남보다 훨씬 편안하네. 그러므로 밤마다 남의 노예가 되어 고통을 당하는 것은 인생의 고통과 행복이 서로 교체되는 자연의 질서이며 상수인 것이네. 낮에 깨어 있을 때 높은 지위와 행복한 생활을 누리니 꿈속에서의 고통까지 면하려는 것은 가당찮은 일이네."

이 말을 듣고 윤씨는 마침내 깨우친 바가 있어 일꾼들에게 시키는 일을 줄이고 관대하며 친절하게 대하였다. 또 어떻게 하면 재산을 늘릴 수 있을까 노심초사하던 욕심을 버렸다. 그러자 밤에 나쁜 꿈을 꾸던 병도 시나브로 사라지게 되었다.

하늘은 인간으로 하여금 공평하게 하였다. 부유한 자에게는 가난한 것이 있고, 헐벗은 자에게는 부유한 것이 있다. 하지만 그것은 찾는 자에게 주어지는 것이지 원망하는 자에게 주어지는 것이 아니다. 하지만 이런 빈부의 마음은 고통스럽다. 자신에게 부족한 부분을 보충하고 넘치는 부분을 나누면 이런 갈등은 사라질 것이다.

누군들 꿈꾸지 않으랴

정 나라의 한 나무꾼이 땔나무를 하다가 사냥꾼에게 쫓겨 달아나
던 사슴 한 마리를 잡았다. 그는 혹시나 남의 눈에 띌까 걱정되
어 사슴을 마른 웅덩이 속에 감추어두고 섶으로 가려놓은 뒤 혼자 기
뻐 어쩔 줄을 몰랐다.

그런데 나무꾼은 건망증이 심한 사람이었다. 그래서 며칠 뒤 그 사
슴을 감추어둔 곳을 잊어버리고 어쩌면 그것이 낮잠을 자다가 꿈을
꾸었던 것이라 여기게 되었다. 그리하여 단념해 버리고 들길을 걸어가
면서 이렇게 노래하였다.

"나는 오늘 나무하러 갔다가 사슴 한 마리를 잡았네.
마른 웅덩이 속에 감추어 놓았지.
하지만 그것이 꿈인지 생시인지 모르겠네."

어떤 사람이 그 노래를 듣고 이상하게 생각하여 나무꾼의 노래에
나오는 곳을 짚어가니 과연 사슴이 있었다. 그는 사슴을 집으로 가져
온 뒤 아내에게 말했다.

"오늘 어떤 나무꾼이 꿈속에서 사슴 한 마리를 잡아 감추어 두었다 길래 그곳을 찾아가니 정말 사슴이 있었소 그의 꿈은 진짜였구려."

"아니에요 아마 당신 꿈에 나무꾼이 사슴을 잡는 것을 보았을 거예요 어찌 나무꾼의 꿈 때문이겠어요 실제로 사슴을 얻은 사람은 당신이니 이건 당신 꿈이 맞은 걸 거예요"

"어쨌든 내가 사슴을 얻었으니 나무꾼의 꿈이든 내 꿈이든 상관할 바가 무엇이겠소"

그런데 나무꾼은 사슴을 잃어버린 것이 영 섭섭하여 집에서 곰곰이 생각하다가 잠이 들었다. 그러다 꿈속에서 사슴을 감추어둔 곳을 알게 되었고 그것을 가져간 사람도 알아냈다.

이튿날 아침 나무꾼은 사슴을 가져간 사람을 찾아가 자신의 물건을 되돌려달라고 하였다. 하지만 그는 거절했다. 이렇게 해서 소송이 일어났다. 자초지종을 들은 재판관은 나무꾼에게 이렇게 말했다.

"네가 처음에 실제로 사슴을 얻고도 망녕되이 이것을 꿈이라 했고, 나중에는 진짜 꿈속에서 사슴을 찾아낸 것을 망녕되게도 사실이라 하였다.

저 사람은 참으로 사슴을 가지고 있게 되어 지금 그대와 같이 사슴을 각자 자기 것이라 다투고 있다. 또 그의 아내는 꿈속에서 남의 사슴을 얻었다고 인정한 것은 사실 사슴을 얻은 것이 아니다. 나는 이제 그 사슴이 실제로 있음을 근거로 하여 두 사람이 공평하게 둘로 나누어 가지도록 명한다."

이 이야기를 전해 들은 정나라 왕이 재상에게 물었다.

"재판관도 역시 남의 사슴 한 마리를 둘로 나누어 가지라는 꿈을 꾸고 있는 것이 아닌가?"

그러자 재상이 대답했다.

"그들이 꿈을 꾸었다는 일과 꿈을 꾸지 않았다는 일은 저도 잘 분간하기가 어렵습니다. 그들이 참으로 깨어 있었는지 꿈을 꾸고 있었는지는 옛날의 황제나 공자 같은 사람만이 알 수 있는 일일 겁니다. 하지만지금은 그들이 세상에 없으니 누가 이 사건을 분간해 낼 수 있겠습니까. 역시 재판관의 판단을 따르는 것이 낫겠습니다."

사람은 꿈을 꾼다. 그리하여 현실이 꿈인지 꿈이 현실인지 아득해질 때가 있다. 하지만 열자는 이 모든 것을 가리려는 것이 부질없다고 역설한다. 그것은 우리네 삶 자체가 자연의 일부일 뿐, 그 존재 개인의 망상은 아무런 가치가 없다고 믿는 까닭이다.

잊어버리는 것이 행복하다

송 나라의 양리라는 마을에 사는 화자라는 사람이 사오십 세 가량의 중년이 되자 무엇이든 잘 잊어버리는 병이 생겼다.

아침에 남에게 가져온 물건을 저녁에는 잊어버리고, 저녁에 남에게 준 물건을 이튿날 아침이 되면 잊어버렸다. 길을 가다가도 어디로 가는지 방향을 잊어버리고, 방안에 있으면서도 자신이 어디에 앉아있는지 잊어버렸다. 지금 이 때에 있으면서도 방금 전에 한 일을 잊어버렸으며, 내일이 되면 오늘 한 일을 잊어버렸다.

집안 사람들은 그가 중병에 걸렸다고 여기고 학문이 깊은 사관에게 찾아가 물었지만 그 원인을 알아내지 못하였다. 무당을 찾아가 신에게 기도를 올려도 병이 낫지 않았고, 의원에게 맡겨도 효험이 없었다.

이때 노나라에서 무슨 병이든 잘 고친다는 유생이 마을에 들어왔다. 화자의 부인이 그를 찾아가 재산의 반을 줄 터이니 남편의 병을 고쳐달라고 청하였다. 그러자 유생이 말했다.

"이 병은 본래 사관이 점괘에 나타나는 징조를 보고 무꾸리해서 나을 병이 아니요, 무당이 굿을 해서 나을 병도 아니며, 의원이 약으로 고칠 병도 아닙니다. 내가 환자의 마음과 생각을 변화시키면 병은 금방 고쳐질 것입니다."

유생이 병자를 발가벗겨 보았더니 옷을 요구했고, 굶겨 보았더니 먹기를 요구했으며, 캄캄한 방안에 있게 하였더니 밝은 데로 나아가기를 요구했다. 진찰을 마친 유생은 병자의 아들에게 말했다.

"자네 아버지의 병은 일주일 안에 고칠 수 있네. 하지만 그 방법은 비밀이니 주위 사람들을 물리쳐주게."

드디어 유생이 병자와 함께 방안에서 치료하기 시작했다. 이레가 지나도 사람들은 그가 무슨 방법을 쓰는지 알 수가 없었다. 마지막 날이 되자 여러 해 동안 묵어오던 환자의 병이 깨끗이 나아버렸다.

그런데 환자는 제정신이 들자마자 크게 성을 내어 아내를 내쫓고 아들을 벌주었으며 창을 들고 유생을 찌르려고 쫓아갔다. 이때 지나가던 송나라 사람이 그를 만류하며 무슨 까닭인지를 물었다. 그러자 환자가 대답했다.

"지금까지 나는 모든 것을 잘 잊어버렸소. 나의 마음은 호탕하여 천지가 있는지 없는지도 모르고 있다가, 이제 갑자기 의식이 회복되니 모든 지나간 일들을 다 알게 되어버렸소. 심지어 수십 년 이래 누가 살아있고 죽고 성공하고 실패하며 또 슬픈 일 즐거운 일 좋아하는 일 싫어하는 일 등등의 모든 것이 복잡하게 머릿속에 떠오를 뿐 아니라, 앞으로도 그런 복잡다단한 일들이 머릿속에 떠올라 나의 마음을 산란케 할까봐 걱정이오. 어떻게 하면 내가 다시 건망증이 심했던 정신 상태로 도로 회복이 될지 알 수가 없게 되었소. 그래서 나를 이 꼴로 만든 괘씸한 유생놈을 잡으러 가는 길입니다."

자공이 이 말을 전해 듣고 괴이하게 여겨 스승인 공자에게 그 까닭을 물었다. 그러자 공자는 웃으며 말했다.

"이것은 네 공부로는 알 바가 아니다."

그리곤 수제자인 안회를 돌아보며 말했다.

"이런 일을 마음속에 잘 새겨 두도록 하라."

사람이 만일 어릴 적부터 늙을 때까지 모든 과정을 남김없이 기억하고 있다면 정신
이 산란하여 도저히 살아갈 수 없을 것이다. 그리하여 인간을 망각의 동물이라고 하지
않는가. 우리는 많은 것들을 마음속에 새겨두려 하지만 실제로 그렇게 되지 않는다.
이것은 참으로 놀라운 섭리이다. 버려야 할 것은 버리고 삶의 근본인 도를 향해서 나아
가라는 뜻이기 때문이다. 무턱대고 담기만 해서는 넘친다. 비워야만 소중한 것을 채울
수 있는 것이다.

세상 사람들은 다 돌았다

진나라 사람 방씨에게는 아들 하나가 있었는데 매우 총명하였지만 자라나면서 이상한 병에 걸렸다. 즐거운 노래를 듣고는 곡을 한다 하였고, 흰 것을 보고는 검다 하였으며, 향기로운 냄새를 썩은 냄새라고 하였다. 또한, 단것을 쓰다고 하고, 그른 행동을 하고는 옳다고 우기기 일쑤였다. 이웃에 사는 양씨가 이와 같은 방씨의 안타까운 지경을 동정하여 이렇게 알려주었다.

"노나라의 군자들은 학문이 높으므로 무슨 병이든지 잘 고칠 수 있을 겁니다. 그들을 찾아가 아드님의 상태를 여쭈어 보십시오."

이에 방씨는 노나라로 가는 도중 길가에서 노자를 만났다. 그는 아들의 병세를 설명하고는 도움을 청했다. 그러자 노자가 말했다.

"당신의 아들이 진정으로 사물을 착각하는 것인지 당신이 어떻게 단정지을 수 있습니까? 지금 세상 사람들이 모두 옳고 그른 것에 마음이 끌리고, 이해관계에 눈이 어두워서 그와 같은 병에 걸린 사람이 수도 없이 많습니다. 이와 같이 세상 사람들 중에 제정신인 사람은 아무도 없습니다.

그뿐이 아닙니다. 한 사람이 사물에 대하여 착각을 한다고 해서 한 집안이 망쳐지는 것이 아니고, 한 집안 사람들이 그와 같이 착각을 한다고 해서 한 마을이 망쳐지는 것도 아니며, 한 마을 사람들이 또 그와 같이 착각을 한다고 해서 한 나라가 망쳐지는 것이 아닙니다. 또 한 나라 사람들이 그렇게 착각을 한다고 해서 온 천하가 망쳐지는 것이 아닙니다. 지금 온 천하 사람들이 다 정신이 돌아 사물에 대한 착각을 하고 있는데 어느 누가 당신의 아들만을 그르다고 하겠습니까.

당신이 먼저 온 천하 사람들의 마음을 다 당신의 아들의 마음과 같이 만들어 놓으면 세상 사람들은 도리어 당신더러 사물에 대하여 착각을 한다고 말할 것입니다. 그렇다면 사람들의 슬픔과 즐거움과 소리와 빛깔과 냄새와 맛과 옳고 그른 것에 대한 착각을 누가 바로잡을 수 있겠습니까?

그뿐만이 아닙니다. 지금 하는 나의 말조차 사물에 대한 착각이 아니라고 단정할 수 없습니다. 하물며 저 노나라의 군자들은 인의에 미혹되어 사물에 대한 착각 속에 빠져있는 사람들입니다. 그런 사람들이 어떻게 남의 착각을 바로잡을 수 있겠습니까. 그러니 당신은 노자가 떨어지기 전에 빨리 집으로 돌아가는 것이 좋을 것입니다.”

소경의 나라에서는 두 눈을 뜬 사람이 비정상인으로 취급받는다. 이와 같이 세상 사람이 다 돌았는데 혼자 멀쩡하다고 소리친다면 어찌 그 안에서 함께 살아갈 수 있겠는가. 역사의 많은 천재 · 기인들이 이러한 갈등 속에서 고뇌하다가 스러져갔다. 하지만 진실로 깨달은 사람은 스스로를 다스리고 갈무리한다. 그리고 자신의 그윽한 완성을 위해 오로지 노력할 뿐이다.

희로애락은 마음에서 우러난다

연 나라에서 태어났지만 초나라에서 자라난 사람이 있었다. 그가 나이가 들자 고국 땅을 한 번 밟고 싶어서 연나라로 돌아오는 도중에 진나라를 지나게 되었다. 그런데 함께 가던 사람이 그를 놀려 주기 위해 이렇게 거짓말을 했다.

"여보게. 저기를 보게. 저것이 자네의 고국인 연나라의 성일세."

그러자 연나라 사람은 곧 감개무량한 표정이 되었다. 이에 신이 난 동행인은 계속 거짓말을 했다.

"저기 우뚝 서 있는 사당이 바로 자네 마을의 사당이야."

이 말에 연나라 사람은 바로 깊은 한숨을 내쉬었다.

"저 집을 보게. 저건 바로 자네 선친이 살던 집이야."

마침내 연나라 사람의 눈에서 눈물이 흘러내렸다.

"저 언덕을 보게. 저게 바로 자네 선친의 무덤일세."

마침내 연나라 사람은 무덤 앞에 가서 걷잡을 수 없이 통곡을 하였다. 동행인은 한참동안 그 모양을 바라보고 있다가 마침내 폭소를 터뜨리고는 이렇게 말했다.

"하하, 여보게, 미안하네. 내가 자네를 속였어. 여긴 연나라가 아니라 진나라 땅이라네."

이 말을 들은 연나라 사람은 몹시 부끄럽고 언짢아 했다. 그리하여
며칠 뒤 진짜 연나라 땅에 가서 성과 사당, 선친이 살던 집과 무덤을
보았지만 먼젓번과 같이 슬픈 생각은 들지 않았다.

희로애락의 작용은 사람의 마음속에 있는 것이지 외적인 사물에 있는 것이 아니다.
이와 같은 사실을 아는 사람만이 자신의 감정을 다스릴 줄 안다.

4장 중니편(仲尼篇)
지식은 자연히 아는 것이다

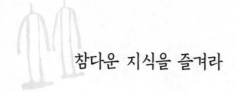

참다운 지식을 즐겨라

공자가 한가로이 집에 있을 때의 일이다. 자공이 문안을 드리러 찾아갔더니 문득 공자의 얼굴에 근심하는 빛이 보였다. 자공은 감히 이유를 묻지 못하고 밖으로 나와 안회에게 스승에 대하여 이야기를 하였다. 그러자 안회는 아무런 대답도 없이 문밖에서 거문고를 타면서 노래를 불렀다. 이 곡조를 듣고 공자가 안회를 불러 물었다.

"그대는 어찌 혼자 즐거워하는가?"

"스승님께서는 어찌 혼자 근심하십니까?"

"먼저 그대의 뜻을 말해 보거라."

"저는 전에 스승께서 자연을 즐거워하고 운명을 알라고 하신 가르침을 받은 적이 있었습니다. 그러므로 즐거워하는 것이지요"

이 말을 들은 공자는 한참동안 시무룩한 표정으로 있다가 입을 열었다.

"내가 그랬던가? 하지만 그대는 나의 말뜻을 제대로 이해하지 못한 것 같다. 이것은 내가 옛날 그때 무엇에 대하여 말한 것뿐이다. 지금 이때에 말하는 것으로 그 말을 바꾸도록 하라.

그대는 다만 자연을 즐거워하고 운명을 아는 것으로 근심이 없는 것만 알고, 자연을 즐거워하고 운명을 알면서 근심이 있는 것이 더 크다는 것을 모른다.

이제 나는 숨김없이 진실되게 말하는 바, 자기 한 몸을 수양하여 잘 되고 못되는 것은 그저 자연에 맡기고, 세상에 나아가서 벼슬을 하게 되면 옛날 선왕의 도를 펴고, 벼슬을 버리고 물러나면 자기 한 몸을 수양하게 되는 것이다. 자기 한 개인의 뜻이 아니라는 것을 알고, 세상에서 일어나는 변란에 관심을 가지지 않는다는 것은, 바로 자네의 이른바 자연을 즐거워하고 운명을 알아서 근심이 없다는 것이다.

지금까지 나는 「시경」과 「서경」을 수정하고, 「예기」와 「악기」를 정정하여 장차 온 천하를 다스림으로 그 공적을 내세에 남겨놓으려고 했다. 오로지 한 몸만 수양하고 노나라만 다스리려고 했던 것도 아니다.

하지만 지금 노나라의 왕과 신하는 나날이 그 나라의 질서를 잃어버리고 인과 예, 도는 날이 갈수록 더욱 쇠퇴해 가고, 사람의 감정과 이성은 날이 갈수록 각박해져 가고 있다.

도가 한 국가나 당세에도 행해지지 않거든 더욱이 온 천하와 내세에야 더할 것도 없지 않겠는가. 나는 지금에 와서야 비로소 시서와 예악이 천하가 다스려지고 어지러워지는 데 아무 보탬이 되지 못한다는 것을 알았다. 또 세상을 어떻게 개혁해야 할지 모르겠다. 이것이 바로 자연을 즐거워하고 운명을 아는 사람의 근심이 되는 것이다.

그렇지만 나는 체득한 바가 있다. 대개 자연을 즐거워하면서 운명을 안다는 것은 옛날 사람들이 말한 것과 같이 자연을 즐거워하면서 운명을 안다는 것이 아니다.

즐거움도 없고 아는 것도 없는 것이 바로 참다운 즐거움이요, 참다운 지식이라는 것이다. 그러므로 도리어 즐겁지 않은 것이 없고, 알지 못하는 것이 없고, 근심하지 않는 것이 없으며, 하지 않는 것이 없다. 시서와 예악 같은 것을 내버릴 것이 무엇이며, 또 개혁할 것이 무엇이란 말인가?"

안회는 이 말을 듣고 북쪽으로 향하여 손을 모으며 대답했다.

"저도 그것을 체득하였습니다."

안회가 밖으로 나가 자공에게 이 말을 전하니, 자공은 어리둥절하여 갈피를 잡지 못했다. 그리하여 깊은 사색에 빠진 지 이레 동안 잠도 못 자고 밥도 못 먹어 나중에는 피골이 상접하게 되었다.

이에 걱정이 된 안회가 몇 차례 타이르며 위로하니, 자공은 다시 공자의 문하로 들어와 일평생 거문고를 타고 음악과 독서를 벗삼으며 지냈다.

참다운 지식이란 아는 것도 없고 모르는 것도 없는 것이다. 거꾸로 말하면 자신이 모르는 것을 아는 것이 그것이다. 또 참다운 쾌락이란 즐거움도 없고 즐거워하지 않는 것도 없는 것이다. 곧 자신이 즐거워하지 않는 까닭을 아는 것이 쾌락인 것이다. 소크라테스의 '너 자신을 알라' 역시 이런 깨달음의 소치가 아니었을까.

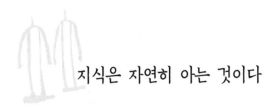

지식은 자연히 아는 것이다

진나라의 대부 한 사람이 노나라에 사신으로 갔다가 개인 자격으로 숙손씨에게 가르침을 청했다. 그러자 숙손씨가 말했다.

"우리나라에는 성인이 한 분 계십니다."

"공구란 사람이 아닙니까?"

"그렇습니다."

"어찌하여 그분이 성인인줄 아십니까?"

"내가 그의 제자 안회에게 들었는데, 그는 자기의 사심을 버리고 그저 자연히 태어난 제 모습대로 살아간다고 합니다."

"우리나라에도 성인이 한 분 계신데 알고 계십니까?"

"대체 누구를 가리켜 성인이라 하십니까?"

"노자의 제자 항창자입니다. 그는 노자의 도를 체득하여 귀로 보고 눈으로 들을 수 있다고 합니다."

노나라의 왕이 이 말을 전해 듣고 신하들 가운데 가장 높은 상경 벼슬하는 사람을 시켜 많은 예물을 보내 항창자를 초빙하였다. 이렇게 해서 항창자가 노나라에 당도하자 왕이 겸손한 태도로 도에 대하여 물었다. 그러자 항창자는 이렇게 대답했다.

"이것은 중간에 전하는 사람이 망령되게 꾸민 일입니다. 저는 다만 귀와 눈을 사용하지 않고도 듣고 볼 수 있을 뿐입니다. 귀와 눈의 작용을 어찌 바꿀 수 있겠습니까?"

"그것은 더욱 이상한 말이오. 그 방법이 대체 뭡니까?"

"나의 몸은 나의 마음과 합하고, 나의 마음은 나의 기운과 합하며, 나의 기운은 나의 정신과 합하고, 나의 정신은 무, 곧 도와 합합니다. 나의 정신 작용은 현상계의 한 개씩 흩어져 있는 모든 유, 곧 조그만 사물이든지 아주 적은 소리든지, 또는 멀리 우주 밖이나 가까이 눈썹 안에 있는 물건까지도 나에게로 와서 접촉하는 모든 것을 나는 반드시 다 알고 있습니다. 그러나 이것은 나의 이목구비와 사지의 감각 작용이나 또는 마음과 뱃속에 있는 오장육부의 지각 운동으로 아는 것이 아니요, 다만 저 스스로 자연히 알뿐입니다."

노나라 왕이 이 말을 듣고 매우 기뻐하였다. 어떤 사람이 얼마 뒤 이 이야기를 전해 주자 공자는 미소지었을 뿐 아무 말도 하지 않았다.

공자는 노자의 지식을 알고 있었지만 말하지 않았다. 그리하여 공자는 오늘날까지도 유(儒)의 대표적 인물로 추앙받고 있다. 그 까닭은 무엇이었을까? 도는 개인이요, 유가는 인간 질서의 근간을 바로잡는 학문이다. 공자는 삶의 어지러움을 정돈하려는 뜻을 지닌 인물이었을 것이다.

성자는 서쪽에 있다.

상나라의 태제 벼슬하는 사람이 공자를 찾아와 물었다.

"당신은 성자이십니까?"

"어찌 내가 성자이겠습니까? 그저 널리 배워 많이 아는 사람이라고 하면 족합니다."

"옛날 하나라의 우임금과 은나라의 탕임금, 주나라의 무왕은 다 성자이십니까?"

"그 세 임금은 지혜와 용기가 있다고 자처한 이들이라고 하겠지만 성자라고 할는지는 알 수 없소"

"소호·전욱·제곡·요·순과 같은 임금들은 어떻습니까?"

"그 다섯 임금은 인의의 마음이 있다고 자처한 이들이라 하겠지만 성자라고 할는지는 역시 알 수 없소"

"복희·신농·황제와 같은 임금들은 어떻습니까?"

"그들은 때를 잘 안다고 자처한 이들이라고 하겠지만 성자인지는 역시 알 수 없소"

태재는 이 말을 듣고 크게 놀라며 다시 물었다.

"그렇다면 어떤 이가 성자라고 할 수 있습니까?"

공자는 한참동안 몸을 흔들더니 이렇게 대답했다.

"서쪽 나라 사람 가운데 성자가 한 사람 있었소. 그가 천하를 다스리지 않아도 백성들의 질서가 흐트러지지 않았고, 말을 하지 않아도 백성들이 스스로 믿었으며, 감화시키지 않아도 백성들이 스스로 행하였습니다. 그러나 그의 하는 일은 너무나 넓고 커서 백성들이 무어라 이름 붙일 수가 없었소. 나는 그를 성인이라고 생각합니다. 하지만 그가 참으로 성인인지 아닌지는 잘 모릅니다."

태재는 어리둥절하여 속으로 이렇게 중얼거렸다.

"공구가 나를 속이는구나."

공자는 스스로를 성인이라고 생각지 않았다. 그러기에 오늘날 그는 성인으로 추앙받고 있는지도 모른다. 아무튼 공자는 서방의 성자를 말하였다. 혹자는 그가 석가모니라고 하고, 석가의 이름은 중국에 불교가 전래되기 이전에도 이미 알려져 있었다고 한다.

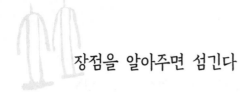

장점을 알아주면 섬긴다

제 자 자하가 어느 날 공자에게 물었다.

"우리 제자들 가운데 안회의 사람됨이 어떻습니까?"

"그에게는 덕이 있다. 그 점에 있어서는 나보다 낫다."

"자공은 어떻습니까?"

"자공은 언변이 좋다. 그 점에 있어서는 나보다 낫다."

"자로는 어떻습니까?"

"자로는 용기가 있다. 그 점에 있어서는 나보다 낫다."

"자장은 어떻습니까?"

"자장은 점잖은 사람이다. 그 점에 있어서는 나보다 낫다."

자하는 송구스런 마음으로 자리를 피해 앉으면서 또 여쭈어보았다.

"그러면 이 네 제자들이 어찌하여 스승님을 섬기고 있는 것입니까?"

"안회는 인도를 잘 지키지만 때에 따라서 권도를 쓸 줄 모른다. 자공은 언변이 좋지만 때에 따라서 입을 다물고 말하지 않는 것이 더 효과적이라는 것을 모른다. 자로는 스스로 용기가 있음은 잘 알지만 때에 따라서 겁쟁이가 되는 것이 더 낫다는 점을 모른다. 자장은 몸가짐을 갖출 줄은 알지만 점잖지 못한 사람들과 어울리는 일은 하지 못한다. 이와 같이 내가 그들의 장점을 알아주는 것이 바로 그들이 나를 의심하지 않고 섬기는 까닭이다."

'선비는 자신을 알아주는 사람을 위해 목숨을 바친다'라는 예양의 고사가 있다. 이처럼 사람은 자신을 알아주는 사람을 믿고 따르는 경향이 있다. 공자의 제자들 역시 예외가 아니었다. 오늘 날 어떤 일을 도모하거나 친구를 사귀거나 등등의 인간 관계에서 이와 같은 인간의 성정을 잊어서는 안 될 것이다.

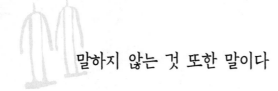

말하지 않는 것 또한 말이다

열자는 따르는 제자들이 많았지만 늘 자신을 대수롭지 않게 생각하였다. 이런 까닭에 사제간에 매일 아침마다 모여 무슨 이야기든 편안하게 나눌 수 있었다.

그의 이웃집에는 남곽자란 사람이 있었는데, 열자와는 20여 년 동안 담장을 사이에 두고 살면서도 내왕하는 법이 없었다. 더군다나 두 사람은 길에서 마주쳐도 아는 척을 하지 않았다.

이런 까닭에 제자들은 스승과 남곽자 사이에 무슨 불미스런 일이 있지 않았나 의심하였다. 언젠가 초나라 사람이 이 소문을 듣고 열자에게 물었다.

"선생께서는 남곽자와 무슨 원한이 있습니까?"

"그렇지 않습니다. 남곽자는 겉모습도 충실하고 완전하지만 마음은 텅 비어 귀로 무엇을 들으려 하지 않는 사람입니다. 눈으로 보려거나 입으로 말하려고도 하지 않으며, 마음으로 무엇을 알려고 하지 않습니다. 몸가짐 역시 두려워하는 것이 없으니 어디를 가서 무엇을 하겠습니까. 하지만 당신이 우리 사이를 궁금해 하니 함께 가봅시다."

열자는 그 사람과 제자들을 이끌고 남곽자를 찾아갔다. 제자들의 눈에 남곽자는 용모는 사람이지만 넋이 없는 인형과 같이 비쳐서 쉽게 접근할 수가 없었다. 열자와 비교해 보면 형체와 정신이 서로 합하지 않아 도저히 같이 어울릴 것같지 않은 사람이었다.

그러던 중 남곽자는 열자의 제자 가운데 가장 말석에 있는 한 사람을 불러내어 대화를 시작했다. 그런데 그는 좀전의 얼빠진 태도는 간데 없고 너무나 유쾌하고 솔직담백한 풍모를 보이는 것이 아닌가. 열자의 제자들은 이런 남곽자의 모습을 보고 깜짝 놀랐다. 그러자 열자가 말했다.

"본래 마음과 마음이 맞아 의사가 통하는 사람끼리는 할 말이 없는 것이다. 서로 잘 이해하는 사람끼리도 마찬가지다. 말없음도 하나의 말이며 무지도 하나의 지식이다. 말이 없는 것과 말을 하지 않는 것, 또는 아는 것이 없는 것과 알지 않는 것도 역시 마찬가지다.

이런 사람은 역시 말하지 않는 일이 없고, 역시 모르는 일이 없다. 또 말할 것도 없고 알 것도 없는 것이다. 이치가 이런 것일 뿐이니 자네들이 점잖지 못하게 놀랄 까닭이 없다."

서로 마음이 통하는 사람끼리는 만나지 않아도 그 생각을 알 수 있다. 그러기에 만나도 나눌 말이 없다. 그러므로 무지(無知)도 하나의 지식이요, 무언(無言)도 하나의 말이다. 무언과 무지로 교제하는 관계야말로 참다운 관계인 것이다.

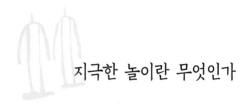

지극한 놀이란 무엇인가

열자가 나돌아다니며 놀기를 좋아하자 호구자가 충고를 하였다. "그대는 놀러 다니는 것이 뭐가 그리 좋은가?"

"저는 사물이 옛 모습 그대로이지 않은 경치를 구경하러 다니는 것입니다. 속인들이 놀러 다니는 것은 그 눈앞에 보이는 경치만 보러 다니지만 저는 사물이 변하는 이치를 살펴보기 위함입니다. 속인들은 자주 산놀이, 물놀이, 꽃놀이를 하지만 그 참뜻을 과연 알겠습니까?"

그러자 호구자는 혀를 차며 말했다.

"내가 보기에는 자네도 마찬가지일세. 대체 무엇이 다르단 말인가. 속인들도 자네와 마찬가지로 항상 변화하는 경치를 보는 것일세. 단지 저들은 눈앞의 사물들이 옛모습 그대로 있지 않은 것만 보고, 자기 자신도 옛모습 그대로 있지 않다는 것은 모르고 있네.

밖으로 놀러 다니는 것에 힘쓰면 안으로 자신을 살펴볼 줄을 모르고, 밖의 물건에 완비된 것을 구하려 하며, 안으로 살펴보는 사람은 자신에서 충족된 것을 가지고자 한다. 이것이야말로 지극한 놀이요 바깥 물건에서 완비된 것을 구하려 하는 것은 지극한 놀이가 아니다."

이 말을 들은 열자는 그 후 놀러 다니기를 그만두었다. 또 스스로 생각하기를 자신은 아직 지극한 놀이를 모른다고 했다. 며칠 뒤 호구자가 말했다.

"그 동안 자네의 놀이는 지극해졌는가. 지극한 놀이란 본래 자기의 갈 데를 모르는 것이요, 또 지극히 살펴본다는 것은 본래 볼 물건이 따로 있는 것이 아닐세. 물건마다 다 나의 정신이 그 속에 들어가서 놀 수 있고 살펴볼 수 있는 것이다. 이것이 바로 나의 놀음이라는 것이며 살펴본다는 것이다. 그러므로 놀이란 것은 참으로 지극한 것이다."

참다운 유희는 변치 않고 옛모습 그대로 있는 사물의 경치를 보는 것이 아니라 시시각각으로 변화하는 사물의 모습을 보는 것이다. 하지만 자기 자신도 마찬가지로 변화하는 존재라는 것을 깨닫고 살펴보는 것이 더욱 지극한 즐거움일 것이다.

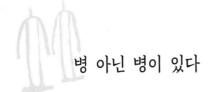

병 아닌 병이 있다

제 나라 사람 용숙이 문지라는 의사를 찾아가 물었다.
"선생의 의술은 매우 고명하지만 나의 병도 고칠 수 있을는지 모르겠습니다."

"글쎄요. 무슨 병을 앓고 계신데 그러십니까?"

"나는 사람들이 아무리 칭찬해주어도 영광스럽지가 않습니다. 또 사람들이 나를 헐뜯어도 부끄럽지 않습니다. 무슨 이익을 얻어도 즐겁지 않고, 그것을 잃어버려도 걱정이 되지 않습니다. 살아있는 것을 죽은 것 같고, 부귀로운 생활을 빈천한 것 같고, 사람들이 돼지새끼들로 보이기도 합니다. 집에 있는 것이 마치 여관에 머무르는 것 같고, 우리 동네조차 오랑캐 나라라는 생각이 듭니다.

이런 증세는 누가 벼슬자리나 상금을 주면서 아무리 달래도 도저히 떼어버릴 수가 없습니다. 세상의 부귀빈천과 이해득실로 이 증세를 바꿀 수가 없고 슬픔과 즐거움으로 이 증세를 멀리 떨어뜨릴 수가 없습니다.

나는 본래부터 임금을 섬긴다던가 친한 동무를 사귄다던가 처자를 거느린다던가 노예를 부리는 일을 하지 못합니다. 이런 증세는 대체

142

무슨 병입니까? 어떻게 해야 이런 병을 고칠 수 있는 겁니까?"

그러자 문지는 용숙으로 하여금 밝은 쪽을 등지고 서게 하고, 자신은 뒤에서 밝은 쪽을 향하여 그를 바라보고만 있었다. 잠시 후 문지가 말했다.

"지금 드디어 당신의 마음을 보았는데 텅 비어 있으니 거의 성인에 가깝습니다. 당신의 마음은 일곱 구멍 가운데 여섯 구멍은 속이 트여 있지만 한 구멍이 트여있지 않습니다. 지금 당신이 자신의 성스럽고 슬기로운 것을 도리어 병으로 생각하는 것은 아마 이것 때문인 것 같습니다. 이런 증세는 저의 의술로는 고칠 수 없습니다."

말미암는 데가 없이 항상 생하는 것이 도이다. 생에 말미암아 생하므로 비록 죽을지라도 멸망하지 않으니 이것은 영구불변의 상도요, 생으로 말미암아 멸망하는 것은 불행한 것이다.

말미암는 데가 있어서 항상 죽는 것도 역시 도다. 사에 말미암아 죽으므로 비록 죽지 않을지라도 스스로 멸망하는 것도 역시 영구불변의 상도이다. 사에 말미암아 생하는 것은 다행한 일이다.

그러므로 쓰이는 데가 없이 생하는 것을 도라 하고, 도를 써서 죽게 되는 것을 영구불변의 상도라 한다. 쓰이는 데가 있어 죽는 것도 역시 도라 하고, 도를 써서 죽게 되는 것도 역시 영구불변의 상도라 한다.

옛날 계량이란 사람이 죽었을 때 양주가 그 집 문을 바라보며 노래를 불렀다. 그러나 수오란 사람이 죽었을 때는 양주는 그 시체를 어루만지면서 곡을 했다. 사람이 이 세상에 낳았다가 죽을 때에 뭇사람은 노래를 부르고 곡도 한다.

눈이 장차 멀려고 하는 사람은 눈이 멀기 전에 가을 털같이 작은 물건을 본다. 귀가 장차 먹으려 하는 사람은 귀가 먹기 전에 먼저 모기 같은 조그만 벌레가 날아가는 날갯죽지 소리를 듣는다.

입맛을 장차 잃어버리려고 하는 사람은 그 전에 먼저 치, 승 두 갯물의 합친 물맛을 가려낸다. 코가 장차 막히려고 하는 사람은 먼저 물건이 썩어가는 냄새를 맡는다. 몸이 장차 쓰러지려는 사람은 그 전에 빨리 내닫는다.

마음이 장차 혼미해지려고 하는 사람은 먼저 옳고 그른 것을 식별할 줄 안다. 그러므로 물건이 발전하여 극에 도달하지 않으면 제 자신으로 돌아오지 않는다.

세상에는 병 아닌 병으로 앓는 사람들이 있다. 그것은 오로지 마음으로부터 비롯된 병이기에 아무리 신통한 의술로도 고칠 수가 없다. 그러므로 마음을 정화하고 진실한 삶을 추구하는 것이 이 병 아닌 병을 예방하는 길이 될 것이다.

한편 죽음에도 여러 가지 얼굴이 있다. 그 사람이 어떻게 삶을 살았느냐에 따라 행복한 죽음도 있을 수 있고 원통하거나, 때로는 타인들의 조소를 받는 죽음도 있을 수 있는 것이다. 그러기에 양주는 자신이 죽음에 다다랐을 때 노래를 부르기도 하고 곡을 하기도 했던 것이다.

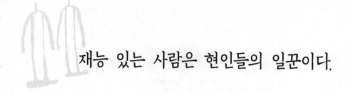

재능 있는 사람은 현인들의 일꾼이다.

정 나라 포택이란 곳에 도덕이 높은 현인들이 많이 살고 있었고, 동리란 곳에는 재사들이 많이 살았다. 포택 땅에 백풍자란 이가 있었는데 동리 땅을 지나가다가 우연히 등석이란 재사와 마주쳤다. 등석은 그의 학도들에게 이렇게 말했다.

"내가 포택 땅의 현인이라는 자를 야유해 보겠다."

"예. 저희들은 그 모습을 한번 보고 싶습니다."

이에 등석은 백풍자에게 말했다.

"당신은 사람의 생을 부양하는 뜻을 알고 있습니까? 남에게 부양을 받으면서 자기 자신을 부양할 수 없는 사람은 개 돼지나 다름이 없습니다. 또 짐승을 키워서 자신의 물건으로 부리는 사람은 제가 노력하는 사람입니다.

당신과 같은 사람들은 아무런 일도 하지 않고 그저 배불리 먹고 편안하게 입게 하는 것이 정권을 잡은 덕일 뿐입니다. 당신들은 어른 아이 할 것 없이 아무 일도 하지 않고 있으니 마치 짐승 우리 안에 몰려 있는 개 돼지 떼와 같은 생활을 하고 있는 것과 무슨 차이가 있습니까?"

이토록 심한 말에도 백풍자는 아무런 대응을 하지 않았다. 이때 백풍자의 제자 한 사람이 나서더니 등석에게 말했다.

"당신은 대체 제나라와 노나라에 기술자가 많이 있다는 이야기를 듣지도 못했습니까? 그들 가운데는 토목공사를 잘 하는 건축가, 철물과 핏물로 병장기를 잘 만드는 직공들도 있습니다. 음악을 잘하는 성악가도 있고 서예와 수를 잘하는 학자도 있으며 전쟁을 잘하는 군사학가, 종묘에 제사를 잘 지내는 축관도 있어서 모든 재능있는 사람들이 이루 헤아릴 수 없습니다.

그런데 이런 사람들에게 각각 적당한 지위를 주는 사람도 없고, 그들에게 직위를 정해주어 일을 시키는 사람도 없습니다. 그뿐 아니라 윗자리에 앉아서 그들에게 지위를 주고 직무를 정하여 전체의 일을 운영해 나아가는 사람은 특수한 지식도 없고, 그들에게 일을 시키는 사람은 특수한 재능도 없습니다.

그렇지만 지식도 있고 재능이 있는 사람은 다 그 사람에게 부림을 당합니다. 그러므로 당신이 말하는 집권자도 우리들에게 고용이 되어 있는 셈입니다. 그러므로 당신이 그렇게 뽐낼 것이 하나도 없습니다."

이 말을 들은 등석은 아무 대꾸도 못하고 학도들과 함께 얼른 그 자리를 떠나버렸다.

재능만 있고 덕이 없는 사람은 결코 성공하지 못한다. 누구에게도 배울 것이 있다는 마음가짐으로 매사에 겸손함을 잃지 않는 사람만이 추구하는 목표를 이룰 수 있다는 가르침이다.

메뚜기 다리를 꺾는 데도 전력을 다하면

공의백이 장사라는 소문을 듣고 당계공이 추천하자 주나라 선왕은 그를 궐 안으로 불러들였다. 그런데 막상 공의백을 대하고 보니 체구도 빈약했고 힘도 그리 세어 보이지 않았다. 버럭 의심이 생긴 선왕은 공의백에게 물었다.

"그대의 힘은 어느 정도인가?"

"저의 힘은 봄에 메뚜기의 가는 다리를 꺾을 수 있고, 가을 매미의 엷은 날갯죽지를 찢을 수 있습니다."

왕이 그 말을 듣고 화가 나서 소리쳤다.

"나의 힘은 물소의 가죽을 찢을 수 있고, 아홉 마리의 소꼬리를 한데 뒤로 당겨 소를 끌어올릴 수 있어도 오히려 약하다고 한탄하고 있다. 그런데 그대는 겨우 메뚜기의 다리를 꺾고 매미의 날개를 찢을 수 있는 힘으로 어찌 천하에 그 이름이 났단 말인가?"

그러자 공의백은 가볍게 한숨을 쉬면서 대답했다.

"좋은 질문이십니다. 제 스승인 상구자는 그 힘으로 일찍이 천하에 대적할 사람이 없었습니다. 하지만 그 집안의 부모 형제 자녀들은 그 사실을 알지 못합니다. 왜냐하면 그 힘을 일찍이 한 번도 써본 적이 없기 때문입니다.

저는 그것을 알고 한사코 그분을 졸라 스승으로 모셨습니다. 그때 스승이 말씀하시기를 사람이 누구든지 자기가 보지 못하는 것을 보려고 하면 먼저 남이 엿보지 않는 것을 살펴보아야 하고, 자기가 얻지 못한 것을 얻으려고 하면 먼저 남이 하지 않는 것을 주의해야 한다고 하셨습니다.

그러므로 사람이 잘 보는 법을 익히려 하면 먼저 남들이 너무 커서 주의해 보지 않는 수레에 가득 실은 섶나무를 잘 보아야 하고, 잘 듣는 방법을 익히려면 먼저 사람들이 소리가 커서 주의해 듣지 않는 종 치는 소리부터 들어야 합니다. 대체로 집안에서 쉬운 일에 전력을 다하는 사람은 밖에 나가 어려운 일을 하지 않습니다. 밖에 나가 어려운 일을 하지 않으므로 그 힘을 한 집안 사람들도 모르게 됩니다.

저의 명성이 제후들에게 알려진 것은 제가 스승의 가르침을 어겼기 때문에 세상에 나타난 것입니다. 그것은 제가 힘을 자랑해서 그렇게 된 것이 아니라 힘을 잘 응용하였기 때문입니다. 이것이 오히려 제 힘을 자랑하는 사람들보다 더 나은 것이 아니겠습니까?"

큰 일을 하려면 작은 것부터 시작해야 한다는 말이 있다. 하지만 열자는 거꾸로 말하고 있다. 아무리 작은 일을 할지라도 넓게 보고 노력하라는 것이다. 눈에 보이지 않는 작은 것을 보려면 먼저 큰 수레에 가득 실린 섶나무를 보는 것부터 시작해야 하고, 귀에 잘 들리지 않는 것을 들으려면 먼저 종 치는 소리를 들으라고 한다. 커다란 현상을 관찰해야만 그 배후에 숨어있는 생성의 도를 깨우칠 수 있다는 말이다.

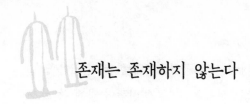

존재는 존재하지 않는다

중산 땅에 사는 공자모란 사람은 위나라에서 현명하기로 이름난 사람이었다. 그는 현인들과 교우하며 나랏일 따위에는 관심조차 없었다. 그는 특히 조나라의 현인 공손룡을 좋아했는데, 자여란 사람의 제자들이 그런 공자모를 몹시 비웃었다. 소문을 들은 공자모가 자여를 찾아가서 물었다.

"선생은 어찌하여 공손룡을 따르는 나를 비웃습니까?"

이에 자여가 대답했다.

"공손룡의 사람됨이란 행실로 말하면 옛 성인의 도를 숭상하지 않으며, 학문으로 말하면 그와 함께 공부하는 동무조차 없습니다. 이치에 맞지 않는 말을 함부로 주장하여 아직 일가의 학설을 이루지도 못했습니다. 뿐만 아니라 괴상한 생각과 맹랑한 말로 사람들을 미혹시키기를 좋아하며, 한단 같은 사람들과 어울리는 등 방자하기 짝이 없기 때문입니다."

공자모는 이 말을 듣고 얼굴빛을 붉히며 말했다.

"선생은 어찌 한 사람에 대하여 그런 악평을 하실 수 있습니까? 무슨 증거라도 있습니까?"

"나는 공손룡이 일찍이 공자의 손자인 공천을 기만한 적이 있음 압니다. 그는 말하기를 활을 잘 쏘는 사람은 뒤에 쏜 살촉이 앞에 쏜 화살의 대가리를 맞힌다. 화살을 쏘고 또 쏘아 연거푸 쏘면 서로 연속되어 앞에 쏜 화살이 목표를 맞히고 아직 땅에 떨어지기도 전에 뒤에서 쏘는 화살의 대가리를 활줄에 빨리 대게 된다. 그러므로 밖에서 사람이 보면 마치 한 개의 막대기가 계속 날아가는 것과 같다고 했습니다.

공천은 이 말을 듣고 매우 놀랐지요. 공손룡이 또 말하기를 그것은 아직도 신통한 것이 아니다. 옛날 방몽의 제자 홍초는 성이 나서 아내를 겁나게 해줄 양으로 오호 땅에서 나는 유명한 활에 기위 나라에서 만든 화살을 재워 그 아내의 눈에 쏘았다. 그런데 화살이 눈동자 속에 머물자마자 눈까풀이 한번 깜박하기도 전에 화살이 이미 땅바닥에 떨어져 먼지도 나지 않는다라고 했습니다. 이것이 어찌 현인의 말이라고 하겠습니까?"

그러자 공자모가 반박했다.

"현인의 말이란 오묘하여 어리석은 사람들은 이해할 수가 없는 것입니다. 뒤에서 쏜 활촉이 앞에 쏜 화살의 대가리를 맞힌다는 것은 뒤에 쏜 화살을 앞에 쏜 화살의 속도보다 더 빨리 쏜다는 것이요, 화살이 눈동자 속에 머물자마자 눈까풀이 한번 깜박하기도 전에 땅에 떨어진다는 것은 화살의 속력을 극히 빠르게 한다는 것입니다. 선생은 어찌 그런 것조차 의심하십니까?"

"당신은 공손룡의 학도인 만큼 그렇게 변호해야 하겠지만, 나는 또 다른 것을 지적하겠소. 그는 위나라 왕을 속여 말하기를 '마음이 있지 않는 생각이 있다.' '존재하지 않는 존재가 있다' '없어지지 않는 물건이 있다' '이동하지 않는 그림자가 있다' '천근 되는 물건을 당기는 머리카락이 있다' '말 아닌 흰말이 있다' '일찍이 어미 없는 외로운 송아지가 있다'고 하였습니다. 이런 이야기는 세상에 유례가 없고 인륜에 어긋나는 말입니다. 그런 것을 어찌 말이라고 할 수 있겠습니까?"

이에 공자모가 반론을 펼쳤다.

"선생은 공손룡의 지극한 말을 깨닫지 못하고 도리어 오류라고 생각하시는군요. 오류는 선생에게 있습니다.

대체 마음이 있지 않은 생각이란 생각이 없으면 마음은 무의 상태가 된다는 뜻이고, 존재하지 않는 존재가 있다라는 것은 존재가 존재하게 되면 어느 물건이나 다 존재이기 때문이며, 없어지지 않는 물건이 있다라는 것은 물건을 없어지게 하는 것은 항상 있기 때문입니다.

이동하지 않는 그림자가 있다는 것은 해가 움직이면 물건의 그림자도 움직이고 해가 움직이지 않으면 그림자도 움직이지 않기 때문이며, 말 아닌 흰말이 있다는 것은 말의 형체와 이름이 서로 분리된다는 뜻이요, 일찍이 어미 없는 외로운 송아지가 있다는 것은 어미가 있으면 외로운 송아지가 아니기 때문입니다."

그러자 자여가 얼굴을 찡그리며 말했다.

"당신은 공손룡의 말이라면 다 조리가 있다고 생각하는군요. 그가 입으로 말하지 않고 항문으로 한 말이라도 찬미할 겁니다."

이 내용은 열자가 자여의 입을 빌어 당시 명학파 공손룡의 학설을 반박한 것이다.

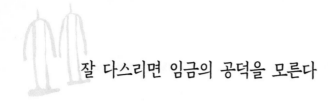

잘 다스리면 임금의 공덕을 모른다

요 임금이 제위에 오른 지 50년, 그는 자신이 참으로 천하를 잘 다스리고 있는지, 또 백성들이 자신을 천자로 원하고 있는지 궁금했다. 좌우의 신하와 관리, 지방관들에게 그것을 물었지만 아무도 대답하는 사람이 없었다. 하는 수 없이 요임금은 민간인의 차림으로 길이 사면 다섯 갈래로 난 강구란 거리에 나아가 백성들의 여론을 들었다. 거기에는 여러 어린이들이 모여 다음과 같은 노래를 부르며 놀고 있었다.

'우리 만 백성을 사랑하시사,
이처럼 잘 살아가게 하시니,
이 모든 것이 다 당신의 지극한 덕택이로다.
우리 백성들은 아무 생각 없이 살아가는 동안에,
어느덧 우리 임금님 법도에 좇게 되었다.'

요임금이 이 노래를 듣고 매우 기뻐하며 아이들에게 물었다.
"얘들아. 대체 누가 이런 노래를 가르쳐 주었지?"

"이 노래를 우리 마을에 사는 대부 벼슬하는 어른에게 배웠습니다."

요임금은 그 대부를 찾아가 물었다.

"저 노래는 당신이 지어서 가르친 겁니까?"

"아닙니다. 옛날부터 내려오는 시입니다. 지금 이 세상이 옛날 그때처럼 잘 다스려지므로 저도 모르는 사이에 입버릇처럼 흥얼거렸더니 아이들이 따라 부르게 된 것입니다."

요임금은 궁으로 돌아와 스스로 생각하기를 '이만하면 천하를 잘 다스렸구나'라고 하였다. 그리하여 '공을 이루었으면 물러나야 한다'라 하여 순이란 덕이 높은 공신을 불러 임금자리를 물려주었다. 순도 사양하지 않고 천하를 이어받았다.

이것은 열자가 옛날 요 임금이 백성들을 덕으로 다스렸음을 칭찬하는 내용이다.

도는 앞을 바라보려 하면 어느덧 뒤에 와 있다

관 윤희가 말했다.

"도인은 공이 이루어지면 그 자리에 머물러 있지 않는다. 그러나 사물을 형성할 때에는 행위가 겉으로 드러난다. 그가 움직일 때에는 마치 흐르는 물과 같고, 그가 가만히 있을 때는 깨끗한 거울과 같다.

또 그가 물건에 반응할 때에는 공명하는 음향과 같다. 그러므로 그의 도는 한곳에 머물러 있지 않으므로 물건에 잘 따른다. 물건이 저 스스로 도의 법칙에서 어긋나는 것이요, 도의 법칙이 물건에서 어긋나는 것이 아니다.

도의 법칙에 잘 좇는 사람은 역시 청각을 사용하지도 않고 시각을 사용하지도 않으며 마음을 사용하지 않고 힘을 사용하지도 않는다.

도를 좇으려고 하면서 청각과 촉각, 지혜로 그것을 구하면 이것은 마땅치 않다. 도를 앞으로 바라보려고 하면 어느덧 뒤에 와 있고, 이것을 사용하려 하면 사용할수록 더 많아져서 상하사방에 가득 차게 되고 이것을 없애버리려 하면 그 있는 곳을 알 수가 없다.

그러므로 도에 마음이 있는 사람은 이것을 멀리할 수도 없고, 또 마음이 없는 사람은 이것을 가까이 할 수도 없다. 다만 묵묵히 이것을 마음으로 체득할 뿐이다. 그리하여 자연히 타고난 본성이 이루어진 사람만이 이것을 체득할 수 있다.

지식이 있고서도 인정을 잊어버리고, 능력이 있고서도 일을 하지 않는 것이 바로 참다운 지식이 있는 사람이요, 도인의 마음은 무지에서 작용하지 어찌 인정인들 있을 수 있으며 무능에서 작용하지 어찌 하는 것인들 있겠느냐.

사람에게서 지식을 제거하고 인정을 없이하여 사람의 몸뚱이가 모여있는 흙덩이와 쌓여있는 티끌과 같아서 비록 하는 일이 없더라도 결코 거기에 조금이라도 사람의 의지의 작용으로 그렇게 되는 것이 아니다."

도의 세계에 사는 도인은 깨달음을 얻어도 그 자리에 머물러있지 않는다. 하지만 사물을 형성할 때에는 그 행위가 현저하게 나타난다. 그러므로 성인은 움직일 때에는 흐르는 물과 같고, 가만히 있을 때에는 거울과 같으며, 사물에 대처할 때에는 음향과 같이 반응한다. 도인은 알면서도 감각에 나타내지 않고, 능력이 있으면서도 행하지 않는다. 이것이 바로 참된 지혜요, 참된 능력이다.

5장 탕문편(湯問篇)
나라 밖에 또 나라가 있다

무궁 밖에 무궁 없다

은 나라의 탕 임금이 대부 하혁에게 물었다.

"태초에 무슨 사물이 있었는가?"

"태초에 사물이 없었으면 지금 이 세상에 어떻게 사물이 있을 수 있었겠습니까? 그렇다면 다음 세상의 사람들도 지금 세상에 사물이 없었다고 하면 괜찮겠습니까?"

"그러면 어떤 것이 먼저이고 나중이라는 선후의 문제도 없는 것인가?"

"사물의 시초와 종말은 처음부터 그 극단이 없습니다. 시초였던 것이 종말이 되기도 하고, 또 종말이었던 것이 시초가 되기도 합니다. 어떻게 제가 그 끝닿은 데를 알겠습니까? 사물 밖의 사물이나 일이 있기 전의 일은 저도 모르는 것입니다."

"그렇다면 상하팔방의 어디에도 끝닿는 데가 없다는 말인가?"

"그것도 모르겠습니다."

탕 임금은 끝까지 가르쳐달라고 우겼다. 그러자 하혁은 마지못하여 입을 열었다.

"사물이 없으면 끝도 없고, 사물이 있으면 끝나는 데가 있습니다.

하지만 끝이 없는 것 외에도 또 끝이 없는 것이 없고, 끝나는 데가 없는 것 가운데 또 끝나는 데가 없는 것이 없습니다. 이와 같이 끝이 없는 것은 다시 끝이 없는 것이 없고, 끝나는 데가 없는 것은 다시 끝나는 데가 없는 것이 없습니다. 이 때문에 저는 물건이 그 끝도 없고, 끝나는 데도 없는 것을 알지만 끝이 있고 끝나는 데가 있는 것은 모릅니다."

'우주는 유한하지만 끝이 없다'라는 아인슈타인의 말처럼 이 세계는 유한한 평면의 세계가 아니라 무한한 원의 세계이다. 그러므로 출발점이 곧 종착점이요, 종착점이 또 출발점이다. 유한하다는 것은 측정할 수 있음이요, 무한하다는 것은 원과 같이 시작도 끝도 없다는 뜻이다.

나라 밖에 또 나라가 있다

탕 임금이 다시 하혁에게 물었다.

"지금 우리가 살고 있는 중국의 동쪽에는 동해가 있고 서쪽에는 서해가 있으며, 남쪽에는 남해, 북쪽에는 북해가 있다. 그렇다면 이 네 바다 밖에는 어떤 나라들이 있는가?"

"우리와 같은 나라가 있습니다."

"그것을 증명할 수 있겠는가?"

"일찍이 제가 동쪽의 끝이라고 하는 영주에 가보았습니다. 그곳에는 역시 백성들이 살고 있었는데, 그들에게 물으니 영주 동쪽에 또 영주와 같은 곳이 있다고 했습니다. 또 서쪽 끝에 있는 빈주 땅에 가보았더니 그곳에도 백성들이 있었으며 빈주 동쪽에 또 빈주와 같은 곳이 있다고 했습니다.

그러므로 사해 밖에도 여기와 다름없이 사람들이 살고 있고 동서남북의 나라밖에도 마찬가지이며 동극, 서극, 남극, 북극의 밖에도 마찬가지라는 것을 짐작하여 알 수 있습니다. 그러므로 큰 물건과 작은 물건이 서로 포괄하고 있으며 궁극이 없습니다.

만물을 포괄한다는 것도 천지를 포괄하는 것과 같습니다. 그러므로

161

곧 무궁이요 무극인 것입니다. 제가 어떻게 천지 밖에 또 더 큰 천지가 있음을 알겠습니다. 역시 저도 모릅니다. 천지는 하나의 물건입니다.

물건이란 불완전한 것이라 옛날 여와씨는 푸르고 누르고 붉고 희고 검은 다섯 가지 빛깔을 띤 돌들을 이겨서 그 불완전함을 보충하였고, 큰 거북의 네 다리로 동서남북의 사극을 세웠던 것입니다.

그 후 공공씨와 전욱씨가 서로 임금이 되려고 싸우다가 그만 성난 끝에 서북극에 있는 부주라는 산을 건드려 하늘을 고이고 있던 기둥이 꺾이고, 땅을 매달고 있던 사면의 줄이 끊어졌습니다. 때문에 하늘은 서북쪽으로 기울어지고, 해와 달과 별들도 다 서북쪽으로 향하게 되었습니다. 땅은 동남쪽이 좀 낮으므로 온 갯물은 다 서북쪽에서 흘러나와 동남쪽으로 흘러 들어갑니다."

여기에는 지구가 둥글다는 사상이 암시되어 있으니 놀라울 따름이다. 그러므로 나라 밖에 또 나라가 있는 것이다. 또한 천체가 동남쪽이 높고 서북쪽이 낮다는 것과, 중국의 지세는 이에 반하여 동남쪽이 낮고 서북쪽이 높다는 것을 말하고 있다.

물건은 크고 작으며 길고 짧다

탕 임금이 다시 하혁에게 물었다.

"이 세상 물건 가운데 그 형체가 굵고 가는 것과 길고 짧은 것이 있고, 그 성질에 있어서 같은 것과 다른 것이 있는데, 그것에 대하여 어떻게 생각하는가?"

"발해 바다 동쪽으로 몇 억 만리를 가다보면 커다란 구렁텅이가 있는데, 실로 끝이 보이지 않는 골짜기입니다. 그 아래 밑이 없는 데를 일러 귀허라고 합니다. 상하사방의 땅에 있는 물과 동서남북 및 중앙의 하늘에 있는 은하수가 다 이곳으로 흘러들지만 그 물은 결코 느는 일도 없고, 줄어드는 일도 없습니다.

그 골짜기 가운데 산이 다섯 개 있는데 첫째는 대여요, 둘째는 원교이며, 셋째는 방장, 넷째는 영주, 다섯째는 봉래입니다. 그 산들은 비록 높낮이가 있지만 모두가 주위 3만리가 됩니다. 산정에는 9천리가 넘는 평원이 있고, 그 산 중간의 거리가 각각 7만리입니다. 그리하여 산과 산들은 서로 이웃집같이 되어 있습니다.

그 산 위에 대관이란 큰 건축물이 있는데 다 금과 옥으로 지은 것이요, 새와 짐승들은 다 순백색이며, 포기로 난 수목들이 다 구슬나무이며, 꽃나무에 열린 열매들이 다 맛이 희한합니다. 누구든지 이 열매를 한 번 따먹으면 불로장생합니다.

거기에서 사는 사람들은 다 선인이나 성인의 종족입니다. 산과 산 사이의 거리는 28만리나 되지만 이 선인들은 하룻날 하루저녁에 서로 날아갔다가 날아옵니다. 이들은 그 수효가 너무 많아서 이루 헤아릴 수가 없습니다.

이 다섯 산들은 다 각각 바다 위에 떠 있어 산과 산밑이 서로 잇대어 있지 않고 항상 조수를 따라 오르락내리락 떠갔다가 되돌아오곤 하니 잠시라도 우뚝 서있지 않았습니다.

선인과 성인들은 가만히 있지 않고 떠돌아다니는 산이 아주 떠내려 갈까 걱정이 되어 이 일을 천제에게 알렸습니다. 그러자 천제는 그 다섯 산들이 서극 쪽으로 흘러가면 여러 성인들의 있을 곳을 잃어버릴까 하여 바로 북방의 신인 우강에게 명하여 큰 거북 열 다섯 마리에게 그의 머리를 들게 하고 그 다섯 산이 떠내려가지 않도록 이고 있게 하였습니다. 그 순서에 있어서는 세 번씩 번갈아 들되 6만 년에 한 번씩 교대하기로 했습니다. 이로 말미암아 그 다섯 산은 비로소 가만히 우뚝 서있게 되었습니다.

그런데 용백이란 나라에 아주 키가 크고 힘이 센 거인이 있는데 발을 한번 들어 내디디면 두어 걸음도 채 걷지 않고서 그 다섯 산이 있는 곳에 다다르게 되었습니다. 하루는 그들이 바다로 한번 낚시질을 갔는데, 그 다섯 산을 머리에 이고 있는 거북 가운데서 여섯 마리를 단번에 낚아 등에 짊어지고 자기 나라로 돌아갔습니다. 그리곤 거북을 죽인 다음 뼈를 불에 구워 그 수효를 헤아려 보았습니다.

이 때문에 대여와 원교 두 산은 그만 북극으로 흘러 떠내려가서 큰
바다 속으로 잠겨 들어가 버렸고, 두 산에서 살던 선인과 성인들 중
집을 잃어버린 사람이 1억을 헤아리게 되었습니다.

이런 일이 생기자 천제는 크게 노하여 용백이란 나라의 면적을 움
츠러들게 하여 아주 작은 나라로 만들어 버렸고, 또 그 나라의 백성들
의 키도 아주 작게 만들어 놓았습니다. 그러나 복희, 신농씨 때에 이르
러서도 그 나라 사람들의 키는 수십 길이나 되었습니다."

열자는 중국의 설화를 통하여 사물에는 크고 작음과 길고 짧음이 있다는 것을 설명해
주고 있다.

모든 것은 존재 가치가 있다

하혁은 말을 계속했다.

"중국에서 동쪽으로 40만리를 가면 초요라는 나라가 있습니다. 그 나라 사람들은 키가 한 자 다섯 치밖에 되지 않습니다. 또 동북극으로 가면 쟁인이라고 하는 키가 아홉 자나 되는 사람들이 삽니다.

형주 남쪽에는 명령이란 나무가 있는데, 이 나무는 5백 년 동안이 한 봄이요, 5백 년이 한 가을입니다. 또 아주 옛날 대춘이란 나무가 있었는데 이 나무는 8천 년이 한 봄이요, 8천 년이 한 가을이었습니다.

작은 물건으로 말하면 저 썩어진 흙거름 위에 균지란 풀이 있는데 아침에 났다가 저녁에 죽습니다. 또 봄 여름에 사는 하루살이와 모기는 비가 오면 생겼다가 햇볕을 보면 곧 죽습니다.

큰 물건으로 말하면 종발이란 땅 북쪽에 명해란 바다가 있는데, 이것을 천지라고 부릅니다. 이 바다 속에 곤어라고 불리는 큰 물고기 한 마리 있는데 몸넓이는 수천 리가 되고 길이도 마찬가지입니다.

또 붕조라는 새가 있는데 날갯죽지는 넓은 하늘을 가리는 구름장과도 같고, 몸도 마찬가지입니다. 세상 사람들이 어떻게 그런 큰 물건이 있음을 알겠습니까?

우임금은 이 세상의 물건은 크고 작고 길고 짧은 이치가 있다는 것을 행해 보고서야 알았고, 백익은 알아보고서 이름을 지었으며, 이견은 들어보고서 기록해 놓았던 것입니다.

또 강물과 개천에는 아주 극히 작은 초명이란 벌레가 있습니다. 이것들이 떼를 지어 날아가 모기 속눈썹 위에 모여 있어도 서로 건드리지 않았습니다. 거기에 집을 짓고 자고 날아가고 날아와도 모기는 도무지 모르고 있습니다.

눈이 매우 밝기로 이름난 이주와 자우란 사람도 해가 쨍쨍한 대낮에 눈을 닦고 속눈썹을 치뜨고 똑바로 바라보아도 그 벌레들의 형체를 도무지 볼 수가 없었습니다. 또 귀가 매우 밝기로 이름난 지유와 사광도 아무리 귀를 기울여 머리를 숙이고 들어도 그 벌레 소리를 도무지 들을 수가 없었습니다.

하지만 황제와 용정자만이 공동산 위에서 함께 마음을 정갈하게 하고 행실을 삼가며 재계한 지 석달만에 마음은 불꺼진 재와 같고, 몸은 마른나무와 같이 된 뒤 정신을 가다듬어 그 벌레의 형체를 보니, 우뚝 서 있는 모습은 숭산의 높은 언덕과도 같고, 가만히 정기를 통하여 그 소리를 들으니 으르렁거리는 소리는 하늘의 큰 우레소리 같았습니다.

남방의 오나라와 초나라 사이에는 큰 나무가 있는데, 그 이름은 유수라고 합니다. 빛깔은 푸른데 겨울에 나고 열매는 붉은데 맛이 시며, 그 열매 껍질의 물을 마시면 가슴이 울렁거리고 숨이 찬 병을 고칠 수 있습니다. 나라 안 사람들이 다 이 열매를 진기하게 여겼지만 회수를 건너 북쪽으로 가면 변하여 탱자가 되었습니다.

또 왜가리란 새는 제수란 물을 건너지 않고, 담비란 짐승은 문수를 건너면 그만 죽어버렸습니다. 이것은 지리적 환경이 그렇게 만든 것입니다. 그러나 그것들의 형체와 혈기는 다 다르지만 본성은 한결같이 같으므로 서로 바꾸어 가질 수 없습니다. 타고난 생도 각각 제대로 다 완전하고, 성분도 각각 저대로 만족합니다.

제가 어떻게 물건의 작고 큰 것이 좋고 나쁜 것을 알 수 있으며, 어떻게 길고 짧은 것이 좋고 나쁜 것을 알 수 있으며, 어떻게 같고 다른 것이 좋고 나쁘다는 것을 알 수 있겠습니까?"

세상에 존재하는 모든 사물은 굵기도 하고 가늘기도 하며, 같기도 하고 다르기도 하다. 이는 모두 자연의 섭리로서 그 자체로 가치가 있는 것이니 좋고 그름을 따질 수 없다는 말이다.

정성이 있으면 산도 옮긴다

태형산과 왕옥산이란 두 산이 있는데 어느 것이나 다 넓이가 7백리, 높이가 만길이나 되었다. 본래 그 두 산은 기주 남쪽과 하양 북쪽에 있었다.

이 산 남쪽 기슭에 90세 먹은 북산 우공이란 한 노인이 살고 있었다. 그런데 산 북쪽이 막혀 있어서 이쪽 산에서 저쪽 산으로 가려면 누구나 항상 높은 산길을 돌아가지 않으면 안 되었다. 우공이 하루는 집안 사람들을 모아놓고 말했다.

"이제부터 우리들이 힘을 합하여 저 높고 험한 산을 깎아내려 평평하게 한 다음 길을 곧게 내어 예남 땅에서 직접 한음 땅으로 통하게 하자."

그런데 집안 사람들이 다 찬성했지만 우공의 처만이 의심스러운 태도로 말했다.

"아무래도 늙은 당신의 몸으로는 저 낮고 조그만 과부산도 깎아내릴 힘이 없는데, 어떻게 저 높은 태형산과 왕옥산을 평평하게 한다는 말씀이십니까. 그뿐 아니라 그 산에서 파내린 흙과 돌은 또 어쩌시렵니까?"

그러자 그 아들이 말했다.

"어머니, 그건 걱정하지 않아도 됩니다. 흙과 돌은 발해 바닷가에 있는 드넓은 은토 북쪽으로 실어나르면 됩니다."

이렇게 해서 우공은 아들과 손자를 데리고 일을 시작하였다. 매일같이 흙과 돌을 지고 날랐으며, 돌을 쪼아내고 흙을 파 삼태기에 담은 다음 발해 바닷가로 운반했다.

이때 이웃집에 서울댁이라는 젊은 과부가 살고 있었는데 그녀에게는 여닐곱살 정도의 유복자가 하나 있었다. 그녀는 우공이 자식들과 일하는 것을 보고 자기 아이도 돕도록 하였다. 이렇게 일을 하는 동안 어느 덧 추운 겨울도 다 지나가고 여름이 왔다. 아이는 일 년이 걸려서야 겨우 한 차례 우공에게 갔다 오곤 했다.

이때 하곡 땅에 사람들이 지혜롭다고 부르는 지수란 노인이 우공을 보고는 이렇게 말했다.

"참으로 어리석구려. 당신과 같은 늙은 몸과 힘으로는 저 산의 풀 한 포기도 뽑아내지 못할 텐데 어떻게 저 산의 굳은 흙과 무거운 돌을 파내려 하는 거요?"

그러자 북산의 우공은 비웃음을 흘리며 대답했다.

"당신은 지혜롭다는 사람이 어찌 그리 고루한 생각을 가지고 있단 말이오 이웃의 과부댁 어린아이만도 못하구려. 비록 내가 죽는다 해도 못 다한 일은 내 아들이 하고, 아들이 못 다한 일은 손자가 하며, 그 녀석이 못 다한 일을 그 자식이 하면 됩니다. 이렇게 자자손손 계속해 나가다보면 제 아무리 높은 산이라도 평평해지지 않을 까닭이 없질 않겠소? 그러니 무엇이 어렵다고 불평을 할 수 있겠소?"

이에 지수는 아무런 대꾸도 못하고 돌아갔다. 그때 산을 지키는 조사란 산신령이 그 말을 듣고 버럭 겁이 나서 천제에게 달려가 하소연했다.

천제는 우공의 지극한 정성에 감복하여 신통력 있는 과하씨의 두 아들로 하여금 태형산과 왕옥산을 각각 등에 지고 가서 하나는 삭동 땅에 놓고 하나는 옹남 땅에 놓게 했다. 이때부터 사람들은 기주 남쪽과 한수 북쪽으로 아무런 장애물없이 잘 드나들게 되었다.

뜻이 있으면 극복하지 못할 난관이란 없다. 아무리 높은 산이라도 굳을 결심만 있다면 허물어낼 수 있는 것이다. 곧 우공이산(愚公移山)의 고사이다.

자연에 겸손하라

과보란 사람이 자신의 역량은 헤아려보지도 않고 해의 그림자를 따라갔다. 그가 오로지 빛을 따라 우곡이란 골짜기에 이르렀을 때이다.

목이 말라 물을 마시고 싶어서 황하와 위수가로 나아가 마셨으나 부족해서 다시 북쪽으로 걸어가 보다 더 큰 못의 물을 마시려 했지만 채 다다르지 못하고 그만 죽고 말았다.

그때 짚고 왔던 지팡이를 내던졌는데 그 시체와 피와 살이 기름이 되고 거름도 되어 지팡이 속으로 스며들어가 싹이 나오고 가지가 뻗어 잎이 무성하게 되었다.

훗날 차차 여러 나무가 생겨 커다란 숲을 이루게 되었는데 그 이름을 등림이라고 하였다. 이 등림은 자꾸 무성해지더니 마침내 그 넓이가 수천 리에 이르렀다.

유한한 인간의 힘으로 위대한 자연을 정복하려 하면 도리어 정복당하게 마련이다. 그러므로 자연에 겸손하라. 이는 오늘날 개발이란 명목으로 자연 환경을 파괴하는 뭇 인간들의 행태에 대한 근엄한 경고가 아닐 수 없다.

자연의 법칙이 신령보다 먼저이다

탕 임금이 9년 홍수를 막아낸 우 임금을 예로 들면서 대부 하혁에 게 말했다.

"상하사방의 천지 사이와 동서남북의 세계를 해와 달빛으로 환히 비추고, 별들이 하늘에 죽 늘어섰으며, 춘하추동 사계절이 순환되고 있소 이것은 해의 운행을 차지하고 있는 태세 신령의 섭리로 인하여 다 그렇게 되는 것이오

신령으로부터 생성된 모든 만물은 그 형상이 각각 다를 뿐 아니라 어떤 것은 낳았다가 빨리 죽기도 하고, 또 어떤 것은 오래 살기도 하지만 오직 성인만이 그런 법칙을 통해 알 수 있는 것이 아니겠소"

그러자 하혁이 고개를 저으며 말했다.

"만물은 신령의 힘을 빌리지 않고도 저절로 생성되고, 음양의 이치를 알지 못하고도 저절로 형성되며, 해와 달의 광명을 받지 않고도 저절로 밝고, 살육을 당하지 않고도 저절로 죽습니다.

또, 보호를 받지 않고도 저절로 오래 살고, 오곡을 먹지 않고도 저절로 살며, 방직을 하지 않고도 저절로 입게 되며, 배나 수레를 타지 않고도 가게 되는 일이 있습니다. 이것은 다 자연의 법칙이니 성인의 알

바가 아닙니다."

열자는 전설을 인용하여 인격적인 천지신명을 부정하고 자연법칙을 상위에 올려놓았다. 세상은 신령의 힘으로 통제되는 것이 아니라 자연의 섭리로 지배되고 있다는 것이다.

우 임금의 유토피아

우 임금이 9년 동안 홍수를 다스리고 토목 일을 하다가 하루는 정신이 혼미하여 길을 잃어버리고 어떤 나라에 잘못 들어가게 되었다.

그 나라는 이름이 종북국인데 북해 북쪽에 자리잡고 있어서 중국에서 그 거리가 몇 천만리인지 알 수가 없었다. 너무 넓고 커서 국경이 어디인지도 모르고 바람과 비, 서리와 이슬도 없고 새짐승이나 벌레와 물고기, 풀과 나무도 나지 않았다.

사면은 다 평지이지만 그 주위에는 높은 언덕으로 삥 둘러 쌓여 있었다. 중앙에는 호령이란 산이 하나 있는데 형상이 마치 커다란 시루와도 같고 꼭대기에는 둥근 원과 같은 자혈이란 구멍이 있었다.

그 안에서 솟아나오는 샘물을 신분이라 하는데 냄새는 난초보다 더 향기롭고 맛은 감미로운 술보다 좋았다. 그 샘물의 근원이 네 갈래로 나뉘어 산 위에서 산 아래로 흘러 쏟아져 그 나라 전체에 퍼지지 않는 곳이 없었다.

기후는 온화하여 사람들이 나쁜 병에 걸려 죽는 일이 없으며, 백성들의 성질이 온순하여 환경에 잘 적응하였다. 다투지도 싸우지 않으며 마음은 부드럽고 뼈는 연하였다.

그들은 교만하지 않고 시기하지도 않으며 어른과 어린아이가 함께 사이좋게 살았다. 누가 임금노릇을 하려하지도 않고 신하노릇도 하지 않으며 사내와 계집이 함께 섞여서 놀았다. 또 중매를 내세워 부부 관계를 맺지 않았다.

물을 따라 살고 밭을 일구지 않으며 곡식을 심지도 않았다. 기후는 알맞게 온화하고 방직을 하지 않으며 옷을 입지도 않았다. 백살을 살다가 죽고, 그 동안에 요절하는 일도 없으며 병도 걸리지 않았다. 백성들은 번성하여 그 수효를 알 수 없었다.

단지 기쁨과 즐거움이 있을 뿐이요, 늙거나 슬퍼하고 괴로워하는 것을 몰랐다. 배가 고프거나 권태로워서 신분이란 샘물을 마시면 배도 부르고 정신도 화평하게 되었다. 그 샘물을 너무 많이 마시면 취하여 열흘이 지난 뒤에야 깨어났고, 목욕을 하면 살결이 보드랍게 빛나고 기름기가 돌며 향내가 나서 열흘이 지난 뒤에야 없어졌다.

그리하여 훗날 주나라의 목왕은 북쪽으로 놀러갔다가 이 종북국에 한번 들어가보고는 즐거워서 3년 동안 돌아올 줄을 몰랐다. 이미 자기 나라에 돌아와서 그 나라를 그리워하다가 그만 넋이 빠져서 의식이 혼미해졌다. 술을 마시고 고기를 먹어도 맛을 모르고 아름다운 계집이 있어도 탐내지 않았다. 그러다 마침내 두어 달이 지난 뒤에야 겨우 제 정신으로 돌아왔다.

제나라의 재상 관중이 환공에게 권하여 요구 땅으로 놀러갔다가 함께 종북국에 들르기로 했다. 종북국에 거의 다 다다랐을 때 습붕이 이와 같은 옛날의 일을 전하면서 만류했다.

"전하께서는 가지 마십시오. 제나라의 땅은 넓고 큽니다. 백성들도 많고 산천 또한 아름답습니다. 생산물도 풍부하며 예의 범절 또한 훌륭하며 풍속 또한 아름답습니다. 요염한 미녀들도 뜰에 가득합니다. 충성스런 신하들이 조정에 있습니다.

전하께서 한번 소리내어 호령하면 백만의 군대가 동원됩니다. 제후들을 한 번 지휘하면 전하의 명에 따라 움직입니다. 어찌 그 종북국이 부럽겠습니까? 어찌 제나라의 천하를 버리고 저 변방의 무리들을 따르려 하십니까? 제발 저 늙은 관중의 말을 듣지 마십시오"

이 말을 들은 환공은 종북국 행을 단념하고 습붕의 말을 관중에게 전했다. 그러자 관중은 혀를 차며 대답했다.

"이런 일은 본래 습붕과 같은 이가 알 것이 못 됩니다. 저는 그가 그 나라를 이해할 만한 지식이 없음을 안타까워할 뿐입니다. 제나라의 부유한 것에 어찌 미련을 가지며, 또 습붕의 말인들 어찌 일고의 생각할 가치가 있는 것이겠습니까?"

열자는 이상국가를 현실 밖에서 찾을 것이 아니라 현실 속에서 찾아내야 한다는 사상을 피력하고 있다. 이상국가는 지상에서, 또 사후가 아닌 현생에서 이룩해야만 한다.

인간의 노력 여하에 따라서 오늘은 천국도 지옥도 될 수 있다. 노력하지 않고 몽상만을 일삼는다면 그야말로 아무 것도 아닌 삶이 되지 않겠는가.

풍속은 각 나라마다 다르다

남쪽 나라 사람들은 머리를 깎고 몸에 무늬를 새기며 옷을 입지 않고 산다. 또 북쪽 나라 사람들은 수건으로 머리를 싸매고 가죽옷을 입는다. 중국 사람들은 머리에 면류관을 쓰고 몸에는 비단옷을 두른다.

중국의 천하는 모두 아홉 주로 나뉘어져 있는데, 그 각지의 백성들 가운데 어떤 사람은 농사를 짓고, 장사를 하며, 사냥을 하고, 또 물고기를 잡으며 살고 있다.

겨울에는 가죽옷을 여름에는 베옷을 입는다. 어디를 갈 때는 물에서는 배를 타고 육지에서는 수레를 탄다. 정신생활에 있어서는 묵묵히 명상하여 체득하고 타고난 본성에 따라 목표를 정한다.

남쪽 월나라 동쪽에 첩목이란 나라에서는 자신의 맏아들이 나면 다 자라기 전에 잡아먹는다. 그렇게 해야 다음에 낳는 아우를 위해 좋은 일이라고 한다. 또 아버지가 죽으면 어머니를 업고 산에 가서 버리고 온다. 아비가 죽으면 어미는 귀신의 아내가 되므로 산 사람과 함께 살아서는 안 된다는 것이다.

초나라 남쪽에 염인이란 나라에서는 친척 가운데 누가 죽으면 시체의 살을 썩혀버린 뒤 그 뼈를 매장한다. 이렇게 해야 아들이 비로소 효자 소리를 듣는다.

진나라 서쪽에 의거란 나라에서는 친척 가운데 누가 죽으면 섶나무를 쌓아놓고 그 위에 시체를 올린 다음 불살라버린다. 뼈와 살이 타서 연기가 되어 올라가는 것을 보고 망자가 승천한다고 좋아한다. 또 그래야만 아들이 효자가 된다.

한 나라의 윗자리에 있는 사람들은 이런 것을 정치라 하고, 아랫자리에 있는 백성들은 이런 것을 풍속이나 습관이라고 하여 결코 이상하게 여기지 않는다.

사람의 사고 방식과 생활 양식, 풍속이나 습관은 다 자연 환경에 따라 다르다. 그러므로 자신의 그것과 다르다고 하여 비난하거나 무시해서는 안 된다. 로마에는 로마의 법이 있고 미국에는 미국의 법이 있는 것이다. 서로 그것들을 존중하고 이해하는 마음자세가 화합을 불러다주는 것이다. 하지만 지구촌으로 불리는 오늘날에 있어서도 사람들끼리 인종적 편견, 종교적 편견 등으로 반목하고 서로 피를 흘리는 지역이 있다는 것이 안타깝다.

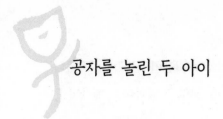# 공자를 놀린 두 아이

공자가 천하를 주유하던 중의 일이다. 길가에서 두 어린아이가 심하게 말다툼을 하고 있었다. 공자가 궁금하여 수레를 멈추고 물었다.

"너희들은 무슨 이유로 그렇게 다투고 있느냐?"

그러자 그 중 한 아이가 말했다.

"네. 저는 하늘의 해가 처음 떠오를 때에는 땅에서 거리가 멀고, 해가 하늘 한가운데 떠있을 때는 가깝다고 했습니다."

다른 아이가 또 말했다.

"저는 해가 처음 뜰 때는 둥근 수레뚜껑같이 크지만 해가 하늘 한가운데 오면 둥근 소반같이 작습니다. 그래서 저는 모든 물건은 멀리 있으면 작게 보이고, 가까이 있으면 크게 보인다고 했습니다."

그러자 먼젓번 아이가 다시 말했다.

"아닙니다. 해가 처음 뜰 때에는 서늘하고, 하늘 복판에 오면 끓는 물같이 뜨겁습니다. 이것이 어찌 열이 있는 물건이 가까우면 뜨겁고 멀면 덜 뜨거운 이치와 같지 않겠습니까?"

공자는 두 아이의 말에 옳고 그름을 판단하지 못하고 어리둥절한

채로 서있다가 자리를 떠났다. 그러자 아이들이 이렇게 비웃었다.

"이 세상에 누가 당신 같은 사람을 보고 지혜롭다고 했을까?"

아무리 지혜로운 공자라 할지라도 모르는 것이 있다. 지식이란 알면 알수록 모르는 것이
더욱 많아지게 마련이다. 때문에 아는 것이 많다고 자랑할 것이 아니다. '너 자신을
알라'라는 교훈은 이미 동양 철학 안에 이렇듯 뿌리박혀 있었다.

섭하의 고기를 낚는 법

물건에 있어서 힘의 균형을 취한다는 것은 천하의 지극한 이치이다. 이것은 적어도 형체가 있는 물건이라면 모두 마찬가지이다.

머리카락 한 올이라도 힘의 균형을 취하면 거기에 매달려 있는 물건은 자연히 힘을 평균되게 받아서 아무리 무거워도 끌려온다. 그렇지 못하고 힘의 경중이 고르지 못하면 끌어당기다가 곧 끊어질 것이다. 이것은 머리카락이 힘의 균형을 취하지 않았기 때문이다. 아무리 가는 머리카락이라 하더라도 힘의 균형을 취하고 있으면 끊으려고 해도 끊을 수 없다. 이런 이치를 많은 사람들은 모르지만 예로부터 잘 아는 이들도 있었다.

초나라 사람 섭하는 한 개의 누에고치에서 실을 뽑아 낚싯줄을 만들고, 아주 가는 바늘로 낚시를 만든 다음, 아주 가는 싸리나무 가지로 대를 만들었다. 또 쌀알을 쪼개서 미끼로 썼어도 마차에 실을 정도의 커다란 물고기를 백길이나 깊고 급류가 흐르는 연못 가운데서 낚았다. 그러나 낚싯줄도 끊어지지 않고 낚시바늘도 펴지지 않았으며 대도 휘어지지 않았다.

초나라 왕이 이 소문을 듣고 섬하를 불러 방법을 물으니 그는 이렇게 대답했다.

"제가 선친께 들었는데, 포저자란 사람은 줄 달린 화살로 새를 쏘아 잡을 때 아주 약한 활에 매우 가는 줄이 달린 화살을 줄에 대고 바람의 기세를 이용하여 퉁기면 푸른 구름 사이에 날아가는 한 쌍의 왜가리까지도 맞추어 떨어뜨린다고 하였습니다. 이것은 마음을 한데 모으고 손의 힘을 활에 골고루 주었기 때문입니다. 저는 이와 같은 포저자의 정신을 본받아서 낚시를 한 지 5년만에야 비로소 방법을 알게 되었습니다.

물가에서 낚싯대를 손에 잡고 있을 때 제 마음에는 아무런 잡념이 없고 다만 물고기만을 생각합니다. 낚싯줄을 물에 던져 낚시가 물 속에 잠기면 제 손의 힘은 낚싯대에서 줄에 달린 낚시에까지 골고루 미쳐 아무 물건도 이것을 어지럽히지 못합니다. 이때 물고기가 제 조그만 미끼를 보면 마치 물 속에 잠겨있는 티끌이나 뭉쳐있는 물거품과 같이 여겨 의심 없이 삼켜버립니다.

이런 이치를 알면 모든 물건을 다루는 데 있어서 약한 것으로 강한 것을 제재할 수 있고, 가벼운 물건으로 무거운 물건은 농락할 수 있습니다. 폐하께서도 나라를 다스릴 때 참으로 이런 방법을 쓸 수 있다면 온 천하를 한 손에 넣고 운영할 수 있을 것입니다. 이외에 어떤 일인들 못할 것이 있겠습니까?"

곧 어떤 일을 하든지간에 균형을 취할 수만 있다면 성공을 예약한 것이나 다름이 없다. 균형이란 천하의 큰 이치이다. 바다의 파도가 움직이는 것도 이 때문이요, 바람이 불거나 지진이 일어나는 것도 모두 균형을 잡기 위해서이다.

인간사도 마찬가지여서 평화롭거나 전쟁이 일어나는 것 역시 균형의 문제이다. 균형이 흐트러질 때 분쟁이 일어나지 않는가. 우리들도 자신을 다스림에 있어서 이 점을 유의하지 않으면 안 되겠다.

신묘한 편작의 의술

노 나라 사람 공호와 조나라 사람 제영이 병에 걸려 유명한 의원인 편작을 찾아갔다. 편작은 두 사람에게 말했다.

"당신들의 병의 원인은 본래부터 외부에서 병균이 오장육부로 침입했기 때문입니다. 그런 병은 본래 약을 쓰면 낫게 마련이지만 공교롭게도 당신들에게는 고질병이 있어 신체와 함께 자라고 있습니다. 내가 그 병의 뿌리를 뽑아드리겠습니다."

두 사람이 읍을 하며 말했다.

"감사한 말씀입니다. 그런데 어떻게 치료하시는지 그 방법을 알려주실 수 있겠습니까?"

그러자 편작이 공호에게 물었다.

"당신은 의지는 강하지만 기질이 약합니다. 그러므로 무슨 일을 함에 있어서 처음에 계획은 잘 하지만 과단성이 부족하여 중도에 포기하는 일이 많지 않습니까?"

또한 제영에게 말했다.

"당신은 의지는 약하지만 기질이 강하여 무슨 일을 할 때 처음부터 깊이 생각하는 일은 적지만 일단 결정된 일은 과감하게 실행하는 성격입니다. 하지만 계획이 미흡하므로 실패의 확률이 높습니다."

이렇게 말한 다음 편작은 두 사람에게 제안했다.

"만일 당신 두 사람의 마음의 주택인 심장을 서로 바꾸어 놓으면 둘다 아주 훌륭한 사람이 될 것입니다."

이에 두 사람이 쾌히 승낙하자 편작은 그들에게 독한 술을 마시게하여 사흘 동안 혼수 상태에 들어가도록 했다. 그 사이에 편작은 공호와 제영의 흉부를 해부하여 심장을 찾아내 서로 바꾸어 넣었다. 그리고 신약을 마시게 하여 처음과 같이 의식을 회복시켰다. 정신을 차린두 사람은 편작에게 깊이 감사하고 집으로 돌아갔다.

그런데 두 사람은 마음이 바뀌었기 때문에 공호는 자기 집으로 간다는 것이 제영의 집으로 갔고, 제영 역시 공호의 집으로 갔다. 때문에두 집안의 식솔들이 가장을 알아보지 못하여 큰 소동이 일어났다. 자초지종을 알게 된 공호와 제영의 부인은 편작에게 어찌해야 좋을지물었다. 그러자 편작은 공호의 부인에게 이렇게 타일렀다.

"사람의 정신이 건전한 것도 좋지만 무엇보다도 신체가 건강해야합니다."

제영의 부인에게는 또 이렇게 말했다.

"사람의 신체가 건강한 것도 좋지만 무엇보다도 정신이 건전해야만합니다."

이렇게 해서 두 집안의 소동이 끝났다.

열자는 신의로 알려진 편작을 통하여 인간이 가지고 있는 미묘한 욕망과 갈등을 직시하고 있다. 사람들이 원하는 것은 건전한 정신일까, 건강한 신체일까.

사람들은 성공을 위하여 몸을 버릴 수 있을까. 정신을 버릴 수 있을까. 더군다나 아내들은 몸과 정신이 뒤바뀐 남편 중 누구와 함께 살 수 있을까. 이것은 어쩌면 도덕 관념이 허물어지고 있는 오늘날의 남녀들에게 보내는 열자의 경고일지도 모르겠다.

천지를 움직인 사문의 거문고 소리

유명한 악사인 호파는 거문고를 한 번 타면 새들이 감동하여 공중에서 춤을 추고, 물고기들이 기뻐서 연못 위를 뛰놀았다.

정나라의 사문이란 사람이 이 소문을 듣고 자신도 그와 같은 경지에 오르리라 다짐하고 역시 유명한 악사인 사양의 문하에 들어갔다. 그런데 사문은 손가락으로 거문고 기둥을 받치고 갈고리로 거문고 줄을 골라 거문고를 탄 지 3년이 지났지만 악장 한 곡을 연주하지 못했다. 이에 스승 사양이 말했다.

"자네는 음악에 소질이 없으니 집으로 되돌아가 농사나 짓는 것이 좋겠다."

이 말을 들은 사문은 들고 있던 거문고를 바닥에 내려놓고 깊이 한숨을 쉬며 말했다.

"스승님, 저는 거문고 줄을 퉁겨 소리를 내지 못하는 것도 아니고, 악장 한 곡을 연주하지 못하는 것이 아닙니다. 제 뜻은 거문고 줄이나 소리에 있는 것이 아닙니다. 아직 마음에서 얻은 것이 없고 밖으로는 악기에서 아무런 반응이 없기에 감히 손을 내밀어 줄을 퉁기지 못하는 것입니다. 잠시 시간을 좀 주십시오."

얼마 후 사문이 사양을 찾아갔다. 사양이 물었다.

"자네의 연주에 발전이 좀 있는가?"

"예, 드디어 음악의 묘리를 체득했습니다. 원컨대 제 연주를 들어주십시오"

드디어 사문은 온화한 봄철인데 가을에 해당하는 상 소리에 8월에 해당하는 남려의 소리를 조화시키면서 거문고를 타기 시작했다. 그러자 갑자기 서늘한 바람이 일고 초목들이 성숙하여 열매를 맺었다.

그 다음 서늘한 가을이 되어서는 봄철에 해당하는 각 소리에 2월에 해당하는 협종의 소리를 조화시켜 거문고를 탔다. 그러자 온화한 바람이 천천히 불어오고 초목들이 꽃을 피웠다.

그 다음 더운 여름철에 임해서는 겨울에 해당하는 우 소리에 11월에 해당하는 황종 소리를 조화시켜 거문고를 탔다. 그러자 서리와 눈이 번갈아 내리고 냇물과 못물이 갑자기 얼어붙었다.

그 다음 추운 겨울에 임하여 여름에 해당하는 치 소리에 5월에 해당하는 유빈 소리를 조화시켜 거문고를 타자 햇빛이 뜨거워지고 굳게 얼었던 얼음이 곧 풀렸다.

드디어 마지막으로 중앙에 해당하는 궁의 한 소리를 네 줄에서 나는 소리를 총화합하여 일시에 거문고 소리를 내자 꿀샘물이 땅에서 솟아올랐다.

이에 사양은 너무나 감격하여 가슴을 두드리며 일어나서 소리쳤다.

"참으로 그대의 거문고 소리는 신비스럽구나. 비록 옛날 거문고를 잘 타던 사광의 청각곡도 이보다 훌륭하지 못할 것이다. 또 옛날 추연이 불던 피리소리도 이만하지 못할 것이다. 만일 그들이 지금까지 살

아있다면 장차 거문고를 옆에 끼고, 또 퉁소를 손에 들고 그대의 뒤를
따를 것이다."

자연과 화합하면 거문고 소리에도 신통력이 담길 수 있다. 최고의 음률은 인위적인 것
이 아니라 자연의 소리인 것이다. 자연 자체가 베일조차 없는 최고의 신비가 아니던
가.

노래와 통곡의 명인 한아

진 나라의 설담이 진청이란 가수에게 노래를 배웠다. 어느 날 그는
자신이 능력이 스승에게는 미치지 못했지만 더 이상 배울 것이
없다고 생각하여 고향으로 돌아가기로 마음먹었다.

진청은 제자를 바래다주면서 교외의 네 갈래 길이 있는 데 이르자
절이란 악기를 연주하면서 슬픈 이별가를 불러주었다. 그런데 그 노래
소리가 주위에 둘러쳐진 삼림을 흔들어놓았고, 거기서 울리는 여음이
공중에 흘러가는 구름을 멎게 만들었다.

이에 놀란 설담은 그 자리에서 스승에게 큰절을 올리고 다시 문하
로 들어갔는데 평생동안 집에 돌아가겠다는 소리를 입밖에 내지 못했
다. 이 일에 빗대어 진청은 자신을 칭찬하는 한 친구에게 다음과 같은
이야기를 들려주었다.

"옛날 한아라는 아가씨가 있었는데 제나라에 놀러갔다가 도중에 양
식이 떨어졌소. 하는 수 없이 제나라의 옹문에서 가가호호를 돌면서
노래를 팔아 양식을 벌었다오.

그런데 그녀가 한번 노래를 부르고 나면 그 여음이 그 집 대들보를
싸고돌아 사흘이 되어도 그치지를 않았소. 그래서 이웃 사람들은 한아

가 아직 그 집을 떠나지 않았음을 알 정도였소

　어느 날 한아가 한 여관에 머물 때 그 입성이 너무나 초라해서 업신여김을 받아 쫓겨나게 되었소 그녀는 너무나 원통하여 목소리를 길게 빼어 한참동안 애절하게 통곡을 했소 그런데 그 곡하는 소리가 십리 밖에까지 들려 그 동네에 사는 사람들은 노인 아이 할 것 없이 모두가 슬픈 표정으로 서로 마주앉아 눈물을 흘리니 마침내 식음을 전폐할 지경에 이르렀소

　이에 여관집 주인이 비로소 그녀를 박대한 것을 후회하고 다시 불러들였소 그러자 그녀는 다시 목소리를 길게 빼어 즐거운 노래를 부르기 시작했고, 그때까지 통곡하던 남녀노소들이 모두 슬픔을 잊어버리고 일어나 손뼉을 치며 즐겁게 노래부르고 춤을 추었소 지금까지도 옹문에 사는 사람들이 노래를 잘 하고 눈물도 많은 까닭은 다 그때 한아 아가씨가 남겨 놓았던 소리 때문이라오”

자연과 합일된 경지에 이른 음악가는 그 소리로 산을 흔들고 구름을 멎게 하며 사람의 마음까지도 움직일 수 있다. 이는 모든 사물의 근본 바탕이 같기 때문이다.

백아와 종자기

거문고를 잘 타기로 유명한 백아에게는 종자기란 친구가 있었는데 그는 음악 감상에 일가견이 있었다. 두 사람은 서로를 잘 이해하는 지음(知音)의 친구 사이였다.

어느 날 백아가 높은 산에 오르는 모양을 상상하면서 거문고를 타자 종자기가 듣고 감탄하였다.

"참 좋구나. 하늘 높이 솟아있는 저 태산 꼭대기에서 천하를 내려다보는 느낌이로다."

또 백아가 흘러가는 강물을 상상하면서 거문고를 타자 종자기가 또이렇게 말했다.

"아, 이번에는 호탕하게 흘러가는 저 양자강과 황하의 물소리를 듣게 되었구나."

이처럼 종자기는 백아가 무엇을 그리면서 연주하는지를 귀신같이 알아맞추었다.

언젠가 백아는 태산 북쪽에 놀러갔다가 갑자기 폭우를 만나 큰 바위 밑에 몸을 피하면서 울적한 기분에 젖었던 적이 있었다. 그 때의 정경을 떠올리며 곡을 지어 거문고를 타자 종자기는 무릎을 치며 탄복했다.

"아아, 소나기가 내리는구나."

"아아, 태산이 무너지는 것 같다."

그러자 백아는 감동어린 표정으로 이렇게 말했다.

"자네는 참으로 세상에 둘도 없는 감상가일세. 거문고 소리만 듣고도 내 마음을 족집게처럼 알아맞추니 말일세. 자네가 이 세상에 있는한 내가 어찌 거문고를 놓을 수 있겠는가."

과연 종자기가 먼저 세상을 떠나자 백아는 거문고를 내던지고 다시는 연주를 하지 않았다.

인간과 인간 사이의 경계란 사실 사소한 것이다. 조그만 취미, 술을 통한 정답으로도 그 경계는 쉽게 허물어진다.

백아와 종자기는 음악을 통하여 서로를 이해하고 즐거움을 찾은 지음(知音)의 벗이었다.

세상에 자신의 세계를 알아주는 친구가 하나도 없다면 그 삶은 덧없다.

로봇을 발명한 언사

주 목왕이 어느 날 서쪽 곤륜산을 넘어 해가 떨어지는 엄산에까지 갔다가 돌아오는 길에 무엇이든지 잘 만든다는 언사라는 기술자를 만났다. 그래서 왕은 그가 만든 발명품을 가져오도록 명하였다.

다음날 언사가 목왕에게 왔다. 목왕이 물었다.

"아니 자네는 발명품을 가져오랬더니 빈손이잖은가. 그리고 저기 함께 온 사람은 누군가?"

"그것이 바로 제 발명품입니다. 연극을 잘 하도록 만들었사옵니다. 한번 살펴보시옵소서."

왕이 자세히 살펴보니 과연 기계였는데 걸어가는 것이나 허리를 굽히는 자세, 머리를 들고 쳐다보는 동작이 사람과 하나도 다름이 없었다. 그뿐 아니라 언사가 그 인조인간의 턱을 건드리니 곡조에 맞춰 노래를 불렀고, 손을 받드니 박자에 맞추어 춤을 추었다. 그 다양한 움직임이란 인간과 하등 다를 것이 없었다. 왕은 애첩 성희와 여러 내시들을 이끌고 그 인조인간의 연극을 관람하기로 했다.

연극이 한동안 진행되었다. 막이 내릴 즈음 인조인간은 눈을 한번 끔벅이더니 왕의 애첩을 불러내려고 하였다. 이에 왕이 크게 노하자 언사는 재빨리 그 인조인간을 해체시켜버렸다.

왕이 그것을 자세히 살펴보니 가죽과 나무로써 만들어져 있었고 흑백적청의 빛깔로 칠해져 있었다. 내부에는 뱃속에 있는 간장과 담, 심장과 폐장, 비장과 신장, 위장이라든가 또 근육과 골절, 피부와 이빨, 모발 같은 것이 다 있었는데 실제 사람에 비하여 어느 한 부분도 다른 것이 없었다.

호기심을 느낀 왕이 시험삼아 그 물건에서 심장을 떼어놓으니 입으로 말을 하지 못했고, 간장을 떼어놓으니 눈으로 물건을 보지 못했으며, 신장을 떼어놓으니 걷지를 못했다.

"인간의 재능이란 참으로 무궁하구나. 과연 인간은 조물주의 위치에까지 넘볼 수 있는 것인가."

입을 다물지 못할 정도로 감탄한 왕은 언사를 자신의 수레에 태워 수도로 돌아왔다. 그때 주나라에는 공중으로 올라가는 구름다리를 발명한 반수와 공중을 날아가는 나무연을 발명한 묵적이 있었는데, 그들은 각자 자신들이 최고의 발명가라고 자부하고 있었다. 어느 날 그들의 제자인 동문가와 금활리가 언사의 이야기를 전해주자 '뛰는 놈 위에 나는 놈이 있다'라고 하면서 다시는 큰 소리를 치지 못했다.

인간이 가진 능력은 참으로 끝이 없다. 열자는 머나먼 미래에서도 이루지 못한 로봇을 이미 상상해 냈던 것이다. 21세기의 인간은 피와 살 한 조각으로 생명을 만들어내는 단계에 도전하고 있다. 바야흐로 신의 영역을 침범하고 있는 것이다. 더더욱 생명에 대한 외경심이 절실하지 않을 수 없다.

이의 심장을 꿰뚫는 궁술

명궁 감승은 활을 겨누기만 해도 짐승들이 무서워 땅에 엎드리고 새들도 공중에서 날아왔다고 한다. 그런데 그의 제자 비위는 스승보다 실력이 낫다고 알려졌다. 소문을 듣고 어느 날 기창이란 사람이 제자로 들어오길 청했다. 그러자 비위는 기창에게 말했다.

"궁술을 배우기 전에 먼저 눈을 깜박거리지 않는 훈련부터 하고 오게."

기창은 이 말을 듣고 집으로 돌아가 아내가 비단을 짜는 베틀 아래 누워서 눈으로 북이 왔다갔다하는 것을 바라본 지 2년여만에 송곳으로 눈을 찌르려 해도 깜박이지 않을 정도가 되었다. 그리하여 다시 비위를 찾아갔다.

"이만하면 궁술을 배울 만합니까?"

"아직 안 된다. 작은 것을 크게 보고, 희미한 물건을 또렷하게 보아야 한다. 그런 다음에야 현묘한 궁술을 익힐 수 있다."

기창은 다시 집으로 돌아가 가는 털오라기로 이 한 마리를 붙잡아 매어 창문에 달아놓고 남쪽으로 향해 앉아 매일 바라보았다. 열흘 뒤부터는 이가 차츰 크게 보였고, 3년 뒤에는 그것이 차바퀴만큼 크게 보였으며, 그 밖의 다른 물건들은 다 큰 언덕이나 높은 산처럼 보였다.

이렇게 시력이 강해지자 기창은 연나라에서 나는 유명한 각궁과 북국에서 나는 봉이란 화살을 구하여 창문에 매달아놓았던 이를 쏘아 심장을 꿰뚫었다. 하지만 매달린 이는 땅에 떨어지지 않았다. 그런 뒤에 기창은 다시 비위를 찾아가 물었다.

"이만하면 되겠습니까?"

그러자 비위는 감격한 나머지 벌떡 자리에서 일어나 손으로 가슴을 어루만지며 소리쳤다.

"아아, 네가 이제 나의 궁술을 배울 만하게 되었구나."

이렇게 해서 기창은 스승 비위의 현묘한 궁술을 배워 익힐 수 있었다. 그런데 신궁의 경지에 오르자 기창은 문득 사악한 생각을 품게 되었다. 스승만 없다면 자신이 천하 제일의 명궁이 되리란 망상을 품게 되었던 것이다.

며칠 뒤 두 사람은 넓은 들판에서 서로 만났는데, 기창이 활로 비위를 겨누었다. 비위는 뜻밖에 제자가 자신을 해치려 하자 탄식하며 활을 들었다. 어쩔 수 없이 맞붙은 스승과 제자는 서로 활을 쏘았는데 두 화살이 공중에서 서로 맞부딪쳐 땅에 떨어졌다. 몇 차례의 교전 끝에 비위의 화살이 다 떨어졌다.

이를 눈치챈 기창이 기회를 포착하여 화살을 쏘아보내자 비위는 재빨리 길바닥에서 바늘같이 가는 가시 하나를 주워 발사하여 그 화살을 막았다. 그런데 아까 화살과 화살이 부딪쳐 땅에 떨어질 때와 큰 차이가 없었다.

상황이 여기까지 이르자 마침내 비위와 기창은 서로를 죽이려던 마음을 후회했다. 두 사람은 각자 자신의 활을 내던지고 길바닥에 엎드려 눈물을 흘렸다.

　마침내 두 사람은 팔을 칼로 찔러 피를 낸 다음 한데 섞으며 부자의 연을 맺기로 하늘에 서약을 하였다. 그리고 영원히 자신들의 궁술을 남에게 알리지 않았다.

　재능만 승한 제자는 스승의 덕은 배우려 하지 않고 기교만을 얻으려 한다. 그 결과 배움이 어느 지경에 이르면 스승을 무시하고 홀로서기를 시도하는 것이다. 그러나 덕이 없는 인간은 언제나 실패하고 만다. 최고의 장인이 되려면 따뜻한 인간의 정성과 사랑이 기본이기 때문이다. 따뜻한 스승과 버릇없는 제자, 이런 사제간의 갈등은 예나 지금이나 다름이 없는 것 같다.

말을 잘 부리는 조보

조보는 스승 태두씨에게 말 부리는 방법을 배우기 위해 매우 겸손하고 성실하게 모셨다. 그런데 3년이 지나도록 태두씨는 이렇다 할 방법을 가르쳐주지 않았다. 그럴수록 조보는 존경하는 마음으로 언행을 삼갔다. 이에 마음이 움직인 태두씨는 그를 불러 이렇게 가르쳤다.

"예로부터 좋은 활을 만들려 하는 사람은 반드시 먼저 댓가지로 만든 키를 만들어보아야 하고, 좋은 그릇을 만들려는 사람은 반드시 먼저 가죽으로 옷을 만들어보아야 한다고 했다. 이와 마찬가지로 네가 말을 부리려는 법을 배우고자 한다면 먼저 나의 걸음걸이를 봐야 한다. 걸음걸이가 나와 같아지면 그때에 이르러 여섯 오라기의 말고삐를 한 손에 쥐고 여섯 필의 말을 몰 수가 있게 된다."

태두씨는 넓이가 발 하나 디딜만한 긴 판자쪽을 길바닥에 깔아놓고 조보로 하여금 그 위를 밟고 미끄러지지 않도록 재빨리 걸어갔다가 걸어오게 하였다. 조보가 이것을 훈련한 지 사흘만에 똑같이 행하자 태두씨는 고개를 끄덕이며 다시 말했다.

"너는 몸이 참으로 민첩하구나. 어쩌면 그렇게 빨리 배울 수가 있는

가. 말 모는 방법도 대개 그와 같다. 너는 발에서 얻은 경험이 마음과 일치가 되었으니 이것을 말 부리는 데 적용하면 된다.

수레와 말을 정돈한 다음 말에 고삐를 매고 재갈을 물릴 때, 또 수레를 달고 달릴 때 고삐를 너무 급하게 잡아당겨도 안 되고 또 너무 천천히 잡아당겨도 안 된다. 급하게 당길 만한 때에 급하게 당기고, 천천히 당길 만한 때에 천천히 당겨, 그때그때 율동에 맞는 것이 마치 윗입술과 아랫입술이 서로 꼭 맞는 것과 같아야만 한다.

이와 같은 방법을 마음속에 깊이 새겨두고 고삐를 손아귀 사이에서 잘 조절해 가면 자연히 안으로는 마음에 체득되는 것이 있고, 밖으로는 말의 뜻과 서로 합하게 된다.

말을 몰아 앞으로 나아가든지 뒤로 물러나오든지 할 때에도 똑바른 길을 밟고, 옆으로 돌아갈 때에도 일정한 규율에 따르게 된다. 이렇게 되면 아무리 먼 길을 걷더라도 말과 사람의 기력이 여유가 있게 되어 참으로 말을 몰 수 있게 되는 것이다.

결론으로 말하면, 말 입에 물린 재갈에서 얻은 경험을 말고삐에 응용하고, 말고삐에서 얻은 경험을 손으로 응용해야 하며, 손에서 얻은 경험을 마음으로 응용해야 하는 것이다.

눈으로 보지 않고, 채찍을 사용하지 않으면서도 어디까지나 마음은 한가롭고, 여섯 필의 말고삐는 조금도 어지럽지 않아 스물 넷의 발굽이 조금도 실수 없이 옆으로 돌아가고, 앞뒤로 나아가고, 물러오고 할 때에 절차에 맞지 않는 일이 한 번도 없게 된다.

그렇게 되면 수레바퀴가 굴러가지 못할 곳이 없고, 말굽이 밟지 못할 곳이 없다. 아무리 험한 산곡, 또는 아무리 넓은 평야라도 가지 못할 데가 없어 산이나 들이나 다 똑같이 보이게 된다. 나의 마술은 이것으로 다 끝났다. 부디 잊지 말도록 해라."

모든 일은 가깝고 쉬운 데서부터 시작된다. 천리길도 한걸음부터가 아닌가. 드넓은 강물의 발원을 찾아가 보면 보잘것없이 보이는 우물이었고, 대재벌을 이룬 바탕은 조그만 방앗간이기도 한 것이다.

처음부터 초인적인 능력을 발휘하여 대업을 이끈다는 것은 환상에 불과하다. 매일매일 자신을 새롭게 해가면서 끊임없이 목표를 추구해 나간다면 흔들림 없는 성공을 보장받을 수 있다. 바로 '티끌 모아 태산'의 이치인 것이다.

마음을 베는 검

위 나라의 흑란이란 사람이 구병장이란 사람을 죽였는데, 구병장의 아들 내단이 아버지의 원수를 갚기 위해 나섰다. 내단의 성질은 매우 사나웠지만 몸은 바람에 날려갈 정도로 연약했다. 그러므로 아무리 원한에 사무쳐도 병장기를 들고 나설 수가 없었다. 기질로 보아 남의 힘을 빌리지도 못했다. 하지만 그는 항상 손에 칼을 들고 다니며 복수를 다짐하였다.

한편 흑란은 의지가 사납고 힘이 세어 비록 백 명의 장정이라도 대항할 만했고, 근육과 골격이 보통 사람과 견줄 수 없을 정도였다. 그의 용기는 자신의 목을 내밀어 칼날을 받을 정도였고, 가슴을 헤치고 화살을 받더라도 맞은 흔적조차 나지 않았다. 그러므로 그에게 있어 내단이란 아이는 갓 태어난 햇병아리와도 같았다.

어느 날 내단에게 친구가 찾아와 걱정스럽게 말했다.

"너는 지금 흑란을 원망하고 있지만 그는 콧방귀도 뀌지 않는다. 그러니 어떻게 대사를 이루겠는가?"

그러자 내단은 눈물을 흘리면서 대답했다.

"나의 소원이니 자네가 어떻게 나를 위하여 일을 도모해줄 수 없겠나?"

"내가 들으니 위나라의 공주란 사람은 자기 조상 때부터 은나라 황제가 쓰던 보검을 가지고 있다고 하네. 그 칼은 어린아이라도 삼군의 무리를 물리칠 수 있는 보검이라 하는데, 어찌하여 자네는 그 사람을 만나 청하지 않는가?"

이 말을 듣고 내단이 위나라에 가서 종이 상전을 만나는 예의로 공주를 찾았다. 그리고 자기 처자를 인질로 준 다음 원하는 바를 말하자 공주가 대답했다.

"나에게는 검이 세 자루가 있소 그 중에 하나를 마음대로 택하시오 하지만 그 검들은 사람을 죽일 수 없소

첫째 검은 함광이라고 하는데 그 광채를 속에 숨기고 있어서 이것을 휘둘러도 눈에 보이지 않고, 사용하여 물건을 베어도 그 감각을 느끼지 못하오

둘째 검은 승영이라고 하는데, 그림자만 보이고 광채도 나지 않소 밤이 새어 훤하게 밝아올 때 또는 해가 져서 어둑해질 때, 북쪽으로 향하여 가만히 그 검을 살펴보면 어렴풋이 무슨 물건이 있는 것 같으나 형상을 알 수 없고 건드리면 가만히 무슨 소리가 나는 것 같고, 사람을 베어도 아픔을 느끼지 못하오

셋째 검은 소련이라 하는데, 낮이면 그림자만 보이고 광채가 보이지 않으며, 밤이면 광채만 보이고 형체는 보이지 않소 한번 물건을 치면 굉장히 큰 소리가 나지만 베인 자리가 곧 아물고, 아픈 것을 느끼지만 칼날에 핏자국조차 묻지 않소

이 세 자루 보검은 우리 13대 조부 때부터 전해 내려오는 것인데 지

금까지 한 번도 써본 일이 없이 칼집에 넣어두고 뽑아본 적이 없소"

내단은 그 말을 듣고 이렇게 말했다.

"비록 사람을 죽이지 못한다 해도 그 셋째 검을 빌려주십시오"

그러자 공주는 갸륵하게 여기고 내단에게 그 처자를 돌려주었다. 내단은 가족들과 함께 정성스런 마음으로 목욕 재계를 한 지 이레만에 저녁때가 다 지나고 밤이 깊어갈 무렵 공주에게 무릎을 꿇고 소련검을 받아든 다음 두 번 세 번 절을 한 뒤 집으로 돌아갔다.

내단은 어느 날 한밤에 그 소련검을 쥐고 흑란을 찾아갔다. 이때 흑란은 술에 취하여 문안에 누워있었는데 그것을 본 내단이 재빠르게 다가가 흑란의 목에서 허리에까지 검으로 세 차례나 내리쳤다.

이때 흑란은 자신이 칼을 맞았는지 도무지 느끼지 못했다. 내단은 틀림없이 흑란을 죽였다고 생각하고 도망치다가 대문 앞에서 흑란의 아들을 만났다. 내단이 황급히 소련검을 들어 또 세 번이나 이름을 부르며 내리쳤지만 마치 맨손으로 허공을 휘젓는 것만 같았다. 흑란의 아들이 비웃으면서 말했다.

"너는 어찌 나를 세 번씩이나 놀리느냐?"

내단은 마침내 소련검이 사람을 죽일 수 없는 칼임을 알고 탄식하며 도망쳤다. 이때 흑란은 부스스 잠에서 깨어나 일어나려 하였지만 몸을 가눌 수가 없었다. 그러자 그는 마침 곁에 있던 아내를 보고 꾸짖었다.

"당신은 어찌 술에 취하여 자고 있는 나를 내버려두어 목병과 허리병이 나게 하는가?"

그때 아들이 집안에 기어 들어와 흑란에게 말했다.

"금방 내단이란 놈이 문 앞에서 세 번씩이나 제 이름을 부르며 손을 휘저었습니다. 그때부터 저 역시 몸이 아프고 사지가 굳어져서 움직일 수가 없습니다. 그놈이 우리에게 나쁜 술수를 쓴 모양입니다."

자연 질서에 따라 사는 도인은 사람을 사랑하므로 능력이 있어도 죽이지 않는다. 여기에서 보검은 하나의 이루어진 정신을 대변한다. 그것은 자신이 어떤 상황에 놓이든지 간에 악업을 행하지 않는다. 다만 스스로 깨달아 반성하게 할 뿐이다.

신비한 검과 비단

주 목왕이 서쪽 나라를 정벌할 때, 적국의 백성 한 사람이 곤오란
검과 화완이란 비단필을 가져다 바쳤다.

곤오는 길이가 한 자 다섯 치인데 강철을 이겨 만들었고 칼날에서
는 붉은 광채가 났다. 이것으로 옥돌을 내려치면 진흙같이 끊어졌다.
화완은 세탁을 할 때는 반드시 불 속에 넣어야 했다. 그러면 그 비단은
불빛이 되고, 때는 본래의 피륙 빛깔로 돌아간다. 이것을 꺼내 재를 털
어 버리면 눈과 같이 하얘졌다. 훗날 목왕의 태자가 이렇게 말했다.

"이런 물건은 세상에 없다. 옛날 사람들의 허풍일 뿐이다."

소숙이란 사람이 그 말을 듣고 비웃었다.

"태자는 자기가 보고 들은 것만 믿고 이런 물건이 세상에 있을 수
있다는 것을 모르는 사람이다."

곤오와 화완이 있을 수도 없을 수도 있다는 것은 시간을 초월한 단정이다. 곧 과거나
현재에는 없을 수 있지만 미래에는 있을 수 있다는 뜻이다.

6장 역명편(力命篇)
살 사람은 살고 죽을 사람은 죽는다

천명과 인명의 대화

인 명이 천명에게 말했다.

"그대가 세상에 이바지한 공적이 어찌 나를 따르겠는가?"

그러자 천명이 대답한다.

"어찌 그대가 세상의 공적에 대하여 나와 비교하려 하는가?"

이 물음에 인명이 말했다.

"사람의 목숨이 길고 짧은 것과 잘 살고 못 사는 것과 벼슬을 해서 지위가 높고 벼슬을 못해 천하게 사는 것과, 돈이 없어서 가난하게 살고, 돈이 많아서 부자로 사는 것이 다 나의 힘으로 가능한 법이다."

그러자 천명이 대답한다.

"그게 아니다. 옛날 팽조의 지혜는 요순만 못했지만 8백세나 살았고, 공자의 제자 안연의 재주는 보통 사람보다 뛰어났지만 겨우 48세밖에 살지 못했다. 공자의 도덕은 모든 제후들보다 탁월했지만 진나라와 채나라 사이에서 곤란을 당했고 은나라 주왕의 행실은 세 사람의 의인이라고 하는 기자·미자·비간보다 못했지만 임금자리에 있었으며, 계찰은 오나라에서 현인으로 알려졌지만 벼슬을 하지 못했다.

전항은 제나라에서 방자한 사람으로 알려졌지만 제나라를 빼앗았고, 백이, 숙제는 현인으로 알려졌지만 수양산에서 굶어죽었다. 또 노나라의 계씨는 임금의 친척으로 방자했지만 청렴결백한 전금보다 부자로 살았다. 만일 이런 것이 다 그대의 힘 때문이라면 어찌하여 누구는 오래 살게 하고 누구는 빨리 죽게 하며, 성인은 궁하게 하고 역적을 잘 살게 하며, 어진 이를 천하게 하고 어리석은 자를 귀하게 하며, 선한 사람을 가난하게 하고 악한 사람을 부자로 살게 하는 것인가?"

그러자 인명이 말했다.

"만일 그대의 말처럼 모든 물건에 이바지한 것이 없다면 어떻게 그것들이 저절로 있을 수 있겠는가. 이것은 그대가 그들을 제재하기 때문이다."

다시 천명이 대답한다.

"이미 모든 것이 다 천명이라 하면 어떻게 그것들을 막을 수 있겠는가. 나는 곧은 물건은 곧은 대로 추진시켜 나아가고, 굽은 물건은 굽은 대로 그냥 둔다. 그리하여 저 스스로 오래 살거나 빨리 죽고, 못 살고 잘 살고, 귀해지고 천해지며, 부자로 살고 가난하게 살도록 하는 것이다. 내가 어떻게 그것을 제어할 수 있겠는가?"

열자가 말하는 천명은 인격적인 하늘의 명령이 아니라, 인력으로는 어찌할 수 없는 자연의 질서를 말하는 것이다. 사람들은 종종 건강을 지키려 노력하면 오래 살 수 있고, 지식을 쌓으면 고귀하게 살 수 있다고 말한다. 하지만 현실 속에서는 아무리 보신을 잘해도 요절하며, 아무리 지혜로운 사람이라도 천하게 사는 일이 있다. 이 모두가 자연의 섭리일진데 인력으로 어찌할 수 없다.

하늘의 뜻대로 즐겁게 살라

어느 날 북궁자가 친구 서문자에게 물었다.

"우리는 같은 시대에 태어났는데 사람들은 나보다 자네를 잘 되게 하고, 우리는 한 겨레인데도 사람들은 자네만을 존경한다. 우리는 같은 얼굴을 가지고 태어났는데 사람들은 자네만을 사랑하고, 또 우리는 똑 같이 말을 하는 데도 사람들은 자네의 말만 믿는다.

같은 행동을 해도 사람들은 자네만을 성실하다고 하고, 우리가 같은 벼슬을 해도 사람들은 자네만을 귀하게 여긴다. 우리들은 똑같이 농사를 지어도 사람들은 자네만을 부유하게 만들었고, 장사를 해도 사람들은 자네에게만 이익을 취하게 만들었다.

나는 지금 짧은 베옷을 입고, 찧지 않은 쌀로 밥을 해먹으며, 오막살이에서 살면서 어디를 갈 때는 걸어다닌다. 그런데 자네는 비단옷을 입고 고량진미를 먹으며 커다란 저택에서 살고 있다. 어디를 갈 때면 네 마리 말이 끄는 수레를 타고 다닌다.

그러면서 그대는 나를 업신여기는 마음을 가지고 있으며, 조정에서는 자신의 말만을 정직하다고 하고, 교만한 태도로 나와 어울리지도 않으며, 함께 놀러가려고도 하지 않은 지가 벌써 몇 해인지 모른다. 이것은 진실로 자네는 덕이 나보다 낮다고 생각하기 때문인가?"

그러자 서문자가 대답했다.

"나도 도대체 왜 그렇게 된 건지 알 수가 없다. 자네가 일을 하면 잘 안 되고, 나는 잘 되니 말이다. 이것은 분명히 덕의 차이가 아닐까 싶다. 도대체 자네처럼 덕이 없는 사람이 나처럼 후덕한 사람과 비교한다는 것이 뻔뻔스러운 일이 아닐까?"

이에 북궁자는 무안하여 아무 말도 못하고 물러나왔다. 집으로 돌아가는 도중에 동곽선생을 만났다. 그가 북궁자의 표정을 보고 이상하게 생각하여 물었다.

"자네는 대체 어디에 다녀오는데 그렇게 맥이 하나도 없고 부끄러운 기색이 역력한가?"

그리하여 북궁자가 저간의 이야기를 고백하자 동곽선생이 웃으며 말했다.

"내가 자네의 수치를 풀어주겠다. 나와 함께 서문자를 만나 보도록 하자."

이렇게 해서 두 사람은 서문자를 다시 만났다. 동곽선생은 서문자를 보자 이렇게 물었다.

"자네는 어찌하여 북궁자를 그렇게 모욕했는가? 자네가 했다는 말을 내가 있는 자리에서 다시 한 번 해보라."

"그게 아닙니다. 북궁자가 제게 말하기를 자신이 나와 같은 세대에 나서, 같은 겨레로, 같은 나이에, 같은 얼굴로, 같은 말로, 같은 행동을 해왔는데 부귀와 빈천이 나와 다르다라고 했습니다.

그래서 나는 어떻게 그리 되었는지 모르지만 그가 일을 하면 잘 안 되고 내가 하면 잘 되니 이것은 피차의 덕의 차이가 아닐까 하면서, 도대체 북궁자가 자신을 나와 비교하는 것 자체가 뻔뻔스럽지 않느냐고 되물었을 뿐입니다."

그러자 동곽선생이 다시 말했다.

"자네가 말한 덕이 후하느니 박하느니 하는 말은 단지 사람의 재주와 덕의 차이를 가지고 논하는 것뿐이다. 하지만 내가 말하고 싶은 것은 후와 박은 그런 것과는 다른 것이다.

내가 알기에 대체로 북궁자는 덕에는 후하고 명에는 박한 인물이다. 자네는 명에는 후하지만 덕은 박한 사람이다. 자네가 현재 부귀영화를 누리고 있는 것은 결코 자네의 지혜 때문이 아니요, 북궁자가 궁핍하고 빈천한 생활을 하는 것은 어리석어서가 결코 아니라는 말이다.

그럼에도 불구하고 자네는 명이 후한 것을 자랑하고 북궁자는 덕이 후한 것을 도리어 부끄러워하니 두 사람이 참으로 어리석지 않은가. 그대들은 참으로 자연의 이치를 모르고 있다."

이 말을 들은 서문자는 머리를 조아리며 사과했다.

"잘 알겠습니다. 이후부터 저는 스스로 덕이 많다고 자랑하지 않겠습니다."

곁에서 두 사람의 대화를 들은 북궁자는 깨달은 바 있어 고개를 끄덕이며 집으로 돌아갔다.

그 후 북궁자는 짧은 베잠방이를 입어도 여우와 산고양이 가죽으로 만든 갖옷보다 더 따뜻하였고, 피와 콩밥을 먹어도 고량진미보다 더 맛이 있었으며, 오막살이에 살면서도 고대광실에 사는 것만 같았다. 어디를 나아갈 때에는 섶나무 실은 수레를 타고 가면서도 멋지게 꾸민 마차를 타고 가는 것보다 더 편안했다. 이렇게 북궁자는 종신토록 유유자적하게 살아가면서 사람들의 부귀영화나 빈천에는 곁눈질도 하지 않았다. 이 소문을 들은 동곽선생이 웃으며 말했다.

"아아, 북궁자가 오랫동안 잠을 자고 있더니 한 마디 말에 깨어나서 모든 부끄러움을 버렸구나."

사람들은 종종 명(命)과 덕(德), 곧 자연과 가치를 혼동한다. 자연은 사람의 힘으로는 어찌하지 못하는 것이지만 가치는 사람의 힘으로 창조할 수 있는 것이다.

여기에서 열자는 부귀와 빈천을 자연으로 보았고, 덕을 가치로 보았다. 그리하여 부유하고 귀한 생활을 한다고 해서 덕이 있는 것도 아니요, 도덕적으로 선량한 생활을 한다고 해서 반드시 부귀를 얻는 것이 아니라는 것이다. 사람의 삶의 지경은 자연의 섭리에 따라 흐를지라도, 자신의 도덕적인 가치는 얼마든지 고양시켜 나갈 수 있다는 뜻이다.

우정이란 친구를 믿어주는 것이다

제 나라의 명재상 관중과 포숙아는 영상 땅에 살던 동향으로 어렸을 때부터 우정이 매우 돈독하였다.

젊은 날 두 사람은 함께 제나라에서 있으면서 관중은 공자 규를 섬겼고, 포숙아는 공자 소백을 섬겼다. 당시 제나라에는 후궁들의 소생들이 많았는데 왕은 그들은 태자와 같이 대우해 주었다. 때문에 백성들은 왕의 사후에 그들이 왕위를 다투지 않을까 걱정하였다.

과연 왕이 죽은 뒤 왕자들 사이에 분쟁이 일어나 양공이 권좌에 오르자 관중과 소홀은 공자 규를 따라 노나라로 달아났고, 포숙아는 소백을 따라 거 땅으로 달아났다. 얼마 후 공손무지란 신하가 난을 일으켜 임금 양공을 죽였지만, 그 역시 피살되었다. 그리하여 제나라는 졸지에 임금 없는 나라가 되어 버렸다.

이때 규와 소백 두 공자는 제각기 국내로 들어가 먼저 등극하기 위해 각축전을 벌였다. 관중은 공자 규를 받들기 위해 노나라에서 군사를 빌려 소백의 군대와 거도에서 맞붙었다. 그때 관중은 활로 소백을 쏘아 그 허리띠의 고리쇠를 맞혔지만 상처를 입히지는 못했다.

전쟁의 결과 마침내 소백이 승리를 거두어 제나라의 왕위에 올랐는데 그가 바로 제 환공이었다. 고대하던 왕좌에 오른 환공은 노나라를 위협하여 형인 공자 규를 죽이고, 소홀 역시 목을 베었으며 자신을 활로 쏘았던 관중을 감옥에 가둔 다음 장차 죽이려 하였다. 이때 포숙아가 환공에게 간청하였다.

"관중은 비범한 사람으로 정치를 맡기면 한 나라를 다스릴 만한 큰 인물입니다. 그를 살려 크게 쓰십시오"

그러자 환공은 고개를 저으며 말했다.

"그자는 나의 원수이니 목을 벨 것이오"

하지만 포숙아는 끈질기게 환공을 설득하였다.

"일찍이 제가 듣기에 어진 임금에게는 사사로운 원수가 없다고 하였습니다. 그뿐 아니라 제 주인에게 그렇듯 충성을 바쳤던 사람이라면 새 주인에게도 충성을 다할 수 있는 사람입니다. 전하께서 만일 천하의 패왕이 되고자 한다면 관중과 같은 인물을 쓰지 않고서는 불가능합니다. 제발 그를 중용하여 큰 뜻을 이루십시오"

마침내 환공은 포숙아의 설득을 받아들여 노나라로 하여금 관중을 제나라로 이송하도록 하였다. 포숙아는 교외까지 마중나가 함거 안에 묶여있는 관중을 풀어준 다음 함께 환공 앞으로 나아갔다.

환공은 관중을 극진한 예로 대우하고 왕족보다 높은 벼슬을 주었다. 포숙아는 자진하여 그의 밑에 있기를 원했다. 과연 관중은 포숙아의 예언대로 뛰어난 지도력을 발휘하여 제나라의 국력을 단시일 내에 궤도에 올린 다음 환공으로 하여금 천하를 도모할 수 있는 기틀을 마련해 주었다.

이런 관중의 능력에 탄복한 환공은 얼마 지나지 않아 모든 정권을 관중에게 맡기고 작은아버지라고 부르면서 대우했다. 환공은 이렇게 관중을 대접함으로써 천하 제후들 가운데 으뜸가는 패주가 될 수 있었다.

훗날 관중은 친구 포숙아에 대하여 이렇게 말했다.

"내가 젊어서 곤궁하게 지낼 때 포숙아와 함께 장사를 한 적이 있었다. 이익을 나눌 때 내가 항상 많이 가졌지만 그는 나를 욕심쟁이라고 하지 않고 내 집이 가난하기 때문이라고 했다.

나는 또 그와 함께 무슨 일을 도모했다가 실패하여 크게 곤궁해진 적이 있었다. 하지만 포숙아는 나를 어리석다고 하지 않고 아무리 지혜로운 사람이라도 계획한 일에 따라서 이로울 때와 불리할 때가 있다고 했다.

또 내가 세 번씩 세상에 나아가 벼슬하다 임금에게 쫓겨난 적이 있었다. 하지만 포숙아는 나를 못난 사람이라고 하지 않고 때를 만나지 못한 탓이라고 하였다.

또 나는 전장에 나아가 세 번 싸워 세 번 다 패한 적이 있었다. 하지만 포숙아는 나를 겁쟁이라고 하지 않고 나에게 늙으신 어머니가 계신 까닭이라고 하였다.

얼마 전 공자 규가 패했을 때 소홀은 따라서 죽고 나는 투옥되어 욕을 보았지만 포숙아는 나를 부끄러워할 줄 모르는 사람이라고 하지 않고 조그만 절개를 지키지 못하는 데는 부끄러워하지 않지만 좋은 이름이 천하에 나타나지 못함을 부끄러워하는 사람이라고 하였다.

아아, 나를 낳아주신 이는 부모님이지만 나를 진정으로 알아준 사람은 포숙아 단 한 사람뿐이었다."

우정을 이야기할 때 사람들은 종종 관중과 포숙아의 관계를 예로 들곤 한다. 그러나 그 관계는 인위적인 것이 아니라 그럴 수밖에 없었다는 것이다. 또 환공이 관중을 쓰고 싶어서 쓴 것이 아니고, 관중 또한 환공을 섬기고 싶어서 섬긴 것이 아니다. 당시의 시대 상황이 그렇게 만든 것이라는 것이다. 그러나 오늘날까지도 두 사람의 우정이 인구에 회자되는 것은 갈수록 박약해지는 사람들 사이의 믿음 때문이 아닐까싶다.

무슨 일이든 정해진 사람이 있다

세상 사람들은 우정을 이야기할 때 종종 관중과 포숙아의 관계를 말한다. 또 제 환공을 일컬어 재능있는 인물을 잘 쓴 임금이라고들 한다. 하지만 실제로는 잘 사귄 것도 아니요, 잘 쓴 것도 아니다.

이 말은 친구를 관중과 포숙아보다 더 잘 사귈 수 있고 그 이상 재능있는 인물을 환공 이상으로 더 잘 쓸 수 있다는 말은 물론 아니다.

예를 들면 소홀이 주군을 따라 잘 죽은 것이 아니라 그 때에 죽지 않을 수 없었던 것이며, 포숙아도 어진 사람을 잘 추천한 것이 아니라 그 때에 관중을 추천할 수밖에 없었던 것이다. 관중이 환공의 밑에서 일을 하지 않을 수 있었던 것이 아니라 그럴 수밖에 없었던 것이다.

훗날 관중이 늙고 병들어 누워있게 되자 환공이 찾아가 이렇게 물었다.

"죄송한 말씀이지만 더 이상 숨기고 여쭙지 않으면 안 되겠습니다. 만일 작은아버지께서 병이 심하여 돌아가시게 되면 이 나라의 경영을 누구에게 맡겨야 하겠습니까?"

그러자 관중은 환공에게 거꾸로 물었다.

"폐하께서는 누구를 생각하고 계십니까?"

"포숙아라면 어떨까요?"

이에 관중은 고개를 저으며 말했다.

"포숙아는 안 됩니다. 그는 참으로 청렴결백한 사람이라서 자기만 못한 사람을 인정하지 않습니다. 그는 남의 허물을 들으면 오래도록 잊지 못합니다. 만일 포숙아에게 나라를 맡긴다면 위로는 정치를 할 때 임금에게 강요할 것이요, 아래로는 백성들의 마음에 거스르는 일을 할 것입니다. 그리하여 마침내 죄를 얻어 그 자리를 오래 감당하지 못할 것입니다."

"그렇다면 누가 좋을까요?"

"제가 꼭 누군가를 추천해야 한다면 습붕이 괜찮을 것 같습니다. 그는 윗자리에 있으면서도 자신의 권력을 잊어버리니 아랫사람들이 배반하지 않을 것입니다. 또 자신이 황제만 못한 것을 부끄러워할 뿐 자신보다 못한 사람을 측은하게 여길 것입니다.

덕을 사람들에게 베푸니 성인이라 할 수도 있고, 재물을 사람들에게 나누어주니 현인이기도 합니다. 자신이 현명하다고 생각하고 사람을 대하면 사람을 얻을 수 없고 자신이 현명하면서 사람에게 겸손하면 사람을 얻지 못하는 일이 없습니다.

정치가는 실로 나라에 있어서는 남의 허물을 듣고도 못 들은 체해야 하며, 집에 있어서는 가족의 잘못된 것을 보고도 못 본 체 해야 합니다. 그러므로 정권을 맡겨야 한다면 습붕을 쓰는 것이 낫겠습니다."

실로 관중이 이렇게 말했다고 해서 포숙아를 박하게 여긴 것이 아니요, 박하게 여기지 않을 수 없었을 뿐이다. 또 습붕을 후하게 본 것이 아니라 그렇게 보지 않을 수 없었던 것이다.

사람이란 처음에 후하게 했다가 나중에 박하게 하기도 하고, 나중에 박하게 할 것을 처음에 후하게 하기도 한다. 이렇듯 후하고 박한 것이 다 자연에 말미암은 일이지, 사람 자신으로부터 비롯된 것이 아니다.

세상 사람들은 어떤 인물을 쓰고 안 쓰는 것과, 후하고 박하게 대접하는 것과, 오고가는 것을 다 자신의 생각과 뜻과 욕심에 부합하여 행하려고 한다. 하지만 깨달은 사람은 자신의 눈으로 판단하지 않고 오로지 자연의 질서에 부합하여 바라본다. 바로 그것이 한 세계의 균형과 화합을 가져다준다.

삶과 죽음은 자연의 순리이다

등석은 정나라의 학자로서 두 가지 의견이 대립할 때 양쪽이 다 옳다는 논리를 전개한 인물로 일찍이 죽간에 형법을 제정한 인물이다.

자산이 정나라의 재상이 되었을 때 때 등석의 학문을 높이 사 등용하였다. 하지만 등석은 자주 자산의 정치를 비난하고 논박하였으므로 마침내 그를 투옥했다가 그가 제정한 형법에 따라 목을 베고 말았다.

실로 자산은 자의로서 그 형법을 사용할 수 있었던 것이 아니라 사용하지 않을 수 없었던 것이다. 또 등석이 자기 자의로 자산을 논박할 수 있었던 것이 아니라 논박하지 않을 수 없었던 것이다. 그러므로 자산은 자의로 등석을 죽이려 한 것이 아니라 죽이지 않을 수 없었다는 말이다.

대체로 사람이란 자연 질서에 따라서 살 수 있을 때 사는 것이 자연이 준 혜택이다. 또 죽을 수 있을 때 죽는 것도 마찬가지이다. 반대로 자연의 질서에 따르지 않고 살 수 있을 때 살지 않는 것은 자연의 형벌이요, 죽을 수 있을 때 죽지 못하는 것 역시 마찬가지다.

자연 질서에 따라 살만한 때에 살고, 죽을 만한 때에 죽는 것은 자연의 이치이다. 그렇지 않다면 부자연스러운 일이다. 그 생사란 나 아닌 물건이 그렇게 시키는 것이 아니고, 또 내가 그러고 싶어서 그런 것이 아니다. 그것은 오로지 자연의 명령일 뿐 결코 인간의 지혜로는 어쩌지 못하는 것이다.

자연의 법칙은 아득하고 무한하여 저절로 이루어지며, 아주 막연하고 분명치 않지만 저절로 돌아간다. 그 법칙은 천지도 어길 수 없고 성자와 지자도 간섭할 수 없으며 귀신도 속일 수 없다.

자연은 이렇듯 묵묵히 사물을 형성시키고 제자리에 안정시키며 물러가게 하고 보내주며 맞아들인다.

사람은 살고 싶어서 사는 것이 아니라 어쩔 수 없이 산다. 죽고 싶어서 죽는 것이 아니라 어쩔 수 없이 죽는다. 사람은 아무리 오래 살고 싶어도 죽지 않을 수 없는 존재자요, 아무리 빨리 죽고 싶어도 살지 않을 수 없는 존재자이다. 그것은 자연의 질서이기 때문이다. 천체의 운행은 한치도 어긋남없이 오늘도 계속되고 있다. 그 안에 사람이 있고 만물이 있다. 그러므로 사람 또한 자연이 아닌가.

살 사람은 살고 죽을 사람은 죽는다

자신의 몸을 온 천하보다 더 소중하게 생각하는 양주의 친구 계량이 어느 날 병에 걸려 누운 지 이레만에 생사의 경계에 다다르게 되었다. 그의 아들이 걱정이 되어 눈물을 흘리다가 의원을 불러오려고 일어섰다. 이때 계량이 마침 문병을 왔던 양주에게 말했다.

"보다시피 내 아들녀석이 못나서 내가 좀 앓고 있다고 저 야단들일세. 자네가 나를 위해 한 번 노래를 불러서 저들을 좀 깨우쳐주지 않겠나?"

그러자 양주는 이렇게 노래를 불렀다.

"사람이 죽고 사는 것은 하느님도 모른다.
사람이 어찌 깨달을 수 있으랴.
행복이 하늘에서 오는 것이 아니고
불행이 사람에게서 오는 것도 아니다.
나도 모르고 너도 모르는데
의원인들 무당인들 어찌 알랴! 어찌 알랴!"

하지만 우둔한 아들은 이 노래의 뜻을 깨닫지 못하고 용하다는 의원 세 사람을 청해 왔다. 그들은 각각 교씨, 유씨, 노씨였다. 교씨가 계량을 진찰한 다음 말했다.

"당신은 체온이 일정치 않아 열이 오르락내리락하고, 호흡이 일정치 않아 기운이 허할 때도 있고 숨이 찰 때도 있으니, 이 병의 원인은 배부름과 색과 욕정으로 말미암아 정력과 사려가 번거롭고 흩어진 데서 온 것입니다. 이것은 하늘의 죄도 아니고 귀신의 장난도 아닙니다. 비록 현재 위독하기는 하지만 반드시 고칠 수 있습니다."

이 말을 들은 계량은 아들에게 말했다.

"이 사람은 평범한 의원이다. 빨리 쫓아 버려라."

그 다음 유씨가 말했다.

"당신은 세상에 나오기 전 태중에 있을 때부터 기운이 부족했는데, 어려서 젖을 너무 많이 먹은 것이 탈이었습니다. 그러므로 이것은 하루아침에 일어난 병이 아니라 유래가 깊습니다. 그러므로 저는 고칠 수 없습니다."

그러자 계량이 말했다.

"이 사람은 좋은 의원이다. 집에 모시고 잘 대접하라."

마지막으로 노씨가 그를 진찰했다.

"당신의 병은 하늘이나 사람에게서 연유한 것이 아니고 귀신의 탓도 아닙니다. 자연에서 생을 받고 또 형체를 받을 때부터 이미 정해진 것입니다. 이것은 도를 깨달은 사람만이 압니다."

그러자 계량이 아들을 불러 말했다.

"이 사람이야말로 신의이다. 후히 대접하고 예물을 주어 보내라."

그런지 얼마 후 계량의 병은 씻은 듯이 나았다.

어리석은 사람들만이 목숨의 끈을 부여잡고 애처롭게 하루라도 더 연명하기를 바란다. 생이 있으면 사가 있고 시작이 있으면 종말이 있는 법, 초연한 마음으로 세상을 오시할 때 비로소 자신이라는 존재가 보일 것이다.

생사는 사람의 것이 아니다

사람이 삶을 귀하게 여긴다고 해서 오래 사는 것도 아니요, 사람의 몸을 소중하게 여긴다고 해서 행복한 것도 아니다. 또 삶을 천하게 여긴다고 해서 일찍 죽는 것도 아니요, 몸을 소홀히 한다고 해서 불행한 것도 아니다.

실로 삶이란 귀하게 여겨도 반드시 오래 살지 못하고, 천하게 여겨도 반드시 죽는 것이 아니다. 또 몸을 소중히 여겨도 반드시 행복한 것이 아니요, 소홀히 여긴다고 해서 반드시 불행한 것이 아니다.

이런 이치는 언뜻 보면 다 역리인 것 같지만 역리가 아니다. 이는 다 자연히 낳았다가 자연히 죽는 것이요, 자연히 행복했다가 자연히 불행하게 되는 것이다.

또 삶을 귀하게 여겨서 살게 되기도 하고, 천하게 여겨서 죽게 되기도 한다. 또 몸을 소중히 여겨서 행복하게 되기도 하고, 소홀하게 여겨서 불행하게 되기도 한다.

이런 이치는 언뜻 보면 다 순리인 것 같지만 순리가 아니다. 이런 것도 역시 다 자연히 낳았다가 자연히 죽는 것이요, 자연히 행복했다가 자연히 불행하게 되는 것이다.

문왕의 스승 육웅이 말했다.

"사람이 오래 산다는 것은 저절로 오래 살게 되는 것이지, 사람의 힘으로 더 보탤 수도 없다는 말입니다. 또 사람이 일찍 죽는 것은 저절로 일찍 죽게 되는 것이지, 사람의 힘으로 빼낼 수도 없다는 말입니다. 이것이 다 자연이니 사람의 힘으로 어찌 이것을 셈해 보아 보태거나 뺄 수 있겠습니까?"

노자도 관윤에게 말했다.

"하늘이 미워하는 까닭을 뉘라서 알겠는가?"

이는 모두가 부질없이 하늘의 뜻이라 핑계하고 이해타산하는 일은 그만 두는 것만 못하다는 뜻이다.

삶과 죽음의 순서는 문화의 순서도 아니요, 지식의 순서도 아니다. 그것은 뒷동산의 나무들처럼 살 것이므로 살고 죽을 것이므로 죽는 것이다. 깨끗한 위생시설을 갖춘 도시인이라고 해서 비위생적인 농촌사람들보다 오래 사는 것도 아니고, 깨달음을 이룬 도인이라고 해서 무지렁이보다 오래 사는 것이 아니다. 그러므로 부질없이 삶과 죽음에 연연할 것이 아니다.

경지에 오른 이는 자연을 따른다

어느 날 양주의 아우 양포가 형에게 물었다.

"여기에 두 사람이 있습니다. 나이도 형제간과 같이 비슷합니다. 말하는 모습도 그렇고, 재능도 그러하며 생긴 모습도 마찬가지입니다. 하지만 두 사람의 수명은 부자지간이라고 할만큼 한 사람은 오래 살고 한 사람은 일찍 죽었습니다. 귀천도 그러하고 명예도 그렇게 달랐습니다. 또 한 사람은 사랑을 받고 한 사람은 미움을 받았습니다. 이런 일은 인간 사회에 있어서 다반사입니다. 대체 그 까닭이 무엇입니까?"

그러자 양주가 대답했다.

"나는 옛사람의 말을 기억하고 있다. 까닭은 알 수 없지만 그것은 천명, 곧 자연의 명령 때문이라는 것이다. 지금 인간들은 마음이 어두워 쓸데없이 분주하기만 하다. 그리하여 할 수 있는 데나 할 수 없는 데를 분간하지 못하고 쫓아다니기도 한다. 그렇듯 날마다 하는 일없이 왔다갔다하는 까닭을 뉘라서 알 수 있겠는가. 이런 것을 다 천명이라고 한다.

이와 같이 자연의 명령을 믿는 사람은 오래 산다던가 일찍 죽는다던가 하는 생각이 없고, 옳다 그르다라는 생각도 없으며, 사람의 마음을 믿은 이는 이치에 거슬린다던가 이치에 따른다는 생각도 없고, 타고난 천성을 믿는 이는 편안하다든지 위태롭다는 생각도 없는 것이다.

이것을 바로 모두 믿는 것도 없고, 모두 믿지 않는 것도 없다고 하는 것이다. 이것은 진리이고 진실이다. 무엇을 버리고 무엇을 취하며, 무엇을 슬퍼하고 무엇을 즐거워하며, 무엇을 하고, 무엇을 하지 않겠는가.

옛날 황제가 쓴 책에 이런 말이 있다.

'지극한 사람은 살아있어도 죽은 것 같고, 움직여도 기계와 같다.'

지극한 사람은 살고 있어도 왜 살고 있는지 그 까닭을 모른다. 움직이고 있어도 왜 움직이고 있는지 그 까닭을 모른다. 여러 사람들이 본다고 해서 자신의 심정과 모습을 바꾸려고 하지도 않는다. 또 여러 사람이 보지 않는다고 해서 자신의 심정과 모습을 바꾸지 않는 것도 아니다. 다만 자연 질서에 따라 홀로 드나들 뿐, 누가 감히 그것을 방해할 수 있겠는가."

자연과 함께 노니는 사람은 인간사의 간난신고나 희로애락에 관심을 두지 않는다. 이런 초월자에게는 천지신명도 어찌할 수 없다. 하물며 사람이나 귀신이 어찌 범접할 수 있겠는가.

열자의 20가지 인간 유형

열 자는 일찍이 사람에게는 20가지 유형의 성질이 있다는 것을 알았다. 그는 그것을 의인화하여 설명을 하였는데, 그들의 성질이 제각각 서로 정반대이지만 타고난 인성에 따라서 화합하여 살 수 있다고 하였다.

첫째, 묵미란 사람은 성질이 방탕하여 무엇이든지 자기 멋대로 하려 한다.

전질이란 사람은 성질이 단순하고 성실하여 다른 사람에게 폐를 끼치지 않으려 한다.

천원이란 사람은 성질이 너그럽고 한가로워 남의 조그만 허물도 잘 용서하고 일에 조급하지 않다.

별부란 사람은 성질이 앙칼지고 행동이 조급하여 남이 조금이라도 잘못하는 것을 보면 격분한다.

이 네 사람은 성질이 각각 다르면서도 이 세상에서 자기 뜻대로 교분을 나눈다. 그들은 일생토록 서로 심정을 이해하지는 못하지만 그래도 서로 지혜가 있는 좋은 친구라고 생각하며 가까이 지낸다.

둘째, 교녕이란 사람은 성질이 간사하고 아첨을 잘 하여 남의 비위를 잘 맞춘다.

우직이란 사람은 성질이 어리석어 사리를 잘 판단하지 못하지만 마음이 지나칠 정도로 정직하다.

안작이란 사람은 성질이 모가 났는데 남의 조그만 잘못이라도 발견하면 그 자리에서 곧 지적하여 시비를 건다.

편벽이란 사람은 성질이 지나치게 공손하여 남과 될 수 있으면 서로 충돌하지 않으려고 한다.

이 네 사람은 성질이 각각 다르면서도 세상에서 자기 뜻대로 교분을 나눈다. 그들은 일생동안 서로 충돌하지 않고 교제하면서 각각 자신들이 사교성이 좋다고 생각한다.

셋째, 요가란 사람은 성질이 교활하여 가만히 형세를 엿보고 있다가 남을 위해서는 자신의 털 한 오라기도 뽑지 않고 있다가도 이익과 명예는 혼자 독차지한다.

정로란 사람은 무엇을 숨겨두기를 싫어하는 성질로 자기가 마음먹은 것이나 있는 재간을 다 털어놓는다.

건극이란 사람은 성질이 조급하여 성도 잘 내고 말도 빨리 하고 행동도 민첩하다.

능취란 사람은 성질이 사나워서 남이 조금이라도 잘못하는 것이 있으면 독설을 퍼붓고 욕설도 잘 한다.

이 네 사람은 성질이 각각 다르면서도 세상에서 자기 뜻대로 교분을 나눈다. 그들은 일생토록 서로의 성질이 다르다는 것을 깨닫지 못하면서도 각각 자기들이 재간이 있어서 서로 교제한다고 생각한다.

넷째, 면정이란 사람은 성질이 남을 잘 속이기를 좋아하여 언어로
남을 잘 농락한다.

수위란 사람은 성질이 우둔하여 남에게 자주 못난이 취급을 받는다.

용감이란 사람은 성질이 과감하여 무슨 일을 해나가는 데 진취성이
있다.

겁의란 사람은 성질이 겁이 많고 의심이 많아서 무슨 일을 하는데
도무지 결단을 내리지 못한다.

이 네 사람은 각각 성질이 다르면서도 세상에서 자기 뜻대로 교분
을 나눈다. 그들은 일생토록 서로 상대편의 허물을 책망하지도 않고
자기들이 서로 거스르지 않고 교제한다고 생각한다.

다섯째, 다우란 사람은 성질이 화순하여 모든 사람들과 함께 어울
린다.

자전이란 사람은 성질이 독단성이 많아 무슨 일을 남과 같이 하지
않고 혼자 다 처리한다.

승권이란 사람은 성질이 완고하여 권력을 좋아하고 자기 권세를 이
용하여 남을 업신여긴다.

척립이란 사람은 성질이 고독한 것을 좋아하여 자주자립성이 풍부
하며, 남에게 잘 굴복하지 않는다.

이 네 사람은 각각 성질이 다르면서도 세상에서 자기 뜻대로 교분
을 나눈다. 그들은 일생동안 서로를 돌보지 않으면서도 자신들은 이

시대에 적응하는 사람들이라고 생각하면서 서로 교제한다.

 이런 인간들의 다양한 형태는 다 한결같지는 않지만 결국은 다 자연의 도에 따르는 것이며, 자연의 명령으로 돌아가는 것이다.

자연계에도 조화의 법칙이 있는 것처럼 인간계에도 조화의 원리가 있다. 겉으로 나타나는 현상만을 보면 각자의 성정과 모순, 투쟁으로 인하여 발전해 가는 듯이 보이지만 결국에는 질서로 돌아간다. 이것이 열자가 말하는 도이며 명이다.

성공과 실패는 자연의 이치이다

무 슨 일에 성공했다 해도 처음부터 이루어진 것은 아니다. 거의
실패하게 되었다 해도 그 일이 처음부터 이미 실패한 것은 아니
다. 사람의 마음이 종종 결과에 의혹을 품게 되는 것은 일이 거의 성공
한 것과 일이 거의 실패하게 된 순간을 구분하지 못하는 데서 생긴다.

사람은 일이 거의 성공하거나 거의 실패할 무렵에 이르면 사리와
사세를 분간할 수가 없어서 마음이 아득하고 어두워진다. 그러나 마음
을 바로 세워 분명한 판단을 내리면 밖에서 오는 환란에도 놀라지 않
고, 안에서 일어나는 행복에도 그리 도취하지 않는다. 다만 때에 따라
서 움직이고 때에 따라서 가만히 있을 뿐이다.

천명, 곧 자연의 질서를 믿는 사람은 너와 나 사이에 두 가지 마음
이 없다. 너와 나 사이에 있어서 두 가지 마음을 가지는 이는 차라리
눈을 가리고 귀를 막느니만 못하다. 자연 질서에 따라가면 무너져가는
산언덕에 등을 대고, 깊은 못에 얼굴을 향하여 있더라도 역시 떨어지
거나 엎어지지 않기 때문이다.

그러므로 사람이 죽고 사는 것은 자연의 질서에 따르는 것이요, 가
난하고 궁하게 사는 것은 자연의 시운이다. 일찍 죽는 것을 원망하는

이는 자연의 질서를 모르는 사람이요, 가난하고 궁하게 사는 것을 원망하는 이는 자연의 시운을 모르는 사람이다. 죽음의 앞에 당면하고서도 두려워하지 않고, 궁한 생활을 하면서도 걱정하지 않는 이는 자연의 질서를 알고 자연의 시운을 따르는 사람이다.

가령 지혜로운 사람이 이해타산을 잘하고, 허위와 진실성을 잘 헤아려보고 인정을 잘 살핀다고 해도 성공하는 것이 반쯤 된다면 실패하는 것도 마찬가지다.

그와 반대로 가령 지혜가 부족한 사람이 이해타산을 잘못하고, 허위와 진실성을 잘 헤아려보지 못하고 인정을 잘 살펴보지 못한다 해도, 그 실패하는 것이 반쯤 된다면 성공하는 것 역시 마찬가지이다.

잘 타산하거나 잘 타산하지 못한다던가 잘 헤아리고 헤아리지 못한다던가, 또 잘 살펴보고 잘 살펴보지 못한다고 하는 것이, 자연의 관점에서 보면 무엇이 그리 차이가 있겠는가.

다만 자연질서에 따를 뿐이요, 사람의 지혜로 헤아려 볼 것도 없고, 또 헤아려 보지 않을 것도 없으면 완전히 잃어버리는 것이 없다. 또 완전히 얻은 것을 아는 것도 아니요, 또 잃어버리는 것을 아는 것도 아니다. 자연히 완전해지고 자연히 없어지고, 자연히 잃어버리게 되는 것이다.

지혜로운 사람은 얻는 것이 많고 잃는 것이 적다. 또 어리석은 사람은 반대로 잃는 것이 많고 얻는 것이 적다. 하지만 종국에 판단해 보면 두 부류가 더 얻고 더 잃은 것이 없다. 그러므로 부질없는 이해타산에 심신을 낭비하지 말라는 뜻이다.

흐르는 세월 속에 내가 있다

제 나라의 경공이 신하들을 이끌고 임치골에 있는 우산으로 놀러 갔을 때의 일이다. 경공은 북쪽으로 멀리 왕성을 바라보다가 문득 눈물을 흘리면서 탄식했다.

"아름답도다. 내 나라여. 참으로 금수강산이로다. 수목이 울울창창하도다. 내가 어찌 아름다운 이 나라 강토를 버리고 늙어 죽으랴. 참으로 애석하도다. 예로부터 사람이 한번 이 세상에 나면 죽지 않은 이 없었으니 나도 죽으면 이 나라를 버리고 장차 어디로 가겠는가?"

이때 임금을 시종해 왔던 사공과 양구거 두 사람이 임금과 함께 울면서 말했다.

"저희들은 폐하의 은덕으로 비록 변변치 못한 나물밥과 고깃국이라도 먹을 수 있고, 여윈 말에 매운 나무상자 수레라도 타고 다니는 하급 관리일망정 죽고 싶은 생각이 없는데, 지극히 호화스런 생활을 하시는 폐하의 마음이야 더 말하면 무엇하겠습니까?"

곁에 서있던 안자가 이 광경을 보고 빙그레 미소를 지었다. 이에 경공은 눈물을 닦고 안자에게 물었다.

"나는 이미 늙어 얼마 있으면 죽을 몸이오 오늘 이렇게 산놀이를 하러 왔다가 아름다운 우리 나라의 강산을 보고 자연히 설움이 복받쳐서 눈물이 나왔소 사공과 양구거가 내 마음에 동감하여 울었는데 그대는 어찌하여 웃는 것이오?"

그러자 안자가 정색을 하고 대답하였다.

"폐하께서 나이가 많아 돌아가실 것을 생각하고 눈물 흘리는 모습은 참으로 의젓하지 못하십니다. 하느님께서 이 나라를 한 사람만의 어지신 임금만으로 언제까지 지키게 하셨다면, 옛날 어진 태공과 환공 두 임금만이 항상 이 나라를 지금까지도 지키고 있을 것입니다. 또 한 사람만의 용맹스런 임금으로 언제까지 이 나라를 지키게 했다면 장공과 영공 두 임금만이 남아 있을 것입니다.

이와 같이 서너 명의 임금께서 영원히 죽지 않고 항상 이 나라를 지키게 했다면 폐하께서는 오늘날 임금자리에 있지 못하고 아마 농부가 되어 밀짚모자를 쓰고 논 가운데 서 계실 것입니다. 그렇다면 폐하께서는 지금 농사짓는 일만 생각하고 계실 테니 어느 겨를에 죽음을 떠올릴 수 있겠습니까?

옛날 그 때의 임금들이 늙어 돌아가셨기에 그 임금자리가 후대로 전해지고, 또 전해져서 지금의 폐하에게까지 다다르게 되었습니다. 그런데 지금 폐하께서는 혼자만이 늙지 않고 오래 살아 이 나라를 영원히 지키고 있지 못함을 아쉬워하며 눈물을 흘리시니, 실로 안타깝지 않을 수 없습니다. 저는 지금 그런 폐하와 그 곁에서 아첨하는 신하 두 사람을 보았기에 터져나오는 웃음을 도저히 참을 수가 없었던 것입니다."

이 말을 들은 경공은 몹시 부끄러웠다. 그는 즉시 자신의 어리석음을 뉘우치고 스스로 벌주 한 잔을 들이킨 다음 그와 함께 울었던 두 신하에게도 각각 벌주 두 잔씩을 내렸다.

만물은 끊임없이 변화한다. 장강의 앞물결이 흘러가면 뒷물결이 흘러오고, 또 뒤에서 물결들이 흘러오고 흘러간다. 인생도 마찬가지여서 한 세대가 흘러가면 또 한 세대가 뒤따라온다. 그러므로 늙지 않는 청춘이 없고 죽지 않는 삶이 없는 것이다. 우리 역시 그 물결 위에 서 있다.

본래 없었고 지금도 없다

위 나라에 동문오란 노인이 사랑하던 아들을 잃었다. 하지만 그에게는 전혀 슬퍼하는 기색이 없었다. 친지 한 사람이 이상하게 생각하여 물었다.

"영감님, 사랑하는 자식이 죽었는데 어찌 슬픈 기색이 하나도 없으십니까?"

그러자 동문오는 아무렇지도 않은 듯이 대답했다.

"내겐 일찍이 아들이 없었습니다. 그때에도 내가 슬퍼하지 않았었는데, 지금 아들이 죽었으니 본래 아들이 없었을 때와 마찬가지가 되었습니다. 그러니 슬퍼할 까닭이 무엇이겠습니까?"

삶과 죽음이 다 자연스럽다. 그러니 기뻐할 것도 슬퍼할 것도 없다. 본래 없었고 지금도 없는데 무엇을 잃고 무엇을 얻었다고 하겠는가. 이것이 곧 열자의 사생관이다.

7장 양주편(楊朱篇)
큰 고기는 작은 물에서 놀지 않는다

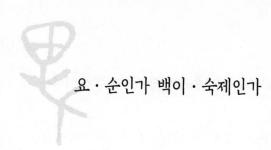

요·순인가 백이·숙제인가

양주가 노나라에 가서 맹씨의 집에 하숙을 하고 있을 때이다. 어느 날 맹씨가 양주에게 물었다.

"사람이 사람으로 태어났으면 그뿐이지 어찌하여 이름을 날리려 하는 것입니까?"

"이름을 날리려고 하는 것은 부자가 되고 싶은 까닭이라오"

"그렇다면 부자들은 이미 목적이 달성되었는데 어찌하여 그것으로도 만족하지 못하는 겁니까?"

"사람의 욕심이란 끝이 없는 법이라서 그 위에 또 자기의 지위를 높이려는 것이오"

"하지만 부에 지위까지 높아진 사람들도 스스로를 만족하지 못하는 것은 무슨 까닭입니까?"

"사람이 태어나서 이름을 날리고, 부자가 되며, 지위까지 높아지게 되면, 그 다음에는 자신이 이 세상에서 오래 살지 못하고 빨리 죽게 된다는 것에 대하여 불안감을 갖게 됩니다. 그리하여 목숨을 하루라도 더 연장시켜보려고 온갖 노력을 다 기울이곤 하지요. 하지만 그들도 결국에는 죽고 맙니다."

"사람이 죽으면 만사가 끝인데, 그것을 알면서도 어찌하여 체념하지 못하는 걸까요?"

"그것은 바로 욕심 때문입니다. 그런 사람들은 자신이 죽은 뒤에 남겨질 자손까지 생각하기 때문입니다."

"그렇다면 사람의 욕망이란 결국 자손을 위하는 것으로 끝나는 것 같군요. 그렇다면 사람이 처음에 이름을 날리는 것과 자손을 위한다는 것은 무슨 상관이 있고 무슨 이익이 있습니까?"

"사람이 처음에 자기 이름을 내기 위해서는 몸을 괴롭히고 마음을 초조하게 해야 합니다. 왜냐하면 이름이 세상에 알려지면 그 이름을 빌어 부를 끌어들일 수 있으니까요. 그리하여 집안에 은덕을 입히고, 한 걸음 나아가서는 자기가 사는 동네 사람들에게까지 이익을 주려고 하기 때문입니다. 하물며 사람의 욕심이 자기 뒤의 자손에게까지 미친다는 것은 더 말할 것이 없는 것입니다.

이와 반대로 자기 이름을 날리기 위해 청백하게 사는 사람도 있습니다. 그렇게 되면 자연히 생활이 궁핍하게 되겠지요. 또 자신의 이름을 날리기 위해서 자신이 모은 재산을 남들에게 나누어줌으로써 일부러 궁핍한 처지에 빠지는 사람도 있습니다."

양주는 또 한 예를 들어 설명하였다.

"옛날 관중이 제나라의 재상이었을 때 자신이 섬기는 임금이 미색을 좋아하면 자신도 그렇게 했고, 임금이 사치한 생활을 하면 자신도 그렇게 했습니다. 그리하여 임금과 신하가 서로 뜻이 맞고, 말을 하면 서로 그대로 좇아서 마침내는 정책이 잘 실행되고, 나라가 천하에서 가장 으뜸으로 가게 되었지요. 하지만 그가 죽은 뒤에는 부귀가 그 자손들에게까지 이어지지는 못하였습니다.

그 후 전씨가 제나라의 재상이 되었을 때에는 임금이 호화로운 생활을 하면 자신은 검소한 생활을 했고, 임금이 백성들에게 세금을 많이 거두면 자신은 저축했던 재산을 풀어 백성들에게 나누어주었습니다. 그리하여 백성들의 마음이 다 그에게로 돌아가 마침내 제나라를 차지하게끔 되었습니다. 그의 자손들은 지금까지도 비할 수 없는 행복을 누리고 있지요.

이것으로 보면 선을 행하되 이름을 날리려고 하지 않는데 이름이 저절로 나는 것은 사실과 일치되는 진짜 이름입니다. 하지만 이름이 사실과 일치하면 사생활은 자연히 가난하게 됩니다.

이와 반대로 이름을 날리되 반드시 자신의 공리를 위하지만 세상 사람이 그것을 잘 모르는 것은 이름과 사실이 일치되지 않는 위명이기 때문입니다. 이렇듯 이름이 사실과 일치되지 않으면 그의 사생활은 부유하게 되는 것입니다.

요컨대 사람의 생활이란 너무 실속만 차리면 이름이 잘 나지 않고, 너무 이름만 위하면 실속이 없어지게 됩니다. 그러므로 이름이란 거짓말이란 말입니다.

옛날 요와 순 두 임금은 허유와 선권이란 사람들에게 천하를 주어도 받지 않을 것을 뻔히 알면서도 거짓으로 권하였습니다. 결국 요와 순은 천하를 스스로 다스리며 백년 동안 행복을 누리지 않았습니까?

이와 반대로 백이, 숙제 두 형제는 그의 아버지 고죽군이 실제로 임금자리를 내주려 하였지만 서로 사양하다가 나라를 잃어버리고 나중에는 수양산에서 굶어죽게 되었습니다. 사실과 거짓에 대한 결과는 이렇듯 아주 뚜렷한 것입니다."

진리란 이름과 사실이 일치하는 데 있다. 개념이 실체를 떠나면 위명이 되고 실체가 개념을 떠나면 허구가 된다. 위명을 따르면 부귀가 있고, 허체를 위하면 빈천하게 된다. 그 예로 전자에 속하는 것이 요와 순이요, 후자에 속하는 것이 백이와 숙제이다.

현인은 실체에 따르는 명예를 구태여 물리치지 않고, 또 명예가 있는 실체를 그리 저어하지 않는다. 왜냐하면 그 이름과 실체가 일치되는 것이 자연의 본체이기 때문이다.

인생을 즐기고 누려야 하는 까닭은

양 주는 또 말했다.

"인생 백년이면 최고로 많이 사는 것이다. 기실 세상에 백살을 사는 사람은 천에 하나도 드물다. 설혹 하나쯤 있다고 하더라도 어머니 품에 안겨 철모르던 어린 시절과 정신이 흐릿해진 노년 시절을 빼놓으면 인생의 반도 남지 않는다. 거기에 잠자는 시간과, 또 깨어있더라도 무의미하게 보내는 시간을 다 빼버리면 또 그것의 반도 남지 않는다. 또 거기에서 몸도 아프고 병도 나고 슬퍼하고 괴로워하며, 또 살았던 사람이 죽기도 하고 얻었던 물건을 잃어버리기도 하며 근심하고 두려워하는 시간을 빼버리면 또 역시 그것의 반도 남지 않는 것이다.

가령 십 수년간을 사는 동안을 헤아려 보더라도, 그 사이에 아무런 근심걱정을 개입시키지 않고, 이만하면 흐뭇하고 만족한 생활이라고 단 한 시간이라도 느껴본 적이 몇 번이나 있겠는가. 참으로 사람이 산다는 것이 무엇 때문인가? 또 어떻게 즐길 것인가?

생각컨대 인생이란 사람 이외에는 신이나 명예, 지위와 재산을 생각할 것이 아니다. 다만 자신의 생을 마음껏 아름답게 할 것이요, 마음껏 행복하게 할 것이요, 마음껏 좋은 소리를 들을 것이요, 마음껏 어여쁜 색을 누릴 뿐이다. 인생이란 그렇듯 아름답고 행복한 생활을 마음껏 즐기되, 싫어질 정도까지 해서는 안 되고, 좋은 소리를 마음껏 듣고 어여쁜 색을 마음껏 보더라도 도에 지나쳐서는 안 된다.

여기에는 몇 가지 주의해야 할 점이 있다.

악행으로 형벌을 받거나 선행으로 칭찬을 듣거나, 이로 인해 벼슬을 얻거나, 헛된 명예를 얻기 위해 남과 다투거나, 죽은 뒤에 남은 영화를 자손에게 전해주려 해서는 안 된다. 또한 남의 이목을 두려워하여 살금살금 눈치만 보거나, 남이 시비하지 않을까 귀를 기울이다가는 자기 앞에 있는 지극한 쾌락을 다 잃어버리고 단 한때라도 마음 편히 살지 못한다. 이 어찌 손발이 묶인 죄수와 다를 것이 있겠는가.

옛사람들은 인생이란 잠시 오는 것인 줄 알았고, 죽음이란 잠시 가는 것인 줄 알았다. 그러므로 마음대로 움직여도 자연에 어긋나지 않았고, 당면한 오락을 좋아하되 그것을 버리는 법이 없었다.

선을 행하되 이름이 나지 않을 정도로 하며, 본성대로 자유롭게 행동하되 만물이 좋아하는 것과 어긋나지 않았다. 죽은 뒤에 명예도 취하지 않으므로 악을 행하되 형벌을 받지 않을 정도로 하였다. 명예가 남보다 먼저 나고 뒤에 난다든지, 수명이 길거나 짧은 것 따위는 스쳐가는 바람처럼 부질없다는 것을 잘 알고 있었다는 말이다."

참다운 의미의 자유인이란 천지신명에 기대지 않고, 세상의 부귀와 공명을 탐내지 않으며, 다만 타고난 본성대로 즐거운 삶을 누리는 사람이다.

죽은 뒤의 일은 생각지 말라

양주는 또 말한다.

"천지 만물의 형태가 다 제각각인 것은 그것에 생성이 있기 때문이다. 한번 생성했다가 반드시 사멸한다는 것은 동등하다. 그러므로 사람이 살아있을 때는 어질고 어리석으며 귀하고 천한 차이가 있지만 죽으면 누구나 냄새나고 썩어지고 소멸되는 것이다.

사람이 살아서 어질고 어리석고 귀하고 천한 것은 사람의 힘으로 어쩔 수 있는 것이 아니요, 또 사람이 죽어 냄새나고 썩어지고 소멸하는 것도 사람의 힘으로 어쩔 수 있는 것이 아니다.

사람이 산다는 것은 사람의 힘으로 사는 것이 아니요, 죽는다는 것도 사람의 힘으로 죽는 것이 아니다. 사람이 어질다는 것도 사람의 힘으로 어질어지는 것이 아니며, 어리석다는 것도 사람의 힘으로 그렇게 되는 것이 아니다. 사람이 귀하게 된다는 것은 사람의 힘으로 그렇게 되는 것이 아니요, 천하게 된다는 것도 마찬가지이다.

만인이 다 같이 살고 다 같이 죽는다. 만인이 다 같이 어질고 다 같이 어리석다. 만인이 다 같이 귀하게 되고 천하게 된다. 십 년을 살아도 죽고 백 년을 살아도 죽는다. 인자와 성자도 죽고 흉악범도 바보도 죽는다.

사람이 살아서는 착한 요·순도 되지만, 죽으면 썩은 뼈가 된다. 살아서는 악한 걸·주도 되지만 죽으면 역시 썩은 뼈가 된다. 사람이 죽어서는 누구나 다 썩은 뼈가 된다는 것은 다 마찬가지이다. 누가 다르다고 하겠는가.

하지만 우리들은 지금 당장 살아가기도 바쁜데 어느 겨를에 그 따위 죽은 뒤의 일까지 생각하겠는가."

삶과 죽음의 출발점과 종착점은 하나이다. 다만 그 과정이 다채로울 뿐이다. 그러므로 인생은 빈손으로 와서 빈손으로 간다고 하는 것이다. 양주는 개인이 임의로 누릴 수 있는 그 한 번의 과정을 최대한 즐기는 것이 중요하다고 역설하고 있다.

청렴이나 정절이란 가짜다

청렴결백했다고 이름난 백이나 숙제에게도 욕심이 없었던 것이 아니었다. 하지만 그들은 청렴하다는 명예를 지나치게 내세우다가 마침내 수양산에서 굶어죽게 되었다.

또 사람의 감정이 없이 다만 자연히 나서 자연히 살다가 죽었다고 전해지는 전계도 사람의 감정이 없었던 것이 아니었다. 하지만 그는 정절을 지나치게 내세우다가 독신으로써 고독한 최후를 맞이하였다.

사람들이 칭송해 마지않는 백이의 청렴과 전계의 정절이란 것이 자연 질서에 따르는 선을 이렇게도 그르쳤다.

세상이 아무리 혼탁해도 자신만은 깨끗하고, 권력이나 부귀에 연연하지 않으며 지조를 지켰다고 자만하는 사람들이 있다. 하지만 이들 역시 그와 같은 허명에 집착한 것이 아니냐는 양주의 비웃음이다.

가난과 사치는 부자연스럽다

공자의 제자 원헌은 일평생 노나라에서 아주 가난하게 살았기 때문에 남들에게 예의를 지키지 못하였다. 반대로 자공은 위나라로 가서 재산을 모아 매우 사치스러운 생활을 하였다.

원헌의 가난한 생활은 사람의 생을 손상시켰고, 자공의 지나친 사치는 자기 몸을 번잡하게 하였다. 그러므로 사람이 곤궁하게 사는 것도 나쁘지만 돈을 많이 모으며 사는 것도 나쁘다.

그러면 어떻게 사는 것이 좋겠는가. 바로 자기의 생을 즐겁게 하고, 자기의 몸을 안일하게 보내는 것이다. 생을 즐겁게 하려는 사람은 조그만 지조를 지키느라 곤궁하지 않으며, 생을 안일하게 잘 보내려고 하는 사람은 돈을 모으느라 몸에 누를 끼치지 않는다.

남에게 줄 것도 없고, 받을 것도 없으며, 빚도 없고, 저축도 없는 생활이 가장 간결하고 안일한 삶이다. 곧 가진 것이 많으면 번거롭고 너무 없어도 누추하니 벌만큼 벌고 베풀 만큼 베푸는 삶이야말로 진정으로 안락하다는 뜻이다.

살아있을 때 동정하라

'**사**람이 살아있을 때는 서로 동정하고, 죽은 다음에는 서로 부의하지 말라'는 옛말이 있다. 참으로 좋은 말이다.

살아서 동정한다는 것은 인정만을 뜻하는 것이 아니다. 빈곤에 빠진 친구를 위해 부지런히 일을 하여 편안하게 살도록 해주는 것이요, 배고픈 친구를 배부르도록 해주는 것이며, 추위에 떠는 친구를 따뜻하게 해주는 것이며, 못 사는 친구를 잘 살게 해주는 것이다.

죽은 다음에는 부의를 하지 말라는 것은 애석하게 여기지 말라는 뜻이 아니다. 옛 관습에 의하여 죽은 사람의 입에 구슬을 넣어주지 말며, 죽은 사람의 몸에 비단옷을 입히지 말며, 제사지낼 때에 소·돼지를 잡아 젯상에 벌여놓지 말며, 값비싼 제기를 쓰지 말라는 뜻이다.

양주는 끊임없이 삶의 가치를 부르짖고 있다. 이미 떠난 사람에게 부귀영화란 너무나도 부질없다. 곧 살아있을 때 자신이나 타인에게 정성을 다하라는 질타이다.

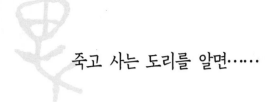

죽고 사는 도리를 알면……

제 나라의 현인 안평중은 사람이 병을 앓지 않고 오래 사는 양생법을 재상인 관중에게 물었다. 그러자 관중이 대답했다.

"자신이 하고 싶은 대로 할 뿐입니다. 곧 사람의 타고난 의식과 감각을 막아버리지 않으면 됩니다."

"시각을 차지한 눈과 같은 감각은 어찌해야 합니까?"

"귀는 듣고 싶은 대로 듣고, 눈은 보고 싶은 대로 보며, 코는 맡고 싶은 대로 맡고, 입은 말하고 싶은 대로 말하고, 몸은 편안히 지내고 싶은 대로 편안히 지내고, 마음은 뜻대로 실행하면 그만입니다.

대체로 귀로 듣고 싶은 것은 음성입니다. 그런데 이 음성을 듣지 못하게 하는 것을, 청각을 막는 일이라고 합니다. 눈으로 보고 싶은 것은 미색입니다. 그런데 이 미색을 보지 못하게 하는 것을 시각을 막는 일이라 합니다. 또 코로 냄새를 맡고 싶은 것은 바로 후추와 난초의 향기입니다. 그런데 이런 향기를 맡지 못하게 하는 것은 후각을 막는 일이라고 합니다.

입으로 말하고 싶은 것은 옳은 것은 옳다 하고, 그른 것은 그르다고 말하는 것입니다. 그런데 이 옳고 그른 것을 말하지 못하게 하는 것을 사람의 의지 작용을 막는 일이라 합니다.

몸이 편안하게 지내고 싶은 것은 바로 미와 행복입니다. 그런데 이 미와 행복을 추구하지 못하게 하는 것을 일러 쾌락을 막는 일이라 합니다. 사람이 뜻대로 하고 싶은 것은 바로 자유입니다. 그런데 이 자유를 얻지 못하게 하는 것을 의지 작용을 막는 일이라 합니다.

이와 같이 사람이 사람의 모든 자연 본능을 막아버린다는 것은, 아주 잔학한 군주의 행위, 곧 이지 작용이 아닐 수 없습니다. 이런 이지 작용을 제거한 연후에 매일매일 마음대로 뜻대로 기쁘게 살아가다가 죽는 날에 가서 죽을 뿐입니다.

이렇게 살아가면 하루가 사는 것이 한달 사는 것보다 더 산 보람이 있습니다. 일 년 사는 것이 십 년 사는 것보다 더 보람이 있습니다. 이것이 바로 나의 양생법입니다. 그렇지 않고 이 잔학한 이지 작용에 사로잡히고 구속되어 몸이 편안히 쉬려 하지만 쉬지 못하고, 마음은 우수사려에 둘러싸이게 된다면 백년 천년 만년 오래 살더라도 이른바 나의 양생법은 아닙니다."

관중은 계속해서 말했다.

"여태까지 나의 양생법을 알려주었습니다. 이제 내가 그대에게 묻습니다. 사람이 죽게 되면 어떻게 해야 좋겠습니까?"

"사람이 죽으면 장례식을 그저 간단히 치를 뿐입니다. 무엇이 특별할 것이 있겠습니까?"

"그 내용을 자세히 듣고 싶었습니다."

그러자 안평중이 대답했다.

"실로 사람은 죽으면 그만입니다. 내가 죽은 다음에 나에게 무슨 상관이 있겠습니까? 나의 시체를 불에 살라도 좋고, 물 속에 넣어도 좋고, 땅 속에 묻어도 좋고, 들판에 내던져도 좋고, 섶나무에 쌓아서 개천이나 산 구렁텅이에 내버려도 좋고, 좋은 비단옷을 입혀 관속에 넣어도 좋지 않겠습니까? 그저 그때 형편대로 하면 그만일 것입니다."

이 말을 들은 관중은 곁에 있던 포숙아와 황자 두 사람에게 말했다.

"사람의 죽고 사는 도리는 나와 안평중 두 사람이 지금 다 말했다."

양쭈는 사람의 이지작용을 배척하고 감각본능을 중요시하였다. 그에게는 인간의 자연본능에 따라 아름다움과 행복을 추구하는 것이 지고의 선이었다. 사람이 죽은 뒤에는 이미 생의 문제가 떠난 뒤이므로 아랑곳할 일이 아니었던 것이다.

나라는 저절로 다스려진다

정 나라의 대부 자산이 국정을 잡은 지 삼 년이 지나자 선한 사람은 덕화에 감화되고 악한 사람은 법을 무서워하여 나라가 잘 다스려졌다. 그러므로 주변의 제후들이 다 그를 두려워했다. 그에게는 공손조란 형과 공손목이란 아우가 있었는데 형은 술을, 아우는 여자를 좋아했다.

공손조의 집에는 술 천 독을 간직해 두고 누룩을 산더미같이 쌓아 놓았는데 그 집 문을 바라보기만 해도 술과 지게미 냄새가 나서 지나가는 사람들의 코를 찌를 정도였다. 그가 술에 매우 취했을 때에는 세상의 흥망이나, 인심의 후박함과, 실내에 사람의 유무에 마음을 쓰지 않았다. 또한 친척과의 사이가 가깝고 먼 것과, 살고 죽는 것이 슬픈 일인지 즐거운 일인지도 몰랐고, 심지어는 물과 불이나 또는 칼날이 닥쳐도 신경쓰지 않았다.

한편, 아우 공손목의 집 뒤뜰에는 수십 칸의 방이 즐비하게 늘어서 있었는데, 그 안에는 전국에서 뽑혀온 어여쁜 미인들로 가득했다. 그가 미색에 빠져있을 때에는 가까운 친척이 오는 것도 사절했고, 친한 친구와도 절교를 한 다음 뒤뜰에서 밤낮으로 미인들을 희롱하느라 석

달만에 겨우 한 번 밖으로 나올까말까 했다.

자산이 밤낮으로 이 두 형제 때문에 걱정을 하다가, 어진 사람이라고 알려진 등석에게 가서 물었다.

"내가 들으니 먼저 몸을 닦은 뒤에 집안을 가지런히 하고 뒤에 나라를 다스린다고 하였습니다. 이 말은 먼저 가까운 데서 출발하여 먼데까지 미친다는 뜻이 아니겠습니까? 그런데 나는 나라는 잘 다스리는 듯한데 집안은 엉망진창이 되었으니, 그 선후가 거꾸로 되었습니다. 장차 무슨 방법으로 우리 형님과 동생을 구제하면 좋겠습니까? 선생에게 묘책이 있다면 알려주십시오"

이에 등석이 대답했다.

"저 역시 당신이 어찌하여 집안을 정리하고서 나라를 다스리지 않는가 하고 괴이하게 생각해 왔지만 감히 먼저 말씀드리지 못했습니다. 어찌하여 당신은 말로써 형제들에게 생명의 중요성을 깨우쳐주고, 도의의 존엄을 알려주지 않는 것입니까?"

이에 자산은 형과 동생을 찾아가 이렇게 타일렀다.

"사람이 세상에서 금수보다 귀중한 까닭은 지혜가 있기 때문입니다. 지혜로운 사람은 도의에 맞는 생활을 해야 합니다. 그런 생활을 하게 되면 자연히 명예가 따르게 되고, 또 높은 벼슬에 이르게 됩니다. 그러지 않고 색정에 충동되어 행동을 하고, 성욕을 즐기는데 빠지면 생명이 장차 위독하게 될 것입니다. 형님과 동생이 나의 말을 받아들여 오늘 아침부터 과거의 잘못을 뉘우치고 행실을 고친다면, 오늘 저녁부터 나라의 봉록을 타게 될 것입니다."

이 말을 들은 아우 공손목이 대답했다.

"형님, 저도 그런 이치는 오래 전부터 알고 있습니다. 하지만 지금 우리 형제의 생활 양식은 사람이 한 세상 살아가는 데 있어서 가장 좋은 일이라고 믿고 그렇게 살아가는 것입니다. 이제 와서 어찌 형님의 말씀을 듣고 그 믿음을 버리겠습니까?

대개 사람의 생이란 천재에 한번 만나기가 어려운 일입니다. 한번 죽기는 쉬운 일입니다. 한번 만나기 어려운 이 생의 즐거움으로 아차 한번 죽기 쉬운 이 괴로운 죽음을 기다리고 있는데, 하나의 실존으로서 어느 겨를에 세상의 명예와 지위에 대하여 애착심을 가지겠습니까?

형님은 한 나라의 재상으로서 예의를 존중한다고 세상에 자랑을 하고, 자연스런 욕망을 굽혀가면서 명예를 얻으려고 애씁니다만, 우리 두 형제는 사람이 세상에 한번 나서 그렇게 살라고 하면 차라리 죽는 것이 낫겠습니다. 지금 우리는 어떻게 하면 천재에 한번 만난 이 생의 기쁨과, 지금 이날 이때 이 마당에서 얻는 즐거움을 다 누릴 수 있을까 하는 생각뿐입니다.

다만 걱정이 되는 것은 배가 너무 차서 마음대로 마시지 못하는 것과 기운이 지쳐서 마음대로 색정을 쓰지 못하는 것뿐입니다. 어느 겨를에 추한 명성과 오늘 죽을지 내일 죽을지 모르는 실오라기 같은 하나의 생명을 위하여 걱정하겠습니까?

그뿐 아닙니다. 형님은 나라를 다스리는 재능으로 세상사람에게 자랑을 하고, 교묘한 언변으로 우리 형제의 마음을 어지럽히고, 부귀로 우리의 마음을 유혹하려 하시니, 이 또한 비루하고 가련한 일이 아니겠습니까?

한번 시시비비를 가려보기로 할까요? 사람으로써 대개 밖을 잘 다스리는 이는 반드시 사물을 다스리지 못하여 몸이 여러 모로 피로하고, 안을 잘 다스리는 사람은 반드시 사물을 어지럽히지 않아 자신의 타고난 본성이 여러 모로 편안한 법입니다.

형님의 외치법은 얼마 동안 이 조그만 정나라에서는 시행될 수 있지만 모든 사람의 마음에 들어맞는 것이 아닙니다. 만일 저의 내치법을 천하에 펼친다면 임금과 신하의 부자연스러운 관계도 없어질 것입니다.

저는 항상 이런 법으로 사람을 깨우치려 하는데, 형님은 도리어 형님의 그런 부자연스러운 방법으로 저희를 가르치려 하십니까?"

이 말을 들은 자산은 어안이 벙벙하여 아무런 대꾸도 하지 못했다. 다음날 그는 동생에게 들은 말을 등석에게 전했다. 그러자 등석이 말했다.

"당신의 형제들은 세간의 사람이 아니군요. 자연의 도를 깨친 진인, 곧 참사람입니다. 이런 이들을 당신은 어찌하여 지금까지 몰라보았습니까? 누가 당신을 보고 지자라고 하겠습니까? 여태까지 정나라가 잘 다스려진 것은 실로 우연이지 당신의 공이 아닐 것입니다."

양주는 유가에서 강조하는 인위적인 예의보다는 인간본능을 고양시켜주는 주색을 더 우위에 놓고 있다. 그러므로 등석도 예의를 숭상하고 장려하는 자산보다는 자연 본능에 따라 주색잡기에 골몰하며 쾌락을 추구하는 자산의 형제들을 진인이라고 칭송하였다.

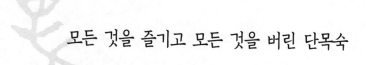

모든 것을 즐기고 모든 것을 버린 단목숙

위 나라의 단목숙은 공자의 제자인 자공의 후손이었다. 자공은 본래 돈이 많았으므로 그것을 물려받은 단목숙은 그 재산에 기대여 세상 사람들의 일에는 관심조차 기울이지 않았다.

그는 자기가 좋다고 생각하는 일은 무엇이든 다 했다. 곧 인생에서 하고 싶은 모든 일과 즐기고 싶은 모든 일을 무엇이든지 하지 않는 것이 없었고 즐기지 못하는 것이 없었다.

넓고 높은 집에 우뚝 솟은 정자, 화려한 정원과 깊은 연못, 맛좋은 음식과 보기 좋은 의복, 편안한 수레와 듣기 좋은 음악, 시중드는 어여쁜 시녀 등 일상 생활이 당시 부국으로 명성을 떨치던 제나라와 초나라의 제왕들과도 비견할 만했다.

마음으로 좋아하는 것, 귀로 듣고 싶은 것, 눈으로 보고 싶은 것, 입으로 먹고 싶은 것, 이 모든 것이 비록 제나라의 소산이 아니고 다른 지방 또는 변두리 나라의 것이라도 어디에 좋은 것이 있다고만 하면 반드시 구해와 마치 자기 집 담장 안에 있는 물건과 같았다.

또 어디를 가서 놀고 싶으면 아무리 산과 물이 험하고 막히고 가는 길이 길고 멀더라도 가지 않는 데가 없어서 마치 지척에 있는 곳을 가는 것같이 돌아다녔다.

그를 찾아오는 손님들도 헤아릴 수 없이 많았다. 매일같이 정원에 차려놓은 좌석에 가득 차서 수백 명이 넘었다. 이 손님들을 대접하기 위하여 주방에서는 밥짓는 연기가 끊일 틈이 없었고, 너른 대청마루 위에는 풍악 소리가 그칠 날이 없었다.

이렇게 마음대로 먹고 입고 쓰고 놀고도 남아 돌아가는 재산을 처치할 수가 없어서 먼저 일가친척에게 나누어주고, 또 남은 것은 동네 사람들과 고을 사람들에게 나누어주었고, 그래도 남은 것은 위나라 전국의 백성에게 다 나누어주었다.

나이가 환갑이 되어 기력이 쇠해지자 단목숙은 집안에 간직해 두었던 진주와 보석, 그가 타고 다니던 수레를 다 꺼내 시중들던 시녀들에게 나누어주고 다들 저 갈 데로 태워서 보내주었다.

그러고 보니 불과 일 년도 되지 않아 재산이 다 거덜나고 몸 하나밖에 남은 것이 없었다. 자손을 위해 유산도 한 푼 남겨놓지 않았다. 그리하여 마침내는 병들었어도 약 한 첩 쓸 돈이 없게 되었다.

그가 세상을 떠났을 때는 장례식을 치를 비용조차 없었다. 이 소문을 들은 위나라 사람 가운데 그로부터 은혜를 입은 사람들이 푼푼이 모아 장례식을 지냈고, 그의 자손들에게도 모아 주었다.

당시 겸애주의를 주장하는 묵자의 제자 금활리는 그 이야기를 듣고 이렇게 말했다.

"단목숙은 미친 사람이다. 조상에게 욕을 보였구나."

하지만 자연주의자 단간생은 이렇게 말했다.

"단목숙은 도통한 사람이다. 덕행이 그의 어떤 조상들보다 훨씬 뛰어났다.”

　단목숙의 행한 일은 실로 세상 사람들을 놀라게 했다. 참으로 그로
부터 생의 의의를 취할 만하다. 아마 도의 교육을 주장하는 점잖은 위
나라의 도덕군자들은 이 사람의 마음을 평생 이해하지 못할 것이다.

　이 장에서 인생관에 대한 극명한 차이를 볼 수 있다. 단목숙의 삶에 대하여 금활리
는 미친 사람이라고 하였지만 단간생은 도통한 사람이라고 칭송하고 있는 것이다. 모든
것을 즐기고 모든 것을 버리고 떠난 단목숙은 분명 양주가 추구하는 삶의 가장 적극적인
모델일 것이다.

자연에서 왔으므로 자연에게 맡겨두라

양주의 제자 맹손양이 스승에게 물었다.

"여기에 한 사람이 있는데, 그는 자기의 삶을 귀하게 여기고, 자기의 몸을 사랑하여 죽지 않기를 바라고 있다면 그것이 타당한 일이겠습니까?"

이에 양주가 대답했다.

"사람은 한 번 세상에 나오면 죽지 않을 수가 없는데, 오래 산다는 것을 바란다면 그것이 타당한 일이겠는가? 사람이 오래 사는 이치가 없으니, 삶을 귀하게 여긴다고 해서 보전될 수 있는 것이 아니다. 또 몸을 사랑한다고 해서 행복한 것도 아닌데, 오래 산들 무엇하겠는가. 사람의 감정이 좋아하고 싫어하는 것도 옛날이나 지금이나 다 마찬가지이다.

세상일이 괴롭고 즐거운 것이나, 세상이 변하고 바뀌며, 다스려지고 어지러운 것도 예나 지금이나 마찬가지이다. 백년을 산다고 해도 오히려 지겨워지는데 하물며 고생하면서 오래 살기를 바라겠는가?"

맹손양이 다시 물었다.

"그렇다면 저로서는 하루라도 빨리 죽는 것이 오래 사는 것보다 낫다고 여겨집니다. 날카로운 칼날을 밟던가, 끓는 물에 들어가던가, 뜨거운 불에 뛰어들어가서라도 빨리 죽으면 그 뜻한 바를 이루는 것이 아니겠습니까?"

이 말에 양주는 혀를 차며 말했다.

"그렇지 않다. 사람이 이미 세상에 태어났으면 태어난 그대로 자연에 맡겨 내버려두고, 다만 자기가 하고 싶은 일을 끝까지 해나가다 때가 오면 죽음을 맞이할 뿐이다. 사람이 장차 죽게 되면 아무 미련도 가지지 말고, 몸을 죽는 그대로 맡겨두어 어디까지 가서 죽는가를 바라보면 그만이다.

이렇게 자기 몸을 내버려두지 않을 때가 없고, 자연에 맡겨두지 않는 때가 없는데, 어찌 중도에 자신의 삶을 부자연스럽게 인위적으로 지연시키거나 단축시킬 수 있겠느냐?"

사람은 누구나 오래 살기를 원하고 죽음을 두려워한다. 하지만 이것은 헛된 욕망일 뿐이다. 인위적인 노력으로 자연의 이치를 거스를 수는 없다. 자신의 삶을 관조하라. 그것이 최선이다.

자기 자신을 사랑하라

양주는 계속해서 말했다.

"옛날 백성자고란 사람은 자신의 머리카락 한 오라기를 가지고도 남을 이롭게 하려 하지 않았으며, 나라를 버리고 초야에 묻혀서 밭을 갈고 살았다.

하지만 위대하다는 우임금은 자기 몸만 이롭게 하지 않고 온 천하를 위해 일을 했다가 그만 지쳐서 죽어버렸다. 그러므로 옛 사람들은 자기의 털 한 오라기를 뽑아서 천하를 이롭게 한다고 해도 그것을 뽑지 않았다. 또 천하의 물건을 다 모아 자기의 한 몸을 위한다고 해도 역시 취하지 않았다.

이와 같이 사람마다 다 자기의 털 한 오라기도 뽑지 않고 사람마다 다 천하를 이롭게 하지 않는다면 천하는 누가 애쓰지 않아도 저절로 다스려질 것이다."

나는 나요, 너는 너다. 내가 너를 사랑할 것도 없고, 너로부터 사랑받을 것도 없다. 나는 너를 지배할 수 없고, 너 역시 나를 지배할 수 없다. 나는 나대로 너는 너대로 살면 세상은 저절로 화평해진다. 이와 같은 양주의 주장에서 마치 근세 아나키스트들의 목소리를 듣는 것만 같다.

사람의 털 한 오라기가 한 나라보다 귀하다

어느 날 금자란 인물이 찾아와 양주에게 물었다.

"선생의 몸에서 털 한 오라기를 뽑아 세상을 구제할 수 있다면 그렇게 할 수 있겠습니까?"

"세상은 본래 털 한 오라기로 구제할 수 있는 것이 아니오"

"그럴 수 있다고 가정을 한다면 어떻겠습니까?"

그러자 양주는 입을 다물었다. 금자가 밖으로 나가서 양주의 제자 맹손양에게 스승과의 대화 내용을 말하자 맹손양은 이렇게 말했다.

"당신은 우리 스승의 뜻을 잘 이해하지 못하는구려. 내가 대신 대답해 주겠소 만일 당신 몸의 일부분인 피부에 상처를 좀 내가지고 황금 만냥을 얻을 수 있다면 어떻게 하겠소?"

"물론 하고 말고요"

"그러면 당신의 팔이나 다리 하나를 끊어 한 나라를 얻을 수 있다면 그렇게 하겠소?"

이 말에 금자는 한동안 아무 말 없이 묵묵히 있었다. 맹손양은 다시 말했다.

"털 한 오라기는 피부보다 그리 소중한 물건이 아니오 또 피부는

팔 다리보다 그리 소중한 물건이 아님은 명백한 일이오 이론상으로
한 오라기의 털이 여러 개 모여서 하나의 피부를 이루고, 그것이 여러
개 모여 또 하나의 골절을 이룬다고 할 수 있을 겁니다. 그러므로 털
한 오라기라도 본래 온 몸 전체에 대하여 만분의 일에 해당하는 것이
니, 어찌 그것을 소홀히 할 수 있겠소?"

이에 금자는 고개를 갸웃거리더니 이렇게 말했다.

"나는 그 말에 뭐라고 답변할 수가 없겠소 그 말을 노자나 관윤에
게 물어보면 맞다고 할는지 모르겠지만 우임금이나 묵적에게 물어보
면 틀리다고 할 것 같으니까 말이오"

털 한오라기의 가치와 목숨 하나의 가치가 무엇이 다르겠는가. 작은 것을 소중하게 여
기지 않으면 큰 것조차 지킬 수 없다는 경고로 받아들이는 것이 좋겠다.
여기에서 금자는 겸애주의자인 묵자의 학도이며, 맹손양은 양주의 학도이면서 노자와
관윤의 학도이기도 하다. 그러므로 우리는 양주의 학설이 노장학파의 전기에 속한 사상
일 것으로 유추할 수 있겠다.

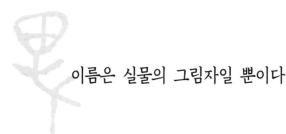

이름은 실물의 그림자일 뿐이다

양주는 말했다.

"세상 사람들이 천하의 선인을 말할 때에 순과 우, 주공과 공자를 들고, 천하의 악인을 말할 때 하의 걸왕, 은의 주왕을 예로 든다.

하지만 순 임금은 제위에 오르기 전 하양 땅에서 밭을 갈았고, 뇌택에서 질그릇을 구웠으므로 그의 사지는 편안할 때가 없었고 구복은 맛있는 음식을 먹지 못했으며, 부모에게는 사랑받지 못했고, 아우와 누이들과 친하지 않았다. 또 나이가 서른이 되어서야 부모의 허락도 없이 장가를 들었다.

순이 요 임금에게 나라를 물려받을 때에는 이미 늙어서 지력도 쇠퇴하였고, 아들 상균 역시 나라를 다스릴만한 재능이 없었다. 때문에 그는 임금자리를 우에게 물려주고는 괴로워하다가 세상을 떠났다. 이런 사람이야말로 하늘과 사람이 다 같이 근심하고 괴롭게 여기는 존재이다.

무왕은 이미 죽고 아들 성왕은 나이가 어려 주공이 그를 대신하여 천자의 정치를 하였다. 소공이 이런 주공을 불만스럽게 여겨 사방 여러 나라에 유언비어를 퍼트렸다. 그가 동으로 은나라를 정벌한 지 삼 년만에 마침내 형을 죽이고 아우를 추방한 후 겨우 자기 몸만 살아나서 고민하다가 죽게 되었다. 이런 사람은 하늘과 사람이 다 같이 위험스럽고 두렵게 여기는 존재이다.

공자는 옛날 제왕의 도를 밝히고 그 당시 임금들에게 명성을 얻어 초빙받아 분주히 돌아다녔다. 송나라에 갔을 때는 제자들과 함께 예를 익히던 나무를 찍어 넘겼고, 위나라에 가서는 추방을 당했으며, 상나라와 주나라의 수도에 가서는 숱한 곤란을 당했다.

진나라와 채나라에 가서는 군사들에게 포위당하여 죽을 뻔하였고, 처음 노나라에 있을 때는 계씨에게 굴욕을 당하였으며, 계씨의 부하 양호에게 모욕을 당하여 고민하다 마침내 죽게 되었다. 이런 사람은 하늘과 백성들이 다 하루도 편안하게 앉을 사이 없이 분주히 돌아다니던 사람이라고 했다.

위에서 말한 네 성인들은 다 하루 동안만이라도 즐겁게 살아보지 못하였고, 죽어서야 만세에 이름을 날렸다.

하의 걸왕은 조상 때부터 여러 대를 물려 내려오던 재산을 이어받고, 높은 임금자리에 앉아서, 그 지혜로 말하면 여러 신하의 충성된 말을 거부할 수 있었고 위엄으로 말하면 천하를 진동시킬 수 있었다.

귀로 듣고 싶고, 눈으로 보고 싶은 모든 오락을 멋대로 즐겼고, 마음으로 하고 싶은 일을 다하여 희희낙락하게 살다가 죽었다. 이런 사람은 하늘과 사람이 다 같이 안일, 방탕한 사람이라고 하였다.

은나라의 주왕도 역시 조상 때부터 여러 대를 물려 내려오던 재산을 이어받고, 높은 임금의 자리에 앉아서 위엄은 무엇이든 하지 못할 것이 없었고, 마음대로 하지 못할 것이 없었다. 정열을 넓은 궁전에 폈고, 욕망을 긴긴밤에 채워 예의로 자신을 괴롭히지 않았으며 즐겁게 살다가 피살되었다. 이런 사람은 하늘과 사람이 다 같이 아주 방종한 사람이라고 하였다.

하지만 이 흉악한 두 임금은 살아서는 자기 욕망대로 즐거워했고, 죽어서는 우매하고 포악하였다는 이름을 남겼다. 사실이란 것은 본래 이름이 관여하는 것이 아니다. 비록 죽은 사람을 훼방하여도 모르고, 칭찬을 하여도 모른다. 그러므로 죽은 사람은 나무등걸이나 흙덩이와 무엇이 다르겠느냐.

저 순 임금, 우 임금, 주공, 공자와 같은 성인은 비록 아름다운 이름을 얻었으나 나중에까지 괴로움 속에서 세상을 떠났고, 또 저 걸, 주와 같은 폭군은 비록 악명을 얻었지만 나중에까지 즐거움 속에서 세상을 떠났다.”

양주의 현실관이 적나라하게 드러나고 있다. 선한 이름을 얻은 요·순이나 악명을 떨친 걸·주도 죽으면 다 하나의 나무등걸이나 한줌 흙덩이에 불과하다. 그러므로 이름은 그림자일 뿐이다. 그 중에 누가 개인의 삶을 즐겁게 누렸는가. 나의 몸 자체를 즐겁게 하였는가.

양주는 실로 위험하기까지 한 논리로 현생의 즐거움을 강조하고 있다. 그 내면에는 돌아오지 않을 한 생애에 부여된 정열과 사랑을 후회없이 누리라는 의미가 담겨 있는 것이다.

큰 고기는 작은 물에서 놀지 않는다

어느 날 양주가 양왕을 만나서 말했다.

"천하를 다스리기란 이 손바닥을 뒤집는 것보다 더 쉽습니다."

이에 양왕이 비웃으며 말했다.

"선생은 집안에서 아내와 첩조차 잘 다스리지 못하고, 조그만 밭의 김도 매지 못하면서 어찌 그런 말씀을 하십니까?"

그러자 양주가 대답했다.

"임금께서는 저 양을 치는 목동을 보셨습니까? 백 마리나 되는 양 떼를 키가 다섯 자밖에 안 되는 작은아이가 채찍 하나를 어깨에 메고 몰 때, 동으로 몰고 가려면 동으로 몰고 가고, 서로 몰고 가려면 서로 잘 몰고 갑니다. 하지만 옛날 한 나라의 임금이었던 요임금이나 순임 금으로 하여금 그 일을 시킨다면 아마 하지 못할 것입니다.

'한 척의 배를 집어삼킬 만한 물고기는 가느다랗게 흐르는 개천에 서는 헤엄을 못 치고, 하늘 높이 날아가는 기러기는 더러운 시궁창에 모여들지 않는다'란 말이 있습니다. 왜냐하면 그것은 극히 멀리 날아 가기 때문입니다.

또 '황종대려라는 아악의 곡은 세속적인 음악을 시끄럽게 연주하는 무도곡에 박자를 맞추지 않는다'라고 했습니다. 왜냐하면 그것은 소리가 너무 조잡하기 때문입니다.

이와 같이 '장차 큰 것을 다스리려고 하는 이는 작은 것을 다스리지 않고, 큰 공을 이룩하려 하는 이는 작은 일을 하지 않는다'라고 함은 바로 이를 두고 하는 말입니다."

큰 고기는 개천에서 놀지 않고, 기러기는 더러운 시궁창에 모이지 않는다. 이과 같이 큰 뜻을 품은 사람은 사소한 일에 연연하지 않는 법이다.

명예는 해골을 윤택하게 하지 못한다

양주가 또 말했다.

"옛날, 아주 먼 옛날의 일은 이미 다 꺼져버렸다. 어느 누가 이 것을 기억하겠는가. 천황·지황·인황 때의 일은 있었는지 없었는지 모르고, 태호·신통·황제·소호·전욱 시대의 일도 생시인지 몽중인 지 모르겠으며, 하·은·주 삼대의 일은 숨어있는지 나타나있는지 모르겠다. 억의 하나도 잘 모르고 있다.

자기 눈앞의 일도 남아있는 것 같기도 하고 없어진 것 같기도 하여, 천의 하나도 기억하지 못하고 있다. 아주 옛날에서 오늘에 이르기까지 그 햇수조차 다 기록할 수 없다.

하지만 옛날 복희씨 때에서 오늘에 이르기까지 삼십여 만년 동안에 사람들이 겪은 영리했던 일·어리석었던 일·좋았던 일·나빴던 일·이룩했던 일·실패했던 일·옳았던 일·글렀던 일 등이 어느 하나 할 것 없이 소멸되지 않은 것이 없다. 하지만 그것이 다 잠깐 동안의 일이었을 뿐이다.

사람들이 한때의 명예스러운 일을 자랑하고 불명예스러운 일에 자기의 마음을 애태우고 몸을 괴롭혔다. 이렇듯 자기가 죽은 뒤 수백 년

후에까지 이름을 남겨놓으려 하지만 어찌 자기의 죽은 해골을 윤택하게 할 수 있으며, 또 어찌 자기가 살아 있었던 즐거움에 보탬인들 될 수 있겠는가."

하루살이와 같은 인생들이 목전의 이익과 백년 후의 명예, 죽은 뒤에 천국이나 극락을 탐구하고 동경하는 것이 어찌 슬프지 않겠는가. 양주는 '삶이란 아침이슬과 같아서 자연에서 나서 자연으로 돌아간다. 그밖에 아무 것도 없다고 부르짖고 있다.

몸은 생명의 주인이다

사람은 천지 만물과 유사하지만 인의예지신(仁義禮智信), 곧 오상(五常)의 이성이 있어서 모든 살아있는 동물 가운데서도 가장 영특한 존재이다.

사람이란 호랑이처럼 자신을 지킬만한 날카로운 치아도 없다. 물소처럼 자신을 방어할 만한 튼튼한 피부도 없다. 표범처럼 자신을 위협하는 것을 피할 만한 재빠른 걸음걸이도 없다. 새 짐승처럼 자신의 추위와 더위를 방어할만한 털가죽도 없다. 반드시 밖에 있는 물건을 이용하여 생명을 키우고, 지혜는 쓰지만 힘을 믿지 않는다. 그러므로 사람의 지혜는 자기의 존재를 귀하게 여기는 데 의의가 있고, 힘은 다른 짐승처럼 남의 것을 침략하는 것을 천하게 여긴다.

하지만 나의 몸은 나의 것이 아니라 자연의 것이다. 이미 태어난 몸이라 이것을 온전케 하지 않을 수 없다. 물건은 나의 것이 아니요, 자연의 것이다. 그러나 이미 내가 얻어가지고 있는 물건이라 내버릴 수가 없다.

몸은 본래 생명의 주인이요, 물건도 몸을 키우는 주인이다. 비록 태어난 자기 몸을 온전하게 한다 해도 자기 몸을 자기 것으로 생각해서는 안 된다. 비록 얻어 가진 물건은 내버리지 않는다 해도 그 물건을 자기 것이라 여겨서는 안 되는 것이다.

물건을 자기 것으로 생각하고 몸을 자기 것으로 생각하면 이것은 자연의 몸을 횡령하여 사유하는 것이요, 자연의 물건을 횡령하여 사유하는 것이다. 오직 성인만이 자연의 몸을 자기의 것으로 생각지 않고, 공유의 것으로 생각하고, 자연의 물건을 자기의 것으로 생각지 않고 공공의 것으로 생각한다.

이렇게 하는 것은 오직 지극한 사람뿐이다. 그를 일컬어 자연과 일치된 아주 지극하고 지극한 사람이라고 한다.

사람이 동물과 다른 점은 이성이 있기 때문이다. 그러므로 그로부터 말미암은 지혜를 귀하게 여기고 무력을 천하게 여기는 것이다. 하지만 사람의 생명이 아무리 귀하다 할지라도 몸을 떠나서는 있을 수 없고, 실체를 떠나서는 유지할 수가 없다. 그 몸과 실체가 자신의 소유가 아니라 자연임을 잊어서는 안 된다. 모든 것이 자연 속에 있으니 대체 무엇에 집착하겠는가.

농부는 가만히 앉아서도 죽일 수 있다

대 대개 사람의 인생이 편안할 수 없는 까닭은 다음의 네 가지 욕심 때문이다.

첫째는 오래 살려고 하기 때문이다.
둘째는 명예를 구하기 때문이다.
셋째는 벼슬을 구하기 때문이다.
넷째는 재화를 탐하기 때문이다.

이 네 가지 욕망이 있는 사람은 신을 두려워하고, 사람을 두려워하고, 외압을 무서워하고, 형벌을 무서워한다. 이런 사람을 자연 질서에서 도피하는 사람이라고 하는데, 그를 죽이고 살리며 생명을 제한하는 권한이 자신에게 있지 않고 바깥사람들에게 있게 된다.

이와는 반대로 내가 자연의 명령에 거스르지 않으면 어찌 남이 오래 사는 것을 부러워하겠는가. 남이 벼슬을 하여 귀하게 됨을 자랑스럽게 여기지 않는다면 어찌 명예를 부러워하겠는가. 권세를 요구하지 않으면 어찌 벼슬을 부러워하겠으며, 부자가 되기를 탐하지 않으면 어찌 재화를 부러워하겠는가.

이러한 사람을 자연 질서에 따르는 백성이라고 한다. 이런 사람은 이 세상에서 상대할 사람이 없고, 또 그의 생명은 다른 사람에게 제한되지 않고 오로지 자신의 내면에서 움직일 뿐이다.

옛말에 '사람이 결혼이나 벼슬을 하지 않으면 그 정욕은 절반쯤 감퇴되고, 사람이 먹고 입지 않으면 임금과 신하 사이의 의리 관계가 없어진다'라고 하였다.

또 주나라의 속담에 '농부는 가만히 앉아서 죽일 수 있다'라고 했다. 왜냐하면 농부는 새벽에 들에 나아가면 밤에 집으로 들어오는 것을 타고난 천성이라고 생각한다. 콩국에 보리밥 말아먹는 것이 가장 좋은 먹이요, 늘 일을 하기 때문에 피부는 거칠고 두꺼워지며, 힘줄과 뼈마디가 울퉁불퉁하다. 그러다가 하루아침에 갑자기 부드러운 털실로 짠 비단 장막 속에서 잠자게 하고, 쌀밥과 고깃국에, 난초같이 향기로운 귤과 같은 과일을 먹게 하면, 그의 마음은 울렁거리고 몸은 고통스러워 속에서 열이 올라 병이 나고 만다.

이와는 반대로 잘 먹고 잘 입고 호화롭게 살던 상나라, 노나라의 임금이 농부와 같이 짝하여 밭을 갈면 역시 한 시간도 못 되어 곧 피로하게 된다. 그러므로 시골 사람들이 편안하다고 생각하는 것과 시골 사람들이 좋다고 생각하는 것은 그들에게 있어서 그보다 이상 가는 것이 세상에 또 없다고 여긴다.

옛날 송나라에 농부 한 사람이 있었다. 그는 항상 베잠방이를 입고 근근히 추운 겨울을 지내고, 어느덧 봄날이 와서 동쪽 밭에 나아가 일을 시작할 때 저 스스로 몸을 따뜻한 볕에 쪼였다.

그는 이 세상에 굉장히 높고 넓은 저택과 훈훈하게 데워진 방안에서 비단옷과 여우나 담비가죽으로 만든 가죽옷을 입는 사람이 있다는 것을 모른다. 그는 아내에게 이렇게 말한다.

"이렇게 우리 두 사람이 따뜻한 햇볕을 등에 지고 행복하게 사는 것을 사람들은 모르고 있소 만일 이런 재미있는 삶을 임금님께 말씀드려 누리게 한다면 우리에게 아마 많은 상을 주실 거요"

한 동네 사는 부잣집 사람이 이 말을 듣고 농부에게 말했다.

"옛날 한 사람이 융숙이란 콩잎과 감회란 나물과 경근이란 미나리, 평자란 부평초를 참 맛있는 야채라고 생각하며 매일같이 달게 먹었소 그는 동네에 사는 부자에게 권하기까지 했소 그래서 부자는 그 야채들을 잘 달래서 먹어보았더니 입에서는 바늘로 찌르는 것 같고 뱃속은 아파서 견딜 수가 없을 지경이었소

곁에 있던 사람들이 모두 웃었고, 또 그것을 권한 농부를 원망했었지요 그래서 그 사람이 얼마나 무안해 했는지 모릅니다. 이 일이 임금께 따뜻한 햇볕을 쬐라고 권하겠다는 당신과 무엇이 다르겠소"

무릇 장수와 명예, 벼슬과 재화를 원하는 것이 인간의 성정이지만 자연에 동화된 사람들은 그것을 부러워하지 않는다. 행복이란 저마다의 마음속에 있으니 물질이나 명예로 비교될 것이 아니다. 그러므로 제왕의 행복과 농부의 행복을 바꿀 수 없는 것이다.

걱정이나 고통도 긍정적이다

양자는 또 이렇게 말했다.

"좋은 집, 좋은 옷에 맛난 음식과 어여쁜 미인과 더불어 사는 것은 세상 사람들의 공통된 욕망이다.

이 네 가지 욕망에 만족하면 또 무엇을 밖으로 나아가 구하랴만, 사람들은 이것을 달성하면 명예와 권력을 얻으려고 분주해진다. 이런 사람들은 만족을 모른다. 만족을 모르는 사람의 성질은 자연의 법칙인 음양의 두 기운을 손상케 하는 좀벌레와 다름이 없다.

세상 사람들 가운데는 왕에게 충성을 다한다는 이름을 얻기 위해 애쓰지만, 그 충성이 결코 왕을 편안하게 할 수 없다. 그것은 도리어 자신의 몸을 위태롭게 하기도 한다.

또 의리를 존중한다는 이름을 얻기 위해 사람과 교제할 때에 의리를 지키려 하지만 그 의리가 결코 사람을 이롭게 할 수 없다. 그것은 도리어 자신의 생명을 해칠 때가 있는 것이다.

그리하여 충성으로 임금을 편안하게 할 수 없으면 그 충성조차도 꺼지게 되고, 의리로 사람을 이롭게 할 수 없다면 의리조차도 끊어지게 된다. 그러므로 임금과 신하를 다 편안케 하고 남과 나를 평등하게 이롭게 하는 것이 예로부터 내려오는 도인 것이다. 때문에 육자란 이는 이렇게 말했다.

"명예심을 버리면 근심이 없다."

또 노자는 말했다.

"이름이란 것은 실물의 그림자이다."

공명심에 들뜬 사람들은 자기 이름을 드러내기 위해 여념이 없다. 실을 떠난 허명을 추구하고 있는 것이다. 실과 일치되는 이름이라면 구태여 버릴 필요가 없다.

이름이란 본래 실물의 그림자여서는 안 될는지도 모른다. 왜냐하면 이제 어떤 사람이 이름이 나면 지위가 높아지고 생활이 호화스러워진다. 하지만 이름이 나지 않으면 신분이 낮아지고 생활은 곤궁해지는 것이다. 지위가 높아지고 생활이 호화스러워지면 안일하고 쾌락을 누릴 수 있다. 하지만 신분이 낮고 생활이 곤궁하게 되면 걱정과 고통이 생긴다.

걱정과 고통이란 사람의 타고난 자연성을 상하게 하는 것이요, 안일과 쾌락은 그 자연성을 키워주는 것이다. 실과 일치되는 것이 이름이라면 어찌 버릴 수 있으며 또 이것을 그림자라 할 수 있겠는가.

하지만 악한 사람들은 대의명분만 내세우다 실물에 누를 끼치는 일이 있다. 그렇게 되면 장차 자신도 위급하고 멸망하게 되어 구제하지 못할 것을 걱정하게 될 것인데, 어찌 다만 자신의 안일과 쾌락, 우수와 고통 따위를 생각할 겨를이나 있겠는가?"

사람이 유명하게 되면 지위가 높아지고 영화를 누린다. 그렇지 않으면 지위도 낮을 뿐더러 굴복하며 살아야만 한다. 하지만 그 이면에는 근심과 괴로움을 피하고 안일과 쾌락을 얻기 위한 욕망이 담겨 있다. 양쥬는 그조차 자연의 이치요 흐름이라고 말하고 있다. 지극히 인간적이고 현실적인 사고라 아니할 수 없다.

8장 설부편(說符篇)
때가 아니면 이루어지지 않는다

자신의 그림자를 보라

열자의 스승 호구자림이 말했다.

"네가 자신의 뒤를 돌아볼 줄 알면, 몸가짐을 말할 수 있을 것이다."

"뒤를 돌아본다는 것이 무슨 뜻입니까?"

"네 그림자를 돌아보거라."

열자는 몸을 뒤로 돌려 자신의 그림자를 보았다. 자신이 형체를 굽히면 그림자도 굽어지고, 곧추세우면 그림자도 곧아졌다. 이에 열자가 깨달았다. 모든 물건이 곱다든가 곧다든가 하는 것은 형체에 따르는 것이요, 그림자에 딸리지 않는다. 또 모든 물건이 굽혀진다든가 펴진다든가 하는 것은 물체에 딸린 것이지 나에게 딸리지 않는다. 이것이 바로 뒤를 돌아보고 앞에 서라는 이치이다.

허영에 빠진 사람은 열매보다 꽃을 좋아하고, 형체보다 그림자를 사랑한다. 그러나 꽃이란 본래 열매를 맺기 위한 것이요, 그림자란 형체에 딸리는 것이다.

말이 아름다우면 소리도 아름답다

관윤이 열자에게 말했다.

"말이 아름다우면 소리도 아름답고, 말이 나쁘면 소리도 나쁩니다. 키가 크면 그림자도 크고, 키가 작으면 그림자도 작습니다. 사람의 이름이란 말에 따르는 소리와 같고, 몸이란 형체에 따르는 그림자와 같습니다. 그러므로 '사람이 말을 삼가면 상대방도 그것에 화답하는 좋은 말이 나올 것입니다. 행실을 삼가면 상대방도 그것에 화합하는 착한 행실이 나온다' 하였습니다.

그러므로 성인은 나아가는 것을 보면 들어올 것을 알고, 가는 것을 보면 올 것을 압니다. 이것은 바로 그러한 까닭을 먼저 아는 이치인 것입니다.

남의 행실을 헤아리는 것은 내 자신의 일이요, 나의 행실을 살펴보는 것은 남의 일입니다. 사람이 나를 사랑하면 나도 반드시 그를 사랑하고, 사람이 나를 미워하면 나도 반드시 그를 미워합니다.

은나라의 탕왕과 주나라의 무왕은 천하의 백성을 사랑했으므로 왕노릇을 했고, 하나라의 걸왕과 은나라의 주왕은 천하의 백성을 미워했으므로 멸망하였습니다. 이것이 바로 남이 나의 행실을 살펴보는 것입니다.

이치가 이렇듯 분명한데, 이에 말미암지 않는 것은 비유하면 마치 나아갈 때에 문을 잠그지 않고, 걸을 때에 길을 따라가지 않는 것과 같습니다. 이처럼 이익을 구한다면 역시 어려운 일이 아니겠습니까?

일찍이 이런 이치를 신농과 유염의 덕에서 보았고, 또 우나라와 하나라의 책에서 살펴보았고, 그밖의 여러 법사와 현인의 말씀에서도 헤아려보았는데, 나라의 흥망성쇠가 이 도에 말미암지 않은 것이 아직까지는 없었습니다."

고운 말이 가면 고운 말이 오고, 착한 행실을 하면 착한 행실이 돌아온다. 이것은 마치 거울을 향해 웃음지으면 거울 속의 내 웃음을 볼 수 있는 것과 같다. 그러므로 말과 행동을 항상 경건하게 해야만 하는 것이다.

의리가 있기에 사람이다

엄회가 열자에게 물었다.

"사람이 도를 배우는 까닭은 부자가 되기 위한 것입니다. 이제 하나의 보석을 얻어도 부자가 되는데, 구태여 배울 것이 무엇이겠습니까?"

"그런 것이 아닙니다. 하의 걸왕과 은의 주왕은 이익만을 중히 여기고 도를 가볍게 여기다가 망해 버렸습니다. 어찌 다행스런 일이 아니겠습니까? 사람으로서 의가 없이 다만 먹기만 한다면 닭이나 개와 다를 것이 무엇이며, 배불리 먹고 힘으로 겨루어 이긴 놈이 진 놈을 지배한다면 새나 짐승과 무엇이 다르겠습니까. 그처럼 짐승 같은 사람이 되어 자기를 높여주기를 원한다면 위험과 오욕이 몸에 미치는 것입니다."

사람에게 있어 의리란 생존보다도 소중하다. 먹기만 하고 힘으로만 위세를 떨친다면 사람이 동물과 다를 것이 없다. 의리와 그에 따른 외경심만이 사람을 사람으로 있게 하는 것이다.

존재의 이유를 바라보라

열자의 궁술은 백발백중이었다. 그러자 관윤자에게 솜씨를 보아 달라고 청했다. 그러자 관윤자가 열자에게 물었다.

"자네는 스스로 활을 잘 쏘는 까닭을 알고 있는가?"

"모릅니다."

"그래서야 어찌 활을 잘 쏜다고 말할 수 있겠는가?"

이에 열자는 물러난 뒤 삼 년 뒤에 다시 관윤자를 청했다. 그때 다시 관윤자가 물었다.

"자네는 스스로 활을 잘 쏘는 까닭을 알고 있는가?"

"예, 이제야 알게 되었습니다."

"됐네. 그것을 잊지 말게. 활쏘기만이 아니라, 나라와 자기 몸을 위하는데도 마찬가지라네. 성인은 어떤 사물에 대하여 그것이 존재하느냐, 멸망하느냐를 묻지 않고, 먼저 까닭을 살펴보는 것이라네."

성인은 사물의 현상보다는 존재의 이유를 살펴본다. 이것이 진리 탐구의 올바른 길이다.

남의 지혜로 다스려라

열자가 말했다.

"혈색이 좋은 사람은 교만하기 쉽고, 기운이 왕성한 사람은 뽐내기 쉽다. 그런 사람은 아직 도의 이치를 말할 수 없다. 머리가 반백조차 되지 않았는데 도를 말하면 잃어버린다. 하물며 어찌 도를 실천할 수 있겠는가. 사람이 저 스스로 뽐내면 충고해 주는 사람이 없게 마련이다. 충고해 주는 사람이 없으면 고독해져서 남에게 도움을 받지 못한다. 이런 까닭에 현명한 사람은 남에게 맡긴다. 그러므로 늙어서도 몸이 쇠하지 않고 지혜가 다하여도 일을 그르치지 않는다. 한 나라를 다스림에 있어서도 어려운 것은 현인을 등용하는 일이지, 자신이 현명한 데 있지 않다."

높은 위치에 있는 사람이 자신의 지혜만을 믿고 부하들의 의견을 무시한다면 일을 그르치기 쉽다. 무릇 큰 일을 할 때에는 인재를 적재적소에 배치하고 효과적으로 그들의 지혜를 운용해야만 하는 것이다.

자연이 가장 위대하다

송 나라 사람이 왕을 위해 삼 년 동안 옥으로 닥나무 잎을 조각해 냈는데 천하의 절품이었다. 그 옥잎은 칼로 도려낸 듯한 날렵한 잎의 형상에 가느다란 엽맥이 생생하고 윤기가 났다. 정말 자연의 닥나무 잎과 한데 섞어놓아도 어느 것이 진짜이고 조각품인지 분간해 내기 어려울 정도였다. 능력을 인정받은 그는 나라에서 다달이 녹봉을 타게 되었다. 열자가 이 소문을 듣고 말했다.

"나무로 하여금 삼 년만에 잎이 하나씩 나오게 한다면 세상의 나무는 몇 그루 되지 않을 것이다. 그러므로 성인은 자연의 흐름에 따라 순응할 뿐, 인위적인 기교를 믿지 않는 것이다."

자연은 최고의 예술작품이다. 아무리 천재적인 조각가라 할지라도 생명이 있는 나뭇잎을 조각할 수는 없다. 그러므로 만물을 아름답게 하는 도의 힘은 위대한 것이다. 자연은 사시사철 그런 나뭇잎을 인간으로서는 헤아릴 수 없을 정도로 만들어내지 않는가.

칭찬하는 사람이 흉을 본다

열자가 살림이 매우 궁해서 낯빛이 파리해졌다. 어떤 사람이 그 모양을 보고 정나라의 재상 자양에게 말했다.

"열어구는 도가 높은 선비입니다. 이런 사람이 나라 안에서 가난하게 산다는 것은 당신이 선비를 좋아하지 않는다는 증거가 아니고 무엇이겠습니까?"

이 말을 듣고 자양은 관리를 시켜 열자에게 좁쌀 몇 말을 보내 주었다. 열자는 관리에게 감사하면서도 가져온 좁쌀을 돌려보냈다. 이에 아내가 가슴을 치며 말했다.

"세상에 도통한 사람의 처자식들은 다 편안하게 잘 먹고 잘 산다고 하는데, 온 가족이 굶주리고 있는 형편에 당신은 나라에서 보내주는 곡식조차 받지 않으니 이게 제 팔자란 말인가요?"

그러자 열자는 웃으며 아내를 타일렀다.

"당신은 아직 나를 모르는구려. 자양이 남의 말만 듣고 나에게 곡식을 보내주었으니, 혹시 나를 모함하는 말을 듣게 되면 또 그 말을 믿고 죄를 줄 것이오 이것이 내가 굳이 받지 않은 까닭이오"

과연 얼마 지나지 않아 자양은 백성들이 일으킨 난에 휩쓸려 목숨을 잃고 말았다.

아무런 자기 의견이 없이 남의 말에 따라 움직이는 사람들이 종종 있다. 남이 좋다고 하면 따르고 그르다고 하면 역시 그러다고 믿는다. 이런 사람들을 가까이하면 졸지에 화를 입기 쉽다. 줏대가 없는 친구와는 사귀지 말라는 교훈이기도 하다.

때가 아니면 이루어지지 않는다

노나라에 시씨에게는 두 아들이 있었는데, 형은 학문을 좋아했고, 아우는 병법에 능통했다. 형이 제나라에 가서 자신의 학문을 펼쳐 보이자 왕이 기뻐하며 여러 공자들의 스승으로 삼았다. 아우는 또 초나라로 가서 자신의 병법을 펼쳐 보이자 왕이 기뻐하며 군대의 풍기를 바로잡는 군정관으로 삼았다. 두 형제가 나라에서 타오는 녹봉은 그 집안을 부유하게 했고 나라에서 준 벼슬은 그 친척들을 영광스럽게 했다.

시씨의 집 이웃에는 또 맹씨 집안이 있었는데 그 집에도 두 아들이 있었고, 공부도 시씨의 아들과 마찬가지로 잘 했지만 몹시 가난하여 시씨 집안을 몹시 부러워했다. 그래서 그들은 시씨 아들에게 출세하는 방법을 물었다.

시씨 형제의 말을 들은 맹씨 형제 중 큰아들이 인의의 학술을 가지고 진왕에게 갔다. 그런데 진왕이 몹시 화를 내며 말했다.

"지금 천하의 제후들이 힘으로 다투기 때문에 우리 나라는 군대를 강하게 조련하고 나라를 부강하게 하는 데 전력을 기울이고 있다. 이런 때에 그대 같은 자가 인의의 도를 나라에 퍼트린다면 곧 멸망을 자초하는 일이다."

그리고는 궁형에 처한 다음 나라 밖으로 추방시켰다. 맹씨의 둘째 아들이 병법을 가지고 위나라에 들어가자 위왕은 화를 내며 말했다.

"우리 나라는 두 나라 사이에 있는 약소국가이다. 그러므로 큰나라를 섬기고, 작은 나라를 잘 타일러 달래주는 것이 나라의 안전을 보장하는 지름길이다. 그런데 그대 같은 병법가를 써서 무력을 증강한다면 금방 멸망하고 말 것이다."

위왕은 이렇게 말하고는 '만약 이 놈을 그대로 돌려보냈다가는 반드시 다른 나라로 가서 병법을 쓸 터이니, 필시 우환이 될 것이다'라 생각하여 두 다리를 잘라내는 형벌을 가한 뒤에 돌려보냈다.

두 아들이 이렇듯 모진 형벌을 받고 돌아오자 맹씨 집안의 사람들은 통곡을 하면서 시씨 집으로 달려가 따졌다. 그러자 시씨는 이렇게 말했다.

"사람은 때를 잘 만나면 잘 되고, 그렇지 않으면 망하는 법일세. 자네 집안의 두 형제나 우리 집안의 두 형제가 배운 학문은 같지만 때를 만나지 못했기 때문에 그런 결과를 가져온 것일 뿐, 무엇을 탓하고 무엇을 원망하겠는가.

세상의 이치는 옳다고 해서 항상 옳은 것이 아니고, 일은 그르다고 해서 항상 그른 것이 아니며, 어제 소용되었던 것을 오늘 내버릴 수도 있고, 오늘 내버렸던 것이 다음 날 또 필요할 때도 있소 이 소용이 되고 소용이 되지 못하는 것은 반드시 옳은 것도 아니요, 또 반드시 그런 것이 아닐세.

사람이 틈을 타고 때를 만나 일을 당하여 어떻게 할 일정한 방법이 없는 것은 지혜에 속하는 문제라네. 지혜가 만일 부족하면 자네 집안의 두 아들이 아무리 저 공자와 같이 박식하고 강태공과 같이 병법이 훌륭하더라도 어디엔들 쓸 수 있겠는가."

이 말을 들은 맹씨 가족들은 가슴이 석연하여 울화가 치밀었다. 그리하여 이렇게 소리쳤다.

"이미 다 알아들었으니 더 이상 말하지 마시오."

무슨 일을 도모할 때는 시기를 잘 타야만 한다. 나아갈 때와 물러설 때를 알아야 화를 미연에 방지하고 복을 얻을 수가 있는 것이다. 하지만 삼국지에는 '천시가 지리만 못하고, 지리가 인화만 못하다'라는 말이 있다. 곧 주어진 천명일지라도 준비하는 자를 이기지 못하고, 아무리 준비한 자라 할지라도 덕이 있는 사람을 넘어서지 못한다는 것이다.

내가 탐을 내면 남도 탐을 낸다

진 나라의 문공이 위나라를 치려 하였지만 여의치가 않았다. 그리하여 주변국들을 설득하여 함께 위나라를 공격하기로 밀약하였다. 이때 공자 서가 아버지의 계획을 듣고 하늘을 우러르며 크게 웃었다. 이에 문공이 괴이하게 여기고 물었다.

"지금 큰 싸움을 앞두고 있는데, 너는 어찌하여 그리 경망스럽게 웃느냐?"

그러자 공자 서가 웃음을 그치고 대답했다.

"아버님, 제 이야기를 한 번 들어 주십시오 한 사나이가 있어 아내를 친정에 데려다 주려고 함께 길을 떠났습니다. 그런데 도중에 뽕잎을 따고 있는 한 어여쁜 여인을 보고 음심이 돋아나와 유혹을 한 다음 넋을 잃고 이야기를 나누었습니다. 그러다 갑자기 아내 생각이 나서 뒤를 돌아보았더니 그 아내 역시 뽕나무밭의 다른 사나이와 정답게 이야기하고 있었답니다. 지금 우연히 그 이야기가 생각나서 제가 웃은 것입니다."

이 말에 문공은 문득 깨달은 바 있어 급히 철군을 명하였다. 과연 그들이 국경을 채 통과하기도 전에 다른 나라들이 연합하여 진나라를 침략해 오고 있다는 급보가 들려왔다.

매사를 자기 식으로만 생각하는 사람은 자기의 상황만 고려할 뿐 밖을 고려하지 않으므로 위험에 빠지기 쉽다. 곧 들쥐를 잡으려다 집쥐를 놓치는 우매함이다.

수치심이 탐욕을 이긴다

진 나라에 도둑이 많아 백성들이 고통에 시달리고 있었다. 이때 극옹이란 관상가가 도둑을 알아맞히는 재주가 있다는 말을 듣고 진왕이 그를 부르니 과연 소문대로였다. 왕이 몹시 기뻐하고 조문자에게 자랑했다.

"이제 그 사람만 있으면 나라 안의 도둑은 다 붙잡을 수 있으니 참으로 다행한 일이 아니오?"

그러자 조문자가 말했다.

"전하께서는 관상가 한 사람을 믿고 도둑질을 근절할 수 있으리라 여기시지만, 그렇지 않을 것입니다. 제 생각에는 극옹이란 자는 분명히 제 명대로 살지 못할 것입니다."

과연 위기를 느낀 도둑의 무리들이 서로 상의하였다.

"우리가 지금 궁지에 빠진 것은 저 극옹이란 자가 있기 때문이다. 그놈만 처치하면 우리가 살 것이다."

그리하여 도둑들은 은밀히 극옹을 죽여버렸다. 진왕이 그 소식을 듣고 놀라서 다시 조문자를 찾았다.

"과연 당신의 예언대로요. 어떻게 해야만 도둑을 근절시킬 수 있겠소? 제발 지혜를 빌려주시오”

그러자 조문자가 대답했다.

“주나라 속담에 ‘물고기를 잡는 데 연못 바닥에 숨어있는 물고기까지 잡으려고 자세히 들여다보는 사람은 반드시 흉한 일이 생긴다. 사람을 알아보는 데 남이 숨기고 있는 가슴 속 비밀까지 탐지해 내는 지혜가 있는 사람에게는 반드시 재앙이 미친다’라는 말이 있습니다.

참으로 나라 안의 도둑을 없애려면 먼저 어진 사람을 조정에 들여 일을 맡기고, 그로 하여금 윗자리에 있는 사람을 밝게 교화시키며, 아랫사람들을 감화시킨다면 어찌 그들이 부끄러운 도둑질을 할 수 있겠습니까?”

이에 진왕은 수회라는 현인을 등용하여 정사를 돌보게 하고 백성들을 위무하니 뭇 도둑들이 모두 이웃 나라로 달아나버렸다.

‘도둑 하나를 열 명의 순경이 잡지 못한다’라는 못한다는 말이 있다. 조문자는 근본적으로 도둑을 사라지게 하는 방책을 제시한 것이다. 그것은 곧 위정자들로 하여금 백성을 위한 정치를 하도록 하고, 백성들로 하여금 도둑질을 수치스런 일로 여기게 하는 것이었다. 수치심이야말로 탐욕을 이겨낸다.

사람을 대할 때에는 자연을 대하듯 하라

공자가 위나라에서 노나라로 돌아가는 길에 수레를 황하강 언덕에 잠깐 세워놓고 물구경을 하였다. 높은 낭떠러지에서 떨어져 흘러 내려오는 물이 삼십 길이요, 소용돌이를 치며 떠내려가는 급류가 구십여 리나 되었다. 물살이 너무 빨라서 물고기나 자라들도 헤엄칠 수 없었고, 심지어 원타 같은 자라도 그 가운데 있을 수 없었다. 물론 사람의 힘으로 이 황하의 물결을 건너 가리라곤 상상조차 하기 힘든 일이었다.

그런데 한 사나이가 맞은 편 언덕에서 아무 거리낌없이 이 무서운 격랑을 헤치고 간단하게 이쪽 언덕으로 헤엄쳐 왔다. 깜짝 놀란 공자가 그에게 다가가서 물었다.

"아아, 당신의 수영법은 교묘하기 짝이 없구려. 헤엄을 치는데 분명 어떤 도술이 있는 것이 아닙니까? 어쩌면 그렇게 물 속을 자유자재로 들고 나갈 수 있습니까?"

그러자 사나이가 대답했다.

"무슨 방법이랄 것이 없습니다. 다만 처음에 물 속에 들어갈 때에 물의 자연성에 대하여 충성되고 신실한 마음으로 들어가고, 나올 때에

도 역시 그런 마음가짐으로 나옵니다. 충성되고 신실한 마음으로 나의
몸을 물결 위에 맡기고, 감히 사심을 품지 않습니다."

공자는 이 말을 듣고 제자들에게 말했다.

"이 말을 마음속에 잘 새겨두어라. 사람이 자연의 물에 대하여도 오
히려 충성되고 신실한 마음과 자기 몸가짐을 성실되게 하여 친근하게
지내야 하겠거늘, 하물며 사람이 사람에 대해서 어찌 해야 하겠느냐."

사람이 만일 자기의 사심과 사리와 사욕을 다 버리고 다만 자연 법칙과 질서에 맡기
면 자연과 일치되어 못할 일이 없게 된다는 뜻이다.

지극한 말은 하지 않는 것이다

초나라 평왕의 손자이며 태자인 건의 아들 백공은 장차 내란을 일으켜 왕좌를 빼앗으려는 생각을 가지고 있었다. 그가 어느 날 공자를 찾아와 이렇게 물었다.

"당신과 함께 은밀히 이야기를 나누고자 합니다."

공자는 그의 생각을 눈치채고 있었으므로 아무 대답도 하지 않았다. 그러자 조바심이 난 백공이 재차 물었다.

"만일 돌을 물에 던지면 어떻게 되겠습니까?"

"오나라의 헤엄을 잘 치는 사람이 건져낼 수 있겠지요."

"만일 물에 물을 합친다면 어떻게 되겠습니까?"

"치수라는 물에 승수란 물을 합친다면 물건을 잘 아는 역아 같은 사람이 맛을 보고 구분해 낼 것입니다."

"그렇다면 참으로 당신과 밀담을 나눌 수 없겠습니까?"

"하지 못할 것이 어디 있겠습니까? 하지만 참다운 밀담이란 서로 말의 뜻만 아는 것입니다. 대개 말의 뜻만 안다는 것은 말로서 말을 하지 않는 것입니다. 물고기를 잡으려고 하는 사람은 물고기를 잡지 못하더라도 반드시 옷을 적시게 되고, 또 짐승을 잡으려고 쫓아가는 사람은 비록 짐승을 잡지 못하더라도 자연히 달려야 하기 때문입니다.

이 두 가지 일은 다 불쾌한 일입니다. 그러므로 아주 지극한 말은 말을 하지 않고, 지극한 행위는 행하지 않습니다. 대개 옅은 지혜로 서로 다투는 것은 근본은 잃고 말단만 아는 사람입니다."

이에 백공은 실망하여 돌아갔다. 얼마 지나지 않아 과연 백공은 공자의 말대로 비밀이 누설되어 목욕을 하던 중 자객에게 피살되었다.

참다운 밀담은 말없음이요, 비밀스런 행동은 움직이지 않는 것이다. 옷이 젖은 것을 보면 물고기를 좇은 줄을 알고, 뛰어가는 것을 보면 짐승을 쫓던 길임을 안다고 한다. 백공은 공자의 깨우침을 귀기울여 듣지 않고 언어와 행동을 삼가지 않았으므로 마침내 음모가 탄로나 목숨을 잃게 된 것이다.

뽐내는 사람은 이길 수 없다

조양자가 신치목자로 하여금 적나라를 치게 하여 대승을 거두었다. 신치목자는 좌 땅 사람과 중 땅 사람들을 포로로 잡고는 조양자에게 승전보를 전했다.

이때 조양자는 식사를 하고 있다가 이 보고를 듣고 기쁜 표정은커녕 시름에 잠겨버렸다. 좌우에 있던 신하들이 이상하게 여기고 물었다.

"하루아침에 두 성이나 전하의 수중에 들어왔습니다. 이것은 누구라도 기뻐해야 할 일인데 어찌 전하께서는 근심하는 낯빛을 띠고 계십니까?"

그러자 조양자가 걱정스러운 듯이 대답했다.

"양자강과 황하와 같은 큰물이라도 비가 내린 지 사흘이 못 되어 곧 줄어든다. 또 폭풍과 소나기는 아침 한나절도 못 가서 멎고 만다. 마찬가지로 떠오르는 해는 정오가 되면 금방 기울어진다. 이제 우리 조씨 가문이 백성들에게 덕행으로써 혜택을 베풀어준 적도 없는데, 이렇게 하루아침에 두 성이나 항복을 받게 되었으니 예삿일이 아니다. 생각하건대 불행한 일이 곧 내 몸에 미칠 징조인 것 같아 근심하지 않을 수 없다."

이 말을 전해들은 공자는 탄복했다.

"조씨 가문은 반드시 왕성할 것이다. 왜냐하면 싸워 이기고서 근심하는 이는 왕성해지고, 기뻐하는 이는 멸망하는 것이 순리이기 때문이다. 본래 이긴다는 것은 어려운 일이 아니다. 다만 그것을 지속시키는 일이 어려운 것이다. 어진 왕은 이런 방법으로 지속시켜 끝까지 이긴다. 그러므로 복락이 다음 세대에까지 길이 미칠 수 있는 것이다. 제·초·오·월나라 등은 일찍이 패자의 위치에 올랐지만 끝내 망한 까닭은 이런 이치를 몰랐기 때문이다. 오직 도가 있는 왕만이 계속해서 이길 수 있다."

공자의 힘은 나라의 관문짝을 들 수 있었지만 힘이 세다는 것으로 세상에 알려지기를 저어하였고, 묵자는 자기 나라를 잘 지키고, 남의 나라를 잘 쳐서 그의 제자 공수반이 마음속으로 복종했지만 군사를 잘 쓴다는 것으로 세상에 알려지기를 좋아하지 않았다. 이처럼 지속적으로 잘 이기는 사람은 자기가 강하되 약하다고 생각하는 것이다.

사람들은 대개 성공하면 기뻐하고 실패하면 근심에 잠긴다. 하지만 조양자와 같이 성공하고도 그 이후를 염려하고 근심하는 사람만이 그 성공을 오래도록 유지할 수 있다는 뜻이다.

화가 바뀌어 복이 된다

송 나라에 삼대를 내려오면서도 부지런히 인의의 도를 행하는 집 안이 있었다. 그런데 언젠가 그 집에서 검은 소가 흰 송아지를 낳았다. 집안의 아버지는 이상하게 생각하고 그 까닭을 공자에게 물었다.

"이것은 좋은 징조입니다. 천지신명께 감사하다는 뜻으로 제사를 지내십시오."

한데 그 일이 있은 후 일 년 뒤에 아버지가 소경이 되었고, 그 소는 또 흰 송아지를 낳았다. 아버지는 아들을 공자에게 보내 다시 까닭을 묻도록 했다. 그러자 아들은 아버지에게 불만스러운 표정으로 말했다.

"일 년 전에 좋은 징조라고 하셨는데 아버지께서 앞을 못 보게 되었습니다. 그런데 또 다시 같은 일이 일어났는데 그가 뭐라고 대답하겠습니까?"

"그런 것이 아니다. 성인의 말씀은 처음에는 잘 맞지 않지만 나중에 가서는 다 그대로 이루어지는 법이다. 내가 소경이 된 것이 좋은 징조인지 아닌지는 아직도 모를 일이니 어쨌든 한번 더 가서 여쭙도록 해라."

이와 같은 아버지의 성화에 아들은 마지못해 공자를 찾아가 까닭을 물었다. 그러자 공자가 말했다.

"이 역시 좋은 징조입니다. 천지신명께 제사를 지내도록 하십시오"

아들이 집에 돌아와서 이 말을 전하자 아버지는 그대로 행하였다. 그 후 일 년이 지나자 아들마저 앞을 못 보는 신세가 되었다.

그 후 강대한 초나라가 약소국인 송나라에 쳐들어와서 여러 날 성을 포위하게 되었다. 성안의 백성들은 굶다 못해 나중에는 자기 아들이나 남의 집 자식들을 바꾸어 잡아먹는 참혹한 일이 벌어졌다. 땔나무가 없어 사람의 뼈로 불쏘시개를 했으며, 장정들은 성에 올라가 싸우다가 대부분 전사하고 말았다.

하지만 이 집 부자는 둘 다 소경인 까닭에 이 무시무시한 전란을 모면했다. 나중에 초군의 포위가 풀리자 이상하게 두 부자의 눈이 보이게 되었다.

눈앞에 좋은 일이 생기면 기뻐하고, 나쁜 일이 생기면 근심하는 것이 뭇 사람들의 성정이다. 하지만 오늘의 좋은 일도 내일의 나쁜 일의 근원이 되고 반대로 오늘의 나쁜 일이 내일의 좋은 일의 밑거름이 될 수도 있다.

새옹지마(塞翁之馬)의 고사처럼 모든 것을 자연의 흐름에 맡긴다면 어찌 사소한 일에 마음을 어지럽히겠는가.

마음이 죄와 벌을 만든다

송나라의 재주꾼 난자가 왕에게 찾아가 자신의 기술을 선보였다. 그는 자신의 키보다 배가 큰 두 개의 길고 굵은 죽간을 두 다리 사이에 붙여 놓고, 앞으로 빨리 걸어나가기도 하고, 달리기도 할 뿐 아니라, 긴 칼 일곱 개를 가지고 공중에서 춤을 추었다. 왕은 매우 기뻐하며 그에게 금과 비단을 상으로 주었다.

송나라에는 사람을 잘 웃기는 재주꾼이 소문을 들고 왕을 찾아가 자기 기술도 구경해 달라고 청하였다. 그런데 뜻밖에도 왕은 몹시 화를 내며 그를 꾸짖었다.

"얼마 전에 이상한 죽간 놀음으로 나를 달래는 자가 있었다. 그 놀음이 별것 아니었지만 내 마음이 즐거웠던 관계로 상을 내렸다. 그런데 또 다시 괴상한 기술을 선보여 나를 현혹시키려다니 괘씸하다."

그리고는 옥에 가두어 죽이려 하다가 문득 불쌍한 생각이 들어 몇 달 뒤에 석방하였다.

같은 재간이라도 때에 따라서 상을 받기도 하고 벌을 받기도 한다. 그러므로 무슨 일을 도모할 때에는 진퇴의 시기를 잘 파악하라는 말이다.

물건 뒤의 물건을 보라

진 나라 목공이 말을 잘 고르는 백악에게 말했다.
"이제 그대가 늙었으니 후계자를 두어야 하지 않겠나? 자네 자식이라도 좋고, 아니면 다른 사람을 추천해 주게."

그러자 백악이 대답했다.

"보통 좋은 말 같으면 그 생긴 모습이나 골격을 보고 알아낼 수 있지만 천하의 가장 뛰어난 준마는 형체나 골격, 털빛만 가지고는 알아낼 수 없습니다. 그런 말은 보통 사람의 눈으로는 알 듯 모를 듯, 또는 긴가민가하고, 또 빨리 달아나서 남긴 발자국조차 알 수 없어서 도무지 알기 어렵습니다. 제 아들 녀석들은 좋은 말 정도는 알아볼 수 있지만 준마는 알아볼 수 없습니다. 하지만 제 친구 구방고는 나무꾼이지만 말에 대해서는 저보다 훨씬 낫습니다. 그 사람을 쓰십시오."

이 말을 들은 목공은 구방고를 불러 준마를 구해오라고 일렀다. 그리하여 궁궐을 나갔다가 석달만에 돌아온 구방고는 이렇게 말했다.

"좋은 말이 사구에 있습니다."

"어떤 말인가?"

"암말인데, 털빛이 누렇습니다."

목공은 곧 사람을 보내 그곳에 가서 보고 오라고 하였다. 돌아온 사람이 이르길 그 말은 암말이 아니고 숫말인데, 털빛도 누르지 않고 검은 색이었다. 목공은 기분이 나빠서 구방고를 부르지 않고 그를 추천한 백악을 불러 따졌다.

"구방고는 엉터리가 분명하다. 그대의 말을 듣고 일을 시켰지만 말의 털빛조차 구분할 줄 모르는구나. 더군다나 암수까지도 구별을 못하니 어찌 말의 좋고 그름을 알겠는가?"

그러자 백악은 깊이 한숨을 내쉬며 말했다.

"아아, 그는 벌써 그런 경지에 도달했군요. 이것이 바로 저같은 사람은 천만 사람이 있어도 미치지 못하는 것입니다. 구방고는 말의 형체와 골격과 털빛에서 찾아볼 수 없는 말의 기상을 봅니다.

그는 말의 정기를 보았고 그 형체를 잊어버렸으며, 말의 내면을 보았고 외면을 잊어버렸으며, 말의 볼만한 점을 보았고 보지 않고 괜찮은 점은 보지 않았으며, 살펴볼 만한 점을 보았고, 살펴보지 않아도 괜찮은 점은 살펴보지 않았습니다. 구방고와 같은 사람은 말의 상을 보는 것보다 더 귀중한 무엇이 있는 것 같습니다."

과연 얼마 지나지 않아 구방고가 고른 털빛이 까만 말이 도착하였는데, 백악의 말대로 과연 천하에 제일가는 준마였다.

참다운 의미의 관상법을 논하였다. 구방고는 말의 꼴상 뒤에 있는 그 무엇을 볼 줄 아는 사람이었다. 그 무엇이 무엇인가? 그것은 현상의 배후에 감추어져 있는 본질 자체를 말한다. 채근담의 '사물 밖의 사물을 보고, 몸 뒤의 몸을 보라'는 말이 바로 이것이다.

수양은 다스림의 근본이다

초나라 장왕이 초야에 은거해 있던 현인 첨하를 불러 물었다.
"어떻게 나라를 다스리면 좋겠소?"

"저는 스스로의 몸을 수양하는 법은 알지만 나라를 다스리는 법은 모릅니다."

"나는 우리 조상이 물려주신 나라의 종묘사직을 받들게 되었소. 그러므로 나는 이것을 지키는 법을 배우고 싶은 것이니 제발 좀 알려주시오."

"저는 일찍이 수양이 깊은 임금의 나라가 어지럽다는 말을 들은 적이 없고, 난잡한 임금의 나라가 평온하다는 말을 들어본 적도 없습니다. 그러므로 근본은 수양에 있습니다. 그 외에 다른 것을 어찌 알겠습니까?"

질병을 고칠 때는 그 뿌리를 다스려야 하고, 농사를 지을 때에는 먼저 땅을 기름지게 해야 한다. 이처럼 한 나라를 잘 경영하기 위해서는 지도자의 도덕성이 무엇보다도 중요하다는 뜻이다.

사람은 세 가지 원망을 듣는다

호구 땅에 사는 한 노인이 초나라의 대부 손숙오에게 물었다.

"사람에게는 세 가지 원망이 있는데 그것을 아는가?"

"알지 못합니다. 대체 그것이 무엇입니까?"

"사람이 벼슬이 높으면 질투하는 사람이 있게 마련이고, 또 벼슬이 너무 크면 임금이 미워하는 법이며, 나라의 녹을 많이 받으면 백성들의 원망을 받게 되는 것이다."

"잘 알겠습니다. 벼슬이 높을수록 겸손하게 하고, 벼슬이 클수록 몸을 낮추며, 녹이 많을수록 널리 백성들에게 베풀며 살겠습니다. 그리하여 장차 그 원망을 모면하도록 하겠습니다."

그 후 손숙오가 병들어 죽게 되자 아들에게 이렇게 유언하였다.

"내가 벼슬을 하고 있을 때 전하께서는 자주 한 땅을 베어주시고 제후로 봉하려 하였다. 하지만 나는 받지 않았다. 이제 내가 죽으면 반드시 너에게도 권하실 터이니, 절대로 그것을 받아서는 안 된다.

만일 어쩔 수 없게 되면 초나라와 월나라 사이에 침구란 땅을 청하도록 해라. 이 땅은 매우 척박하여 초나라 사람들은 귀신의 땅이라 하고, 월나라 사람들은 상서롭지 못한 땅이라고 한다. 너희가 가질 수 있는 땅은 오로지 그곳 뿐임을 명심하라."

마침내 손숙오가 죽은 뒤 임금은 아들을 불러 나라 안의 가장 좋은 땅을 주려고 하였지만 아들은 사양하고 아버지의 말씀대로 침구 땅을 청하였다. 이런 까닭에 손숙오의 자손들은 대대로 그 땅을 남에게 빼앗기지 않고 지니게 되었다.

지위가 높을수록 겸허한 자세를 견지하고, 재물에 욕심을 내지 말아야 한다. 헛된 재물에 미혹되어 지위와 명예를 잃고 패가망신한 경우가 얼마나 많은가. 익을수록 고개 숙여라. 그리고 빛나는 것을 외면하라.

때에 따라 방법도 다르다

우 결은 북쪽 나라의 큰 선비였다. 언젠가 그가 남쪽 조나라의 수도 한단으로 내려가다가 우사 땅에서 도둑떼를 만나 옷과 수레, 소까지 다 빼앗겨버렸다. 그런데 도둑들이 물건을 모두 빼앗기고 걸어가는 우결의 뒷모습을 보니 혼연한대로 아무런 조심하는 기색이 없었다. 그래서 뒤따라가 물으니 이렇게 대답했다.

"우리 같은 선비는 사람이 살아가기 위한 재료인 한낱 물건 때문에 목숨을 잃어버리는 행동은 하지 않소."

이 말에 감탄한 도둑들은 서로 상의하였다.

"저와 같이 현명한 사람이 조나라의 왕을 만나게 되면 반드시 등용되어 우리를 못살게 굴테니 해치워버리자."

그리하여 도둑들은 그의 뒤를 쫓아가 마침내 죽여버리고 말았다. 연나라의 어떤 사람이 이 소문을 듣고 이렇게 경계하였다.

"우리가 어디를 가다가 도둑떼를 만나면 저 우결처럼 행동해선 절대로 안 된다."

며칠 뒤 그의 아우가 서쪽 진나라로 떠나게 되었다. 함곡관 밑에 이르자 과연 도둑떼를 만났다. 그는 형의 가르침을 생각하고 도둑에 맞서 힘껏 싸웠다. 하지만 곧 힘이 부족한 탓으로 가지고 있던 물건을 다 빼앗기는 신세가 되었지만 목숨은 건지게 되었다.

그런데 아우가 가만히 생각해 보니 빼앗긴 물건이 너무나도 아까웠다. 그래서 물러가는 도둑들을 따라가 비굴한 표정으로 제발 조금이라도 돌려달라고 청했다. 그러자 도둑들이 성이 나서 소리쳤다.

"우리가 물건만 빼앗고 목숨을 살려준 것만 해도 너그럽게 대한 것이다. 그런데 이제 우리 뒤를 쫓아와 산채마저 알게 되었으니 더 이상 선심을 베풀 수가 없구나."

그리하여 도둑들은 아우와 살아남았던 무리 너댓을 그 자리에서 죽여 버렸다.

좋은 일을 하다가 옥을 당하는 사람들이 있다. 어찌 하늘은 선을 쌓는 사람에게 복을 내리지 않고 화를 입히는가. 이는 역시 때를 가리지 못했기 때문이니 누구를 원망할 것인가.

부유하면 조심해도 자칫 화를 입기 쉽다

안 나라의 부호 우씨에게는 없는 것이 없었다. 돈과 비단은 물론이고 재산이 너무 많아 헤아릴 수가 없었다. 집안 사람들은 길가에 높이 솟아있는 정자에 올라가 풍악을 들으며 술과 도박을 즐겼다.

하루는 몇몇 협객들이 그 정자 아래로 지나갔다. 마침 정자에서 도박을 하는 사람들은 바둑판 위에 벌여놓은 흰 구슬을 던져 물고기 같이 만든 두 개의 말을 뒤채면서 환호성을 지르고 있었다.

이때 공중에 날아가던 솔개가 썩은 쥐새끼 한 마리를 채가지고 가다가 그만 그 아래 지나가던 협객의 머리 위에 떨어뜨렸다. 협객들은 이것이 지금 저 위에서 놀고 있는 우씨 집안의 사람들이 자신들을 업신여겨 놀리느라 행한 일인 줄 알았다. 그리하여 화가 난 한 사람이 이렇게 말했다.

"우씨가 부자가 되어 영화를 누린 지 오래 되었는데도 교만한 마음을 버리지 않고 있구나. 오늘만 해도 그렇지, 우리는 아무런 시비를 걸지 않았는데 머리 위에 썩은 쥐새끼를 집어던지지 않았는가. 이런 모욕을 당하고도 복수를 하지 않으면 어찌 사람으로써 얼굴을 들고 다닐 수 있겠는가. 우리 모두 힘과 뜻을 합하여 저 건방진 우씨 집안을 몰살시켜버리도록 하자."

그 며칠 뒤 깊은 밤에 군사들을 이끌고 모인 협객들은 우씨 집안을
쳐서 멸족시켜버렸다.

우씨는 자신도 모르는 사이에 남을 업신여기다가 커다란 화를 입었다. 이것은 솔개가
쥐새끼 한 마리를 떨어뜨린 때문이 아니라 이미 그가 겸손하지 못했기 때문일 것이
다.

도둑의 음식은 도둑이 아니다

원선목이란 사람이 여행중에 식량과 물이 떨어져 그만 정신을 잃고 쓰러졌다. 그때 한 사람이 발견하고 밥이 섞인 물을 마시게 하였다. 원선목을 세 모금을 마시고서야 정신을 차리고 입을 열었다.

"당신은 누구십니까?"

"나는 호보 땅에 사는 구라고 합니다."

"당신이 그 유명한 도둑이구려. 나는 도둑의 밥을 먹을 수 없네."

원선목은 이렇게 말하고 먹었던 것을 게우려 하였지만 나오지 않았다. 그는 일부러 심하게 기침을 하여 억지로 게워내려다가 그만 엎어져 죽고 말았다.

구는 비록 도둑이지만 음식물은 도둑이 아니다. 사람이 도둑이라 하여 그 밥까지 먹지 않았으니 참으로 미련한 짓이 아닐 수 없다.

이름이란 실물의 그림자이다. 그림자가 실물에 따르지만 실물이 그림자에 따르는 법은 없다. 어찌 이름만으로 그 실물까지 왜곡되게 판단할 수 있겠는가.

원한이 깊으면 자신을 잊는다

주려숙은 거나라 오공을 섬기고 있었는데, 왕이 자신을 몰라준다고 원망하여 친구와 함께 초야에 숨어버렸다. 여름에는 풀과 물밤을 먹고 겨울에는 상수리 열매를 먹으며 살았다. 얼마 후 거나라에서 난이 일어나자 주려숙은 함께 있던 친구와 작별하고 왕을 위해 전장으로 나아가려 하였다. 이때 친구가 그를 간곡하게 말렸다.

"자네는 지금까지 오공이 자네를 몰라준다고 벼슬을 버리고 이곳에 숨어 곤궁하게 살았네. 그런데 어찌 그런 위인을 위하여 전장에 나가 죽을 수 있겠는가? 이것은 왕이 자네를 알아준다는 것과 몰라준다는 것을 구분하지 못하는 실로 어리석은 행동이 아닌가?"

그러자 주려숙은 단호한 태도로 이렇게 말했다.

"그렇지 않네. 나는 왕이 나를 몰라주기 때문에 은거했지만 지금 내가 그를 위해 죽으려 하는 것은 그 동안의 내 마음을 후회하기 때문일세. 그리하여 후세 사람들로 하여금 충성스런 신하를 몰라준 왕을 부끄럽게 하려는 것이야. 대개 신하로서 자기를 알아주는 왕을 위해서 죽고, 자기를 몰라주는 왕을 위해서 죽지 않는다고 하는 것은 다만 자기 한 몸의 도만을 위하여 행하는 것이 아니겠는가?"

실로 이 주려숙과 같은 사람은 원한 때문에 자기 몸을 잊어버린 자라고 할 수 있겠다.

참다운 신하는 임금이 자신을 알아주든 몰라주든 상관없이 목숨을 바친다. 또 예양과 같은 사람은 자신을 알아준 임금만을 위하여 목숨을 바쳤다.
그러나 주려숙은 자신의 원한을 풀기 위해 목숨을 바쳤으니, 실로 자기 자신을 잃어버린 사람이다. 그는 참으로 부자연스런 삶을 산 사람이다.

갈림길 가운데 또 갈림길이 있다

양주는 이렇게 말했다.

"내가 남을 이롭게 하면 나에게 좋은 결과가 오고, 남을 원망하면 해가 온다. 대개 자기 마음으로 생각한 것이 바깥 사물에 응하는 것은 다만 사람의 감정 작용일 뿐이다. 그러므로 현명한 사람은 자기에게 나아가는 감정의 작용을 삼가는 것이다."

양주의 이웃사람이 어느 날 잃어버린 양을 찾기 위해 집안 식구들을 모두 이끌고 나섰다. 하지만 찾는 사람의 숫자가 부족하다고 여긴 그는 양주의 집에 사는 아이에게 같이 가자고 청하였다. 이에 양주가 중얼거렸다.

"양 한 마리를 찾는데 왜 이리 쫓는 사람이 많을까!"

한참만에 그들이 돌아오자 양주가 물었다.

"양은 찾았는가?"

"찾지 못했습니다."

"어찌하여 그렇게 되었는가?"

"길을 따라가다보니 갈림길 가운데 또 갈림길이 있어서 양이 어느쪽으로 갔는지 도무지 알 수가 없었습니다. 때문에 우리는 이길 저길을 헤매다 그만 지쳐서 돌아올 수밖에 없었습니다."

이 말을 들은 양주는 갑자기 근심스런 표정이 되어 몇 시간 동안이나 아무 말을 하지 않았다. 또 온종일 웃지도 않았다. 제자들이 괴이하게 여기고 물었다.

"스승님, 양은 천한 짐승이요, 또 스승님의 물건도 아닌데, 어찌 그러십니까?"

하지만 양주는 아무 대답도 하지 않았다. 이때 제자 중의 한 사람인 맹손양이 동료인 심도자에게 스승의 상태를 전하자 심도자는 조용히 스승에게 다가가 물었다.

"옛날 어떤 집에 형제 세 사람이 있었는데, 다 제나라와 노나라에 유학을 갔습니다. 그들은 한 스승 밑에서 인의의 도를 공부하고 돌아왔습니다. 그때 그들의 아버지는 세 아들에게 인의의 도에 대하여 물었습니다.

우선 맏아들이 말했습니다. '인의란 것은 먼저 자기가 자기 몸을 사랑하고, 명예 같은 것은 소홀히 하는 것입니다.'

둘째 아들은 또 이렇게 말했습니다. '인의란 자기가 자기 몸을 희생하고서라도 인을 이룩하는 것입니다.'

셋째 아들은 이렇게 말했습니다. '인의란 자기 몸과 명예 두 가지를 다 온전하게 하는 것입니다.'

이들 세 사람의 학술이 다 유가에서 나온 것입니다. 그렇다면 스승님, 이중에서 누구의 말이 옳고 누구의 말이 그른 것입니까?"

그러자 양주가 대답했다.

"여기에 황하강에 사는 사람이 있다. 물에 익숙하고 뜨는 데 용감하였기에 오고 가는 사람을 건네주는 배를 부리며 거기서 얻는 이득으로 백여 가구의 식구들을 다 먹여살렸다.

이 소문을 듣고 도중에 먹을 점심까지 싸가지고 먼 지방에서 그에게 배 부리는 방법을 배우러 오는 사람이 많았다. 하지만 그들은 배우는 도중에 물에 빠져죽는 사람이 태반이었다. 왜냐하면 그들은 본래 물위에 몸이 뜨는 것만 배우려 했고, 물에 빠진 다음 어찌해야 하는지를 배우지 않았기 때문이다.

같은 사람 밑에서 다 같이 배를 부리는 법을 배우는 데도 누구에게는 이롭고, 누구에게는 해로웠다. 모든 이치가 다 이러하니 누구를 옳고 누구를 그르다고 하겠는가?"

이 말을 들은 심도자는 말없이 밖으로 나갔다. 맹손양은 그의 뒤를 따라가서 물었다.

"자네는 어찌하여 단도직입적으로 물어보지 않고, 그렇게 빙 돌려서 이야기를 하는가? 또 스승님의 대답도 왜 그렇게 편벽되어 있는지 모르겠네."

그러자 심도자가 웃으며 대답했다.

"큰길은 갈림길이 많으므로 양을 잃어버렸고, 배우는 이는 학문의 방법이 많아서 도리어 본래의 생을 잃어버리는 것일세. 학문은 본래 근본이 다른 것이 아니며, 근본이란 본래 한가지인데, 말단에 가서는 그렇게 다르게 되어 버리네. 하지만 결국에 가서는 다 같은 데로 돌아가고, 하나로 되돌아올 뿐이야.

마침내는 무엇을 얻는 것도 없고, 잃는 것도 없네. 자네는 우리 스승님의 문하에서 자랐고 스승의 도학을 공부하면서도 그 좋은 비유의 말씀을 알아듣지 못하니 참으로 딱하네."

구절양장(九折羊腸)이라. 한 길에는 갈림길도 많고 학문에는 방법도 많다. 갈림길 가
운데 또 갈림길이 있으니 목적하는 바를 이루기 힘들다는 양주의 한탄이다. 하지만 그
것은 말단의 문제일 뿐 궁극에 이르면 역시 진리의 길은 하나뿐이라는 말이다.

주인을 보고 짖는 개

양주의 아우 양포가 흰옷을 입고 집을 나갔다가, 도중에 비를 만나 돌아올 때는 검은 옷으로 갈아입고 돌아왔다. 그런데 개가 주인을 알아보지 못하고 사납게 짖어댔다. 양포는 화가 나서 개를 죽이려고 하였다. 이때 그 광경을 목격한 양주가 아우를 꾸짖었다.

"개가 무슨 잘못이 있다고 그러나. 자네가 처음 나갈 때 흰 옷차림이었다가 돌아올 때는 검은 옷차림이었으니 짐승이 착각을 하고 짖을 수도 있는 것 아닌가. 선한 일은 처음부터 이름을 내려고 하는 것이 아니지만 이름이 저절로 그에게 따라오게 되고, 이름은 반드시 이익과 일치되는 것은 아니지만 이름이 나면 저절로 그에게 이익이 따라오게 된다. 또 이익은 반드시 남과 다투어 가지고서 얻는 것은 아니지만 이익을 취하게 되면 자연히 남과 다투게 된다. 그러므로 군자는 반드시 삼가서 선한 일을 하는 것이다."

자신을 몰라주는 사람을 원망하지 말라. 먼저 자신을 돌아보라.

죽은 사람도 사는 비법을 말할 수 있다

옛날에 불로장생의 비법을 안다는 현인이 있었다. 연나라 왕이 신하를 보내 그 비법을 배워오도록 명하였다. 그런데 신하가 채비를 갖추느라 잠깐 지체하는 동안에 그 현인이 세상을 떠났다는 소식이 들려왔다. 왕이 화가 나서 늦장을 피웠다는 죄목으로 신하를 죽이려 하자 총애하는 신하 한 사람이 나서서 왕을 말렸다.

"전하, 사람이 누구나 가장 근심하는 것은 죽음과 관련된 일입니다. 그런데 저 현인이 불로장생의 비법을 안다면서도 자신의 생은 잃어버렸으니, 그가 지금 살아있다고 한들 전하에게 무슨 도움이 되겠습니까?"

제자라는 사람도 현인에게 불로장생법을 배우려는 마음을 가졌다가 그가 죽었다는 소식을 듣고 몹시 안타까워했다. 이에 부자라는 사람이 조소하며 말했다.

"불로장생의 비법을 안다는 사람이 죽어버렸는데 오히려 원망하니, 이런 사람은 본래 사람이 왜 배우려 하는지 그 까닭조차 모르는 인간이다."

그런데 호자라는 사람이 이 말을 전해 듣고 말했다.

"그것은 부자의 말이 틀렸다. 왜냐하면 대개 사람은 가지고 있는 어떤 기술을 알고도 일생 동안 그것을 실행하지 못하는 경우가 있고, 실행할 수는 있어도 그 기술 자체를 모르는 경우가 있기 때문이다.

예를 들면 수를 잘 놓는 위나라 사람이 있었는데 죽을 무렵 그 비결을 아들에게 가르쳐주었다. 하지만 아들은 그 비결을 기록은 해두었을지언정 평생 동안 수를 놓지는 않았다. 그런데 누군가가 아들로부터 그 비결을 전해듣고 실행에 옮겨 최고의 작품을 만들었다. 이렇게 본다면 죽은 사람이라고 해서 어찌 사는 방법을 가르쳐주지 못한다고 하겠는가?"

말할 수는 있어도 행하지 못하는 사람이 있고, 행할 줄은 알지만 설명하지 못하는 사람들이 있다. 그것이 잘못은 아니다. 어찌 그들 모두 말과 행동이 더불기를 원치 않겠는가.

은혜와 원망이 함께 하면 부질없다

조 나라의 수도 한단에 사는 한 백성이 조간자에게 비둘기 한 쌍을 잡아다 바쳤다. 그는 크게 기뻐하며 그에게 후한 상을 내리고, 비둘기는 놓아주며 이렇게 말했다.

"정월 초하룻날 아침에 이렇게 잡아온 생물을 놓아주면 분명 백성들이 나의 덕을 칭송할 것이다."

그러자 곁에 있던 한 신하가 걱정스러운 듯이 말했다.

"이제 전하의 행동이 세간에 알려지면 백성들이 다투어 비둘기를 잡아올 것입니다. 그러는 와중에 잡혀죽는 것들도 많이 있겠지요 전하께서 날짐승들을 불쌍히 여기신다면 백성들에게 처음부터 잡지 못하도록 하십시오 잡아온 것을 놓아주면 비둘기에게 은혜와 원망을 반반씩 품게 하는 것이니 무슨 의미가 있겠습니까?"

남을 나무 위에 오르게 하고 흔드는 자가 있고, 남을 사지에 몰아넣었다가 살려주는 자가 있으니 어찌 그로 인하여 선행을 쌓았다고 하겠는가.

만물은 공평하게 태어났다

제 나라의 대부 전씨가 자기 집 정원에서 연회를 열었다. 찾아온 손님이 천여 명이 넘었는데, 그 중에서 생선과 기러기를 선물로 가져온 사람이 있었다. 이에 전씨는 감동하여 말했다.

"실로 하늘은 우리에게 많은 은총을 베풀어주십니다. 사람을 위해 오곡을 불어나게 하고, 생선과 새를 낳아 마음껏 누리게 하니 말입니다."

이 말을 들은 손님들이 모두 다 옳은 말이라고 칭송해마지 않았다. 이때 그 소리를 들은 하인 포씨의 열두 살짜리 아들이 불쑥 나서서 말했다.

"그 말은 잘못되었습니다. 천지만물은 본래 우리 인간과 함께 생겨났고, 또 사람과 오곡과 물고기와 새들은 다 같은 종류의 생물로 본래 귀하고 천한 구분이 없는 것입니다. 하지만 지혜의 대소에 따라 어떤 종이 다른 종을 지배하고 지배를 받기도 하며, 잡아먹고 먹히는 것이지 결코 어느 한 종을 위해 만들어진 것이 아닙니다.

사람은 먹을 만한 것을 먹는 것이지 하늘이 사람만을 위하여 그것들을 만들어낸 것이 아닙니다. 주인님의 말씀대로라면, 모기와 초파리는 사람의 피부를 물어뜯고, 범과 이리는 사람의 고기를 먹습니다. 그렇다면 하늘이 모기와 초파리를 위해 사람을 냈으며, 범과 이리를 위하여 사람의 살을 만들어냈다고 할 수 있겠습니까?"

새는 저 스스로 우는데 듣는 사람은 자신을 위해 지저귄다고 한다. 들꽃은 저 스스로 피는데 그것을 본 사람은 자신을 위해 웃는다고 한다. 나비는 저 스스로 나는데 그것을 본 사람은 자신을 위해 춤춘다고 한다.
이 모두가 자기 멋대로 생각하는 것이니 자연의 눈으로 보면 얼마나 가여운 노릇이겠는가.

어떤 사람으로 살아가려는가

제 나라에 한 거지 아이가 있었다. 이웃 사람들은 이 거지 아이가 밥을 얻으러 오면 귀찮아서 문을 닫아걸곤 했다. 아이는 하는 수 없이 사람들이 천하게 여기는 수의가 되어 나라 안의 제일 부자인 전씨댁 말의 병을 고쳐주며 연명하게 되었다. 그러자 사람들은 아이를 놀리며 이렇게 말했다.

"그래, 너는 말 백정이 되어 더러운 병을 고쳐주고 밥을 얻어먹는 것이 거지노릇하는 것보다 나으냐?"

그러자 아이는 이렇게 대꾸했다.

"사람으로서 걸식하는 것보다 더한 고통은 없는데, 같은 사람으로서 측은하게 여겨야 하거늘 당신들은 어찌 내가 열심히 일하여 살아가는 것조차 모욕하십니까?"

직업의 귀천으로 사람의 인격이나 가치를 평가해서는 안 된다. 그 뱉은 침이 자신의 얼굴로 되돌아오리라.

남의 차용증서는 행운을 주지 않는다

송나라 사람이 길가에서 차용증서를 주웠다. 그는 매일같이 거기에 새겨진 액수를 헤아려보면서 즐거워하였다. 이웃집 사람이 놀러오자 그는 차용증서를 꺼내보이며 이렇게 자랑하였다.

"언젠가 나는 부자가 될 테니 두고 보게."

이 말을 들은 이웃 사람이 코웃음을 쳤다.

"어떤 미련한 사람이 빌리지도 않은 돈을 당신에게 주겠소? 잘못했다가 관가에 끌려가 사기죄로 곤장이나 맞지 않으면 다행인줄 아시오"

실물을 떠난 이름은 아무런 소용이 없다. 자신의 이름조차 새겨져 있지 않은 남의 차용증서로 어찌 돈을 받을 수 있겠는가. 사물의 본질을 보라.

자기 집 땔나무 없다고 남의 집 오동나무 찍지 말라

어떤 사람의 집 뜰에 말라죽은 오동나무 한 그루가 있었다. 그것을 본 이웃집 노인이 말했다.

"집안에 말라죽은 나무가 있는 것은 상서롭지 못하오. 왜 베어버리지 않는 것이오."

이 말을 들은 주인은 곧 그 나무를 베어버렸다. 그때 노인이 다시 와서 말했다.

"기왕 잘라버린 나무이니 우리 집 땔감으로 주면 어떻겠소?"

그러자 주인이 불쾌한 표정으로 대꾸했다.

"한 동네에 사시는 분이 어찌 자기 집 땔감으로 쓰려고 이웃집의 오동나무를 베라고 하십니까? 인심이 이렇고서야 어찌 더불어 살아갈 수가 있겠습니까?"

사람에게는 선악의 마음이 공존한다. 선은 자연스럽고 악은 부자연스럽다. 어찌 조그만 이득을 위해 이웃의 아픔을 이용할 수 있겠는가.

의심이 죄인을 만들어낸다

어떤 나무꾼이 어느 날 도끼를 잃어버렸다. 그는 분명히 이웃집 아들이 훔쳐갔으리라 단정했다. 그날부터 그의 눈에는 이웃집 아들의 걸음걸이가 도둑놈의 그것같이 보였고, 얼굴을 보아도 분명 도둑놈 상이었다. 말하는 것도 도둑놈의 말투로 들렸다.

며칠 뒤 그는 산골짜기에 들어갔다가 뜻밖에 잃어버린 도끼를 찾았다. 이튿날 그가 이웃집 아들을 보았는데, 그 동작과 태도가 도둑놈의 그것과는 전혀 거리가 멀었다.

의심이란 부자연스러운 일이다. 의심 속에 본질은 변형되고 그것을 행하는 자기 자신의 마음까지도 비뚤어진다.

자기 턱을 잊어버린 사람

제 나라 대부 백공승이 은밀히 나라에 반역을 꾀하고 있었다. 하루는 관청에서 공무를 끝내고 집으로 돌아오는 도중 자신도 모르게 짚고 있던 채찍을 거꾸로 잡고 그 위에 턱을 고인 채 어찌하면 일을 성사시킬 수 있을까 고민하였다.

그 채찍 끝에는 뾰족한 쇠가 꽂혀 있었는데, 그것이 턱을 찔러 피가 땅에 줄줄 흘러내려도 깨닫지 못했다. 정나라 사람들이 그 일을 빗대어 이렇게 말했다.

"자기 얼굴에 있는 턱까지 잊어버리다니 무엇인들 잊지 않겠는가. 자기의 마음이 안에 있지 않고 밖으로 향해 나아가면 그의 걸음걸이는 베어낸 나무 그루에 걸려 넘어질 것이요, 머리는 세워놓은 나무에 부딪혀도 모를 것이다."

집안에 주인이 없다면 도둑이 죄다 훔쳐가도 모른다. 사람도 마찬가지여서 마음이 밖에 나가 있으면 몸을 상하게 된다. 마음을 자기 안에 가두고 내보내지 말라.

당신의 눈에는 무엇이 보이는가

제 나라에 유난히 재물을 탐하는 도둑이 있었다. 그는 이른 새벽잠에서 일어나면 평상시처럼 옷을 갈아입고 나가 도둑질을 하였다. 이렇게 백주에 도둑질을 했지만 그는 두려워하는 법이 없었다. 그런데 어느 날 사람들이 많은 보석상에서 보석을 훔치다 마침내 잡히고 말았다. 그를 잡은 포교가 어이가 없다는 듯이 물었다.

"너는 어찌하여 사람도 많은 훤한 대낮에 보석상을 털려고 하였느냐?"

그러자 도둑은 태연한 표정으로 대답하였다.

"예. 귀한 보석이 눈에 들어오면 저는 정신이 팔려서 주변에 사람들이 있는지 없는지조차 잊고 맙니다."

'개 눈에는 똥만 보인다'라는 속담이 있다. 한 가지만 생각하고 열중해 있으면 다른 상황을 살피지 못함을 경계하는 말이다. 나무만을 보지말고 숲을 보라.

마음을 다스리며 살아라

초판 1쇄 발행 | 2008년 12월 18일

엮은이 | 이상각
발행인 | 이의성
발행처 | 지혜의나무
등록일자 | 1999. 5. 10
등록번호 | 제1-2492호
주소 | 서울 종로구 관훈동 198-16 남도빌딩 3층
전화 | 02)730-2211
팩스 | 02)730-2210

©이상각 2007

※ 잘못된 책은 바꾸어 드립니다.